狂想代理人

高铭 著

北京联合出版公司
Beijing United Publishing Co.,Ltd.

图书在版编目（CIP）数据

狂想代理人 / 高铭著 .—北京：北京联合出版公司，2020.10

ISBN 978-7-5596-4568-5

Ⅰ . ①狂… Ⅱ . ①高… Ⅲ . ①短篇小说 - 小说集 - 中国 - 当代 Ⅳ . ① I247.7

中国版本图书馆 CIP 数据核字（2020）第 175796 号

狂想代理人

作　　者：高　铭
出 品 人：赵红仕
责任编辑：管　文

北京联合出版公司出版
（北京市西城区德外大街 83 号楼 9 层　100088）
嘉业印刷（天津）有限公司印刷　新华书店经销
字数 259 千字　700 毫米 ×980 毫米　1/16　印张 23
2020 年 10 月第 1 版　2020 年 10 月第 1 次印刷
ISBN 978-7-5596-4568-5
定价：49.80 元

序

我的世界

其实这个序本该不存在的，因为原计划没有什么序，只有一句欢迎词。可主编说：“建议你还是写点啥吧？跟你聊天都插不上话，怎么到序就不吭声了呢？”本想反驳：想说的都在内容里了还啰唆个序干吗呢？不过后来又多想了想，还是写个序吧。

想写短篇集好久了，因为爽。

我算是比较容易发散思维的那种人，一点点小触动就能泛起很多各种各样的想法来，有些很无聊，只是毫无意义的延伸。而有些很有趣，忍不住会继续想下去。但那时候我并不急于就此动笔，而是继续任由有趣的丝丝缕缕发酵、扩散。当扩散得足够大，大到把时空彻底撕开成为裂隙的时候，一个新的宇宙在裂隙那头出现了。至于这个新的宇宙中都有些什么，我也不知道。这时候，我才会动手写。

你手里的这本短篇集，就是这么来的。

每一篇都是。

大多数篇幅开始的时候，我并不清楚后面将会发生什么，因为我也看不到结局。也许偶尔会有只言片语模糊地出现在脑海中，但如同宗教书籍里那些含糊其词、模棱两可的启示一样：在事情还没到来前，你根本不知道这到底是指什么，因为它实在太含蓄、太笼统，仿佛黑夜中遥远的一盏灯，而通往灯的路上，几乎会有无尽的可能。

因此，我觉得这很爽。因为每一个故事，我都是第一个读者。

所以，我才会一直憋着想写这个短篇集。

没有题材限制，没有格式限制，没有载体限制……没有一切限制，我可以在这个新的宇宙中任意游荡。去他的现有物理规则和一切法则，这里是不受制约的、全新的存在。我只需傻呵呵、屁颠颠地跟着思维到处跑，唯一要做的就是把所见的一切都记录下来。同样，我会跟随着每个故事的起伏跌宕产生各种情绪：哭、笑、感慨、愤怒、悲伤、沉思。甚至接连几天，我会陷在某个篇章中难以抽离。

整本书，就是在这种情况下完成的，没有比这更好玩的了。

所以，再说第三遍：这很爽。

真的。

虽然感同身受这件事压根就不存在，虽然读者就此产生的情绪与我无关，但我还是希望读到这本书的人，也能如此。

真的。

嗯，那么，现在可以说那句欢迎词了，憋好久了——

欢迎来到我的世界！

声明：

本书内容完全架空，

与任何团体、宗教、个人无关，

如有雷同，纯属巧合。

目录

拓荒者

通信录音日期：第 429 天

接收：他们中毒了，不知道是什么毒。我们仔细回忆过，除了供给的饮食，我们没吃过这里的任何东西。症状描述已传送。我们该怎么办？我们希望得到帮助！

发送记录零。

通信录音日期：第 466 天

接收：只剩我们四个人了，他们都死了，包括医生。他最后的口述症状已经由我记录并传送。除了我以外，另外三个人也有轻微中毒现象，其中一人因此发疯了，我们只好把他关了起来。

发送：已收到，请等待。

通信录音日期：第 475 天

接收：他们都不行了，只有我没有任何感染迹象。我已经按照你们说的用自己的血制造了血清，并且遵照计量注射给他们，但是到目前为止没有任何效果。请提供新的指示，最好能派遣专业医护人员来。

发送记录零。

通信录音日期：第 492 天

接收：请求援助！他们都死了，我按照指示留下两具尸体作为医疗样本，其余的都已经从冷藏库里清理出来，这几天我唯一在做的事情就是守在焚烧炉前。他们死的样子，真的很恐怖。

发送：你目前有任何感染症状吗?

接收：看上去没有，但是我没办法做更多的测试，因为那些仪器我看不懂，请派专业人员来。

发送：正在申请，需要耐心等待，注意保存尸体样本。

通信录音日期：第 494 天

接收：整个基地只有我一个人了，我害怕。我没有办法进行下一步工作，请派人来。

发送：请传送你的血液样本数据，昨天我们什么也没收到。

接收：传送机好像出了点儿问题，我个人无法进行修复，请派人来。

发送：在收到你的血液样本数据前，我们不可能派人去冒险，请自行解决样本传送机故障。

接收：我告诉你那鬼机器坏了！我自己搞不好这个东西！我的记忆植

人里面没有维修技能！派人来！这里只有我一个活人！你他妈派人来！浑蛋！浑……

通信强制结束。

通信录音日期：第 497 天

接收：数据传送机我修好了，血液样本数据已传送。什么时候能派人来？这些设备价值几千万元，难道你们都不打算要了？派人来吧，求你们了。

发送记录零。

通信录音日期：第 499 天

接收：请确认收到血液样本数据。

发送记录零。

通信录音日期：第 503 天

接收：今天是第 503 天，1 号至 41 号地区勘测完毕，已知生物物种报告已上传，总结报告已上传。拓荒团目前全员生存 1 人，编号 357。

发送：357 号，你现在的身体状况怎么样？有没有什么不适？

接收：我看起来还好，只是睡眠不足。血液样本数据你们收到了，有问题吗？

发送：从样本上看不出任何问题。恭喜你。

接收：那么你们打算什么时候……你们还打算派人来吗？

发送：在上报申请中，请耐心等待答复。

接收：好的，谢谢。

通信录音日期：第504天

发送：有一种植物的样本似乎有问题。

接收：问题？我已经尽最大能力来保证样本的清洁，这里的许多仪器没有日常维护，污染的问题我解决不了。

发送：把所有故障仪器的原因汇总发送过来。

接收：我做不到，我没有能力鉴别仪器是什么故障，只是知道不能使用了。

发送：特征呢？

接收：不清楚，很多都是无法启动，具体情况我不清楚。

发送：记忆植入装置有问题吗？

接收：不清楚，来到这里后就没使用过，我可以试试。

发送：如果没有问题，我们会尽快把维修技能的记忆运送过去，这样便于你维修。

接收：为什么不派人来？

发送：你知道的，送人过去的费用远远高于送装置过去。

接收：你们……打算就这样一直让我一个人待在这颗星球上，不打算再送人过来了吗？

发送：这个问题超出我的工作职权了，我没办法回答你。

接收：……我知道了。

通信录音日期：第 525 天

……

发送：是的，那些植物样本不是因为你的疏忽而污染的，而是那种植物太特殊了。

接收：所以我建议应该彻底灭绝掉那种植物……

发送：凭你一个人似乎很难。

接收：你是说，你们要派人来？

发送：这个难说，我不是决策者，只是通信人员，我负责和你所在的星球以及其他几颗星球的联络，除此之外我什么也不能回答，我只能等待指令，然后根据指令向你回馈。

接收：你是真人还是 AI[1]？

发送：我是真人，AI 很难应对并处理这种内容的通信。

接收：好吧，那你告诉我，从你的经验看，这颗星球适合移民吗？

发送：很难说，更具体的需要很多部门、很多工作人员进行分析评估才可以得到结论，我个人无法做出这种判断。

接收：所以我说从你的经验来看，你认为呢？

发送：嗯……这个……我说不好。

接收：我懂了，你的意思是没有可能对不对？

发送：很难，但也不一定……

接收：如果这颗星球没有移民的可能，那么我还会被回收吗？

1　AI：Artificial Intelligence 的缩写，指人工智能。

发送：根据你所签署的协议，你能继续活着已经是你得到的最大恩惠了，而且你很清楚……

接收：是的，我很清楚，只有签署了那份星际拓荒协议才能避免死刑。这个我再清楚不过了，这里死去的那些人都和我一样——成为星际拓荒者是为了避免死刑。不过我们所得到的承诺是：在某颗星球上拓荒并建立20个以上的移民开垦基地就能适当减刑甚至免罪。但是协议上并没有说假如一个不适合生存的星球、一个无法拓荒的星球会怎么样。

发送：你似乎对此很愤怒。

接收：难道我应该感恩吗？

发送：在我看来是的，至少你还活着。

接收：但是我从没想过独自存在于某颗陌生的星球上。哪怕……哪怕你们给我一个家庭机器人……而不是那种呆板的工程机械蠢货！

发送：注意你的情绪和你的言辞——如果你还想继续今天的通信的话。我有权限随时暂停通信。

接收：好吧，请原谅我刚才的冲动……

发送：让我们把话题拉回到你的工作上来。最后一条：我们需要你对那种植物的详细记录和报告，而且我们还需要种子的实物。

接收：种子实物？你们派人来取吗？

发送：不，等我看一下你们的……呃……你的补给发送表……下周，下周给你的补给投放装置会有一个回馈器，你把采集来的种子放到里面的保压舱就可以了。

接收：回馈器？那东西有多大？

发送：你想搭乘那个东西逃走？那是不可能的，回馈器的保压舱内部比一罐饮料大不了多少。除非你把燃料舱清空，但是那样的话你没有升空的动力。

接收：我只是好奇，因为自从来到这里后，我没见到过任何会飞的东西。你知道的，这里没有鸟类，没有陆生动物，只有一些像是鱼的东西在那些黏稠的黑水里，而且很难吃……

发送：你试过了？

接收：是的，前几天我尝试着吃了一条，那个味道像是煤油浸泡过的鱼罐头……

发送：你还有其他需要汇报的问题吗？

接收：呃，好吧，祝你好运。

发送：好运，357号。

通信录音日期：第550天

接收：嘿，你好啊。

发送：你好，你看上去似乎精神不错。

接收：也许吧，应该是那只不知名的动物让我心情好起来的。

发送：是的，从你发送过来的资料上看，那只动物看上去很有趣，毕竟那是目前为止你找到的第一只陆生动物。你把它养起来了吗？

接收：养起来？笑话，我把它吃了，味道虽然比不上肉，但至少它是新鲜的。

发送：……你是说，你把在这里找到的第一只陆生动物吃掉了？

接收：对，我的协议上没有限制过我吃拓荒星球的动物。所以，我有权这么做。

发送：不，我不是在指责你，而是我以为你会把那家伙留下来做个伴。

接收：相比之下，我宁愿吃到新鲜的食物，那些复水食物让我觉得恶心。

发送：好吧，这是你的权利。

接收：当然是我的权利！对了，你们分析种子了吗？

发送：是的，分析过了。

接收：你们给它取名字了吗？用我的编号来做名字怎么样？357 树？不不，这不像个名字……叫拓荒者树吧？

发送：也许吧，我会记录下来并上报这件事的……

接收：对了，那是一种什么样的植物，让你们这么感兴趣？

发送：你没有留意到吗？

接收：留意到什么？

发送：卫星，我们向你所在的行星发射了一颗小型卫星，并且拍了不少照片。从图片上分析，我们发现那种植物的周围没有任何其他植物存在，只有那一种植物。

接收：那怎么啦？树木不都是这样的吗？

发送：恐怕不是，树林中的植物种类应该是很庞杂的才对，但是你所发送回来的那种植物的种子中似乎有某种毒素……

接收：毒素？

发送：是的，毒素，那是一种我们目前未知的毒素，不过眼下的分析结论是：那种毒素只对其他植物有作用，对动物无效。

接收：呼……你真是吓到我了，我还碰过那种树呢……

发送：那种植物在生长过程中会通过根系和叶片散发出毒素，从而杀掉其他植物，所以才会有大片植物种类单一的树林存在于你所在的星球。

接收：是吗？这也没什么不好……

发送：我的意思是，那种植物妨碍了你所在的星球成为移民星球。

接收：妨碍？你是说，你们没办法除掉那种植物吗？

发送：是的，这些天来实验人员想尽办法也没能中和掉那种植物中的毒素。所以我们决定放弃这个星球的移民计划，这将是我们最后一次通话。

接收：太好了！这太好了！我在这个鬼地方多一分钟都受不了了！这下我能回去了！哈哈哈哈！你们什么时候接我走？我恨死这颗暗淡的星球了，这里的植物和动物，还有河流，都是灰黑色的，我恨死这里了……

发送：呃，你误解了，我的意思是，放弃这颗星球……呃……包括你。

接收：什么？你说什么？

发送：各种数据，包括对动植物种类、土壤等的分析显示，这颗星球不适宜星际移民计划，所以会被放弃掉。我接到的指示就是这样……

接收：不是这个！你是说放弃我？放弃我？可、可是，这里的设备价值好几千万元……你们、你们都不要了？

发送：嗯……实际上，回收那些设备的费用更高，所以按照惯例都是直接放弃……

接收：可、可是我不一样啊，我、我是宝贵的拓荒资源，我有拓荒经验，我可以参与其他星球的拓荒……

发送：是的，但是只有你一个机动单位生存……是这样，通常来讲，生存下来的人员单位低于20人，那么被放弃的可能性就会很大。何况还有技能记忆植入装置，用它可以利用死囚、重刑犯制作出大批的拓荒者。

接收：等、等等，我、我不一样，这些天我独立处理过很多问题，我有很多的植入技能，我、我跟一般的拓荒者不、不一样……我有回收的价值！

发送：呃，这个不是由我决定的……

接收：那请你……求你，求求你去告诉他们，我是特殊的技能单位，我还具有回收价值……

发送：我得到的已经是最终决定。也就是说，我无权提交新的重新审核建议。

接收：可、可是……我……你们这是违法！这不合乎人道！你们、你们、你们……

发送：每两周一次的补给投放还会持续六个月，之后只能靠你自己了。这么做是出于人道考虑——我们能做的只有这些了。

接收：我要回去！我要回去！我不要待在这里！我不想待在这里！这里他妈的只有我一个人！让我回去！

发送：357号，请你冷静下来，你这么做是没有任何意义的，一切都已经决定了，什么也改变不了。两分钟后通信将结束，你的通信频道也会被锁死，这是我们最后一次通信。

接收：等等，等等！一定有什么地方搞错了，你们一定有什么地方搞错了，这颗星球很适宜移民，你们的分析一定有什么地方搞错了！

发送：实验人员反复分析评估过，高层也不想白白放弃一颗可以移民的星球，要知道，拓荒以及和政府签订的费……

接收：你、你有家人和朋友吗？你有孩子吗？假如你能好好想想我现在的处境，你一定有办法把我弄回去的……

发送：我有权不回答工作之外的任何问题，我只是按照指示转达，并没有决策权，请你谅解。

接收：……可是，我不想独自在这个地方！求你、求你！求求你让我回去，我做什么都愿意，求你让我回去……

发送：很抱歉，我只是负责通信……

接收：……（哭泣声）别把我一个人留在这颗星球上，我不想这样，我不愿独自默默地死在这里……

发送：通信还剩最后30秒，你还有什么要汇报的吗？

接收：……（哭泣声）求你们……别让我默默地死在这个地方……

发送：呃……最后15秒……

接收：……（哭泣声）

发送：最后10秒。

接收：我绝对不会无声无息死在这里的！我会一直存在！浑蛋！你们这些冷血的浑……

全部通信结束。

星球编号：79。

殖民结论：不适宜。

评估核定：放弃（相关法律条款见副本引述）。

拓荒团生存 1 人，编号 357。

一百五十年后。

一艘洁白的梭形飞行器无声无息地划过太空，透过侧面的大舷窗能看到有个中年男人正皱着眉站在窗前凝望着窗外的茫茫天际。

他有一头棕色的鬈发、黑色的眼睛，干净而白皙的皮肤看上去保养得非常好，笔直的鼻梁下是紧紧抿着的嘴唇，这使他看上去很严肃。

“怎么了，亲爱的？”一个窈窕的年轻女人走过来把下巴搭在他的肩上，“只是仪器的小故障罢了，别这么严肃。”

“孩子们睡了？”棕色鬈发男人紧绷着的脸颊稍微松弛了一些。

“嗯，睡了。对他们来说导航仪坏没坏无所谓，旅行本身才是重要的……”

“得啦，别安慰我了，星际导航系统是我忘记更新的，若是你们责怪我的话，我反而会轻松些。”

“我不会怪你的，这又不是你的错……在更新资料传送过来前，我们就这么等着吗？”

“不，为了避免干扰航线，客服 AI 推荐我们到附近一颗星球的近地轨道[1]等待。刚刚我按照交叉坐标点已经找到那颗星球，现在正往那里去，估计……”说着男人抬手看了一下腕表，“估计很快就要到了。”

“哦？真的？我们可以着陆吗？”

“恐怕不行，资料显示那颗星球不适宜生存，虽然大气环境还不错，但是据说那上面有些危险的植物……”

“管他什么危险植物，我们找个没有植物的地方偷偷着陆，去做个天体日光浴怎么样？例如海边？”女人妩媚地趴在男人的耳边喃喃低语着。

“呃……那颗星球上的海水是一种黏稠的……”男人边说边扶着女人的腰把后背靠在舷窗上。

“黏稠的……黏稠的什么？”

这时，一个轻柔的电子合成音缓慢地播报：“已接近预定地点的近地轨道，预计 10 分钟后完全进入指定轨道，推进装置待机准备，开启全部安全警戒系统，通报完毕。”

窈窕的女人转回头继续看着眼前的男人：“就我们两个……你要不要去？”

男人笑了笑，把妻子的腰搂得更紧了：“你会后悔的……”

“你指蜜月那次？才不呢！我怎么可能……嗯？”女人瞟了一眼舷窗外后愣了一下。

“怎么了？”

“这颗星球真的没有移民吗？”她一直盯着窗外。

1　指航天器保持在距离地面高度较低的轨道飞行。距离地面高度没有公认的严格定义，通常高度在 2000 千米以下的近圆形轨道都可以称为近地轨道。

男人松开手回过头看了一眼，舷窗外的那颗星球看上去是灰暗的，大片黑色的森林、棕色的沙漠和淡灰色的海洋，除此之外没有任何其他色彩——它远不如地球看上去漂亮。

“数据库是这么说的，这里只有勘探卫星来过，没人来过……谁会来这种地方？你看到什么了？”

“那些，看见了吗？那些森林的边缘很整齐，你不觉得那很整齐吗？”

“整齐？什么整齐？”男人彻底松开搂着妻子的手臂，专注地趴在舷窗上看着。

在大片黑色森林中，很明显有一些区域没有任何植被，露出浅棕色的土壤，所以从太空中看去，在黑色森林中有着一些笔直的线条。

“这是偶然现象吧？”他疑惑地嘀咕着。

“会这么偶然吗？”女人不安地舔了舔嘴唇，继续凝视着那些奇怪的线条。

“好像，是什么……我看不清，要等再绕过去一点点才看得到……那个，那个……”

渐渐地，地平线上那些线条的其他部分渐渐浮现了出来。

“亲爱的，这是……这是……这是……”女人一只手捂住嘴，另一只手紧紧挽住男人的胳膊。

在某颗遥远的星球上，在那大片黑色的森林中，有一些清晰而干净的浅棕色线条圈出了由树木组成的、笔画至少有几十公里宽的一行字：

“我来过。”

永 夜

“人类真是奇怪的动物，当我们没有外来压力的时候，我们的劣根性会扩大很多倍，并且我们丝毫没有忏悔的意思。而当面临压力的时候，我们的爱、我们的善良、我们的宽容和坚忍的那面就会突然展现出来，就好像我们本来就拥有高尚的情操一样……”

“对不起，我必须打断你！因为高尚的情操的确原本就是人类的美德，而并非从什么地方植入的！”

“好吧，就算你说得没错，但那些美德平时都哪儿去了？在永夜之前，我们只会因为某人的高尚情操而感动，但是绝大多数人，我是说绝大多数人！都仅仅是一种旁观者的态度而已，并没有打算自己也成为那种拥有高尚情操的人，否则我们在读到南丁格尔[1]的故事以及甘地[2]传记的时候就不会泪流满面了，对吗？”

---

1 弗洛伦斯·南丁格尔（1820—1910），伟大的人道主义者、近代护理创始人。

2 莫罕达斯·卡拉姆昌德·甘地（1869—1948），哲人、印度国父、政治家、近代民族资产阶级学说创始人。

“高尚的情操是需要被环境激发出来的……”

“真的是这样吗？你能明白我所说的吗？问题在这里吗？问题不在这里！我是说，平时它们都在哪儿？为什么我们不能时刻那样呢，就像在永夜之乱结束后最初的那段时间一样？关键的问题……”

我安静地捧着一杯水看着电视上两个人在激烈地争论着。理论上讲，我非常认同那个中年人对人类劣根性所进行的不停的批判和指责，但是我无法彻底地认同，因为我就是人类——我只能从我的角度去看。

假如在永夜之前听到有人说这种话，我定会不屑一顾并且对此嗤之以鼻，但是经历过那种种磨难幸存下来后，我的看法有些改变。

一切都是从那天开始的。

那天之后，天空再也没亮起来过，人类进入了黑暗的时代。没人知道什么时候太阳能再度升起。

不出所料，面对无边的黑暗，人类的脆弱毕现无疑——各种道德观、价值观以及现有的社会体制完全崩坏——没人再听命于各自的政府，受其统治。整个人类社会开始彻底动荡，加上宗教团体蛊惑，几乎所有人都陷入了没有缘由的自责、自残甚至自杀情绪……这些在人群中蔓延开来……最初的那一年，整个世界因此失去了几十亿人。

假如真的有世界末日的话，那段日子就是末日。但不是世界的末日，而是人类的末日。因为每个人都是疯狂的。

那几年，人间就是地狱。

随着时间的推移，人们发现黑暗只是黑暗，除此之外和以前没有任何不同。黑暗中没有来自异世界的怪物，也没有任何可怕的东西。于是人们开始逐渐恢复了理智。我们这些活着的人重新建立社会秩序，并且努力恢复到黑暗来临前曾有的生活中去。

慢慢地，各种信息传播渠道也开始恢复了。生物学家们惊喜地发现，植物并没有因为这永恒的黑暗而停止生长……什么？你问光合作用和叶绿素？很遗憾，这我不知道，你去问植物学家们好了，我不清楚也并不关心那是为什么。相对而言，我只关心自己的餐桌上有没有早餐、午餐还有晚餐，并且我还在努力抚平来自心灵的创伤——我有将近一半的亲友都自杀或者死于先前那场全球性的社会动荡——我需要时间来安慰自己——每个活着的人都是。

当生活恢复正常后，我是指电话能够重新使用后，我每天都会打很多电话，同时也会接到很多电话。有时候打来的甚至仅仅是某个交换过名片的人。那些和我通话的人，包括我自己，都在哭。我们哭着诉说自己的不幸，倾听着他人的不幸。每天我们都在忏悔，并且宽慰他人……在那将近一年的时间里，没有战争，没有暴力，没有罪恶，仿佛整个人类社会为此而跨越了一大步——学会宽容、忍耐、怜悯、仁爱，放弃了人类曾有的那些陋习与罪恶……

现在回想起来，那段时间仿佛并非身处于人类社会，而是身处于别的物种之中——没有一个坏人。

但那段美好的时光仅仅维持了一年都不到。很快，我们，我是说人类，又恢复到了永夜来临之前的样子。至少看上去，一切都和之前一模一样。

急促的电话铃声把我的思绪拉了回来。

我把电视的声音关闭后拿起了话筒。

“喂？”

“是我。”

打电话来的是我的一个同事，叫陈浩。

“老周，呃……盛阳……呃……去世了……”

盛阳是我们都认识的一个朋友。在永夜后最初混乱的那段日子里，他曾经带着女友逃到别的城市。在混乱结束后，他一个人回来了，而他的女友没能躲过那场整个人类自己造成的灾难。

我攥着话筒沉默了好一阵。

“是自杀的……”

“嗯……”

“老周，我这么说也许不是很恰当，但是……你还好吧？”

“我……”说实话，我不清楚自己到底算不算还好。

“不管怎么说，你多保重……下周盛阳的葬礼上见吧，我想跟你聊聊，具体时间等我通知好了……那么，我先挂了……”

又是一阵尴尬的沉默，而后他挂断了电话。

我把话筒扔在一旁，换了个频道后重新打开电视音量。此时画面上一群人正在把许多探照灯杂乱地堆在一起，并且把光柱同时射向天空。看得出，那些是光明祈愿会的人在搞什么活动——光明祈愿会是永夜之乱结束后不久，由民间自发成立的一个组织。这个组织发展得很快，短短几个月，机构就遍布全球，会员已经有上百万人。这些人整天都在用各种宗教仪式祷告，乞求能再次见到阳光，同时还在深刻地批判着人类的种种陋习——刚刚参加辩论栏目的那个言辞激烈的中年男人就是光明祈愿会的主要成员之一。

“……光明祈愿会所发起的这项活动有大约5000人参加，他们把灯光射向天空，祈祷着温暖的阳光能再次照耀到我们的星球。这次祈愿活动的口号是：期盼晨曦……”

我关了电视、关了灯，倒在沙发上，呆呆地看着天花板等待入睡。自从永夜之后，我再也无法在床上入睡，不知道为什么，每次睡在床上都会使我噩梦连连。

一周后，我参加了那场葬礼。参加葬礼的都是盛阳的朋友，没有他一个亲人。因为盛阳的所有亲人都在永夜之乱中去世了。也正因如此，对于盛阳自杀的原因没人询问——那种让人难以喘息的压抑我们都能理解。

只是，谁也帮不了他。

葬礼结束后，陈浩问我有没有空，然后我们去了一家简陋的小茶馆。

坐下后，陈浩凝视了我一会儿说：“你看上去还不错。”

我不知道该怎么回答他，只是点了点头。

“盛阳……真可惜……其实我们应该多陪陪他……”

我看着茶杯里的泡沫打断了他：“他一个亲人都没有了吗？远房亲戚？”

陈浩摇了摇头：“我们已经仔细找过了，的确没有了。他留下的那些财物最后我们都给了他女友的父亲——你知道的，那个女孩的母亲也在永夜之乱中去世了。”

我喝了口茶，略带苦涩。

陈浩叹了口气：“真可惜啊，其实我应该早一点告诉他真相的。”

我从走神的状态中回醒了过来，因为我听出这句话里有些别的什么。

“真相？什么真相？”

“你没听说吗？”陈浩先是略带惊讶地反问，然后稍微前倾着身体并且压低了声音，“消息是从光明祈愿会传出来的。”

“那个宗教团体？传出来什么了？”

“嗯……”他沉吟了一下，“他们说，实际上，阳光并没有消失，只是我们看不到罢了。”

我愣了一下：“什么？”

“阳光还在，只是我们无法看见它的存在。”

“我没听懂。”

“你想啊，为什么植物都还正常？为什么一切都还正常？”

“呃，这个我不清楚……”

“因为一切都正常，什么都没改变，只是全体人类突然看不到阳光了而已。”

“这怎么可能？”

“实际上，这很可能。”他严肃地看着我，说得斩钉截铁。

“为什么？”

“你应该知道吧，假如说我们可以见到的各种频率的光并排排列的话，有一米长，那么我们肉眼看不到的光并列起来，会超过一亿五千万千米那么长。也就是说，原本就有很多我们肉眼无法看到的光存在。而永夜……”说着他用手指敲着桌面，“而永夜其实根本不存在，只是我们的视觉丧失了看到一些光的能力……”

“这不可能，你和我都是医生，我们都很清楚这种全体性的突发疾病不可能存在。”

他笑了：“你一定要用医学来解释吗？没错，我们都是医生，但是我们也都清楚，医学从某种程度上讲只是应对措施罢了，它解释不了很多事情和问题。”

“可是……”

他不耐烦地挥了挥手打断我：“得了，我早就知道你不会接受这种说法，所以现在才告诉你……”

“不，我想问的是：假如你说的这些成立，那么为什么会这样？”

“这个……会里的人说……嗯……也许是出于某种惩罚……”

“惩罚？来自神的？或者造物主？”

“大概是吧……”

他说得含糊其词。这时候我注意到，他的衣领上别了一枚小小的徽记：一束光照耀在一颗蓝色的星球上——这个标志我认得，那是光明祈愿会的徽记。

“其实我们一直都还身处在光明之中，只是我们看不到罢了，也许有一天，突然之间，一切都恢复了，我们又能继续看到阳光照射下来，洒在路面上……”

我放下茶杯看着他：“你相信了？”

他也看着我，一字一句地反问：“我为什么不相信？现在世界已经这样了，不是吗？”

我们没有再聊下去，而是各自默默地喝完杯子里的茶，然后互相道别。

回到家后，我打开电视——因为我受不了家里没有任何声音，而脑子里在想中午陈浩所说的话。

我走到窗边，看着窗外。

现在是下午三点，窗外的天空是黑色的，路灯和车灯在黑暗中勾画出一条条的光带，而黑暗中另一些星星点点的灯光表明那些房间里有人在忙碌着什么。这个世界现在就是这样的，二十四小时都是这样的。

我深深地吸了一口气，否则我会觉得难以呼吸，仿佛有什么东西堵在心口。

面对着黑暗，我无法相信陈浩所告诉我的。

这时一股绝望的情绪涌了上来。我猜，我再也见不到太阳升起的那一刻了。

我无比怀念最后一次见到太阳升起的那一天，可是，我无论如何都想不起那究竟是哪一天。

R-7A 工作站

松冈柘郎盯着屏幕，慢慢推着摇杆，一点一点地让屏幕正中的十字标记对准接驳舱。

几分钟后，终于对正了。他小心地松开摇杆，按下一个浅绿色的按钮。从屏幕上看，几束绿色的激光射向接驳舱。

“反馈了吗？”他回头问伯纳德。

伯纳德叼着雪茄眯着眼盯着屏幕等了一会儿：“啊，有了！”说着用掌纹解锁并打开了电脑自动接驳设定。

两个人同时松了一口气。

柘郎抬起手臂用手指扶住重力开关罩：“即将失重。”

“嗯。”伯纳德哼了一声，把嘴里的雪茄塞到一直挂在脖子上的雪茄筒里，拧紧盖子，抬手做了个 OK 的手势。

柘郎掀开重力开关的防护罩，用力推起扶手，伴随着一阵嗡嗡声，头顶的风机停了下来。操纵台上的杂物开始慢慢飘浮。

两个人分别解开安全带，默默从自己的操纵椅上腾空，滑向通向对接舱的通道。

接驳舱在激光束的指引下正慢慢地向着他们靠近，看上去很正常。

“接你班的是谁？”柘郎问。

“啊……谁来着？”伯纳德一手抓着扶手杆，一手拨开飘到头顶的雪茄筒挠了挠头，“伊戈尔吧？好像是他。”

柘郎回头看了他一眼：“伊戈尔？他不是一直跟法国佬一组吗？在哪个站来着？R-7R？从去年就是。”

伯纳德摸了摸胡子拉碴的脸颊：“是，他们那边好像出什么事儿了，停工了差不多两个月，有政府派来的工作人员接管了工作站和整个那片区域。”

“出事儿？安全事故？”柘郎稳住飘浮的身体敲了敲一个因线路老化而闪烁不停的屏幕，屏幕又闪了几下，画面终于稳定了。

伯纳德摇摇头：“好像不是安全事故……不，具体不清楚。上个月在平衡站补给的时候还看到他们了，他们在聊什么。我当时去拍了拍他肩膀，打了招呼，然后就被那个……叫金……金什么的韩国人拉走了。”伯纳德漫不经心地回答着，专注地看着窗外的接驳舱越来越近，几乎挡住了整个观察窗。

“金川昊。”柘郎盯着墙上的监控屏。

接驳舱越靠越近，也越来越慢，最终，占据了整个对接口，随着一连串轻微的震动，舱口那一圈闪烁的黄灯一个个地开始变绿。

“妥了。”说着伯纳德拍了下柘郎的肩膀，转身飘向自己的休息舱。

柘郎耐心地又等了好几分钟，对接口才加压完毕。一个听起来很严肃的电子合成男声响起："对接成功，注意，舱门将在三十秒后开启。对接成功，注意，舱门将在三十秒后开启。"

柘郎向后飘了一下，让开门口。

舱门开了，伊戈尔顶着一头乱糟糟的短发、拖着两个鼓鼓囊囊的大包出现在他眼前。

"嗨！"柘郎扶了下眼镜，伸出一只手。

"啊，你这个小猴子，已经升职成站驻了！"伊戈尔笑眯眯地抓住柘郎的手滑了进来。

"才三个月。"柘郎帮伊戈尔把两个大包拖了进来。

"伯纳德那条老狗呢？"伊戈尔回头问。

"去拿行李了，老 3 号站出来的都是这个毛病。"

"是啊是啊，"伊戈尔边四下打量着工作站内部边滑向生活舱，"我们那时候都认为接班的人到了才能去拿行李，否则就不吉利……"

柘郎拨开挡在眼前的大包："是土卫六那次搞怕……"

"嘘！"伊戈尔抓住舱壁上的扶手停下滑行，回过头严肃地看着松冈柘郎，"不要在工作站说事故，一次都不要有！"

"OK，OK！"柘郎张开双手做了个投降的姿势。

"你好啊，小狐狸崽子！"伯纳德拖着自己的桶状大包从休息舱飘了出来。

伊戈尔回过头张开双臂："老狗！"

柘郎看着两人飘在通道里拥抱、问候，然后道别。

“你自己可以吗？”柘郎指了指伊戈尔的两个大行李包。

“OK，你去吧！”伊戈尔大大咧咧地拖着两包大行李纵身滑向生活区。

柘郎送走伯纳德，盯着舱门的倒计时封闭、解锁，然后看着接驳舱在黄灯闪烁中越退越远、转向、加速，离开了自己的视线。

他重新回到工作岗位上。

此时伊戈尔刚刚坐到操作椅上。

“重力？”柘郎回头看向伊戈尔。

“好的！”伊戈尔用安全带把自己捆在椅子上。

人工重力重新打开后，头顶的风机也跟着轰轰地响起来。伊戈尔扶着自己的脖子晃了晃头，欠身把工作卡用力插进卡槽，等了几秒钟，挨个拨开一连串的开关。

“这个工作站，简直比我妈还老。”他嘀咕着。

柘郎笑了一下：“别哀哀叫了，话说，你是怎么调到这个组的？”

“啊，别提了，法国佬们都是死心眼！”伊戈尔开始专心地盯着屏幕。

“哦……”柘郎想了想，没敢再追问，虽然他很好奇之前到底出了什么事故，“矿石已经锁定了，大概在3/1/3的位置，那一连串都有矿物反应，应该不少。”

“明白！”伊戈尔把双手插进操作台的模拟臂，开始控制着工作站转向。

两个小时后。

伊戈尔看了一会儿矿物雷达，端着咖啡赞叹：“这片矿可真够大的，四十……不，五十个小时基本不用管了。”

“矿舱还是要换一次的。”柘郎纠正他。

“啊，那就不算什么了，没想到这么好运气，刚来就可以很清闲，哈哈哈哈哈哈。”看起来伊戈尔很开心。

“你跟那些法国佬休息了多久？”柘郎小心翼翼地避开“事故”这个词。

“别提了，”伊戈尔放下杯子掏出一根烟点上，“才开工三十个小时就赶上倒霉事儿，我提议最好不要报，那两个法国佬死心眼，联系了平衡站，说想问问其他人的意见进行表决。信息被平衡站监听到，政府的人很快就来了。那一片矿区全部封闭，我们直接返航回了平衡站。但你知道的，咱们矿区都是满班排员的，哪儿有工作给我们？我们几个在平衡站天天等着，浪费了快两个月才又排上班。我再也不会跟那群白痴法国佬一起干活了。每年来小行星带矿区往返就浪费掉四个月，余下只有八个月的时间挣钱，还浪费掉两个月！死心眼！呸！”说着他啐掉嘴里的咖啡渣。

柘郎点了点头，想了想，还是没敢细问：“你要不要先去休息？交给电脑自动处理就可以了，我把警戒点调敏感一点，想去洗个澡。”

伊戈尔开心地叼着烟做了个敬礼的动作：“好的，站驻！”说完起身伸了个懒腰晃悠着去了生活区。

刺耳的警报声把柘郎吵醒了，他眯着眼恍惚了那么几秒钟，然后猛地清醒过来，匆忙抓起眼镜戴上扫了一眼床边的提示屏。上面闪烁着一行黄色的大字：吸入口故障警告。柘郎松了口气，磨磨蹭蹭地开始往腿上套那条肥大的背带裤。

“什么声音？”伊戈尔睡眼惺忪跌跌撞撞地从自己的舱房跑了过来。

“没什么，吸入口故障而已。”柘郎站起身费力地从背后摸到背带裤的肩带，“可能是吸入口被两块矿石并排卡住了，上周也报过这类警。”

伊戈尔眯着眼看了下通向工作区的走廊：“这个老妈妈工作站没有吸入整理器吗？”

“有，”柘郎开始穿外套，“但整理器的电脑有问题，跟吸入口工作不协调，总是慢半拍……你不用去了，我去打开辅助吸入口吹一下就好。”

“好的，好的……”伊戈尔伸了个懒腰，“采了多久？”

柘郎转身把挂在床头的工作识别卡取下来：“不到六小时，我才睡下三小时。”

伊戈尔把手伸进自己那件巨大的T恤挠着后背：“啊，有个勤快的站驻真是好。”说完踢踢踏踏地回休息舱扑倒在毛毯上。

柘郎架起眼镜揉着眼睛回到工作区，插上识别卡，关掉报警器，然后仔细地看着吸入口监视屏。

吸入口明显已经停止工作了，但看上去一切正常，没有什么东西卡在那里。

“嗯？”柘郎莫名其妙地切换了几个角度又看了看，什么都没有。

奇怪！他挠了挠头。难道是管道内部卡住了？不可能啊，管道内部都是一排一排传送轮，不停地把含矿小行星碎石送进分拣箱。因为传送轮是独立的，即便有几组不工作也没问题，怎么会卡住呢？

他又仔细看了一会儿，试着重启了一次吸入口，还是一样。

这是什么情况？难道是分拣箱出问题了？

他把镜头切换到分拣箱，果然，分拣箱内闪烁着红灯。

看来要人工去分拣箱看一下了，因为那里只有一个监视探头，还是低分辨率的，什么也看不清。

柘郎无奈地叹了口气，把工作站待机，然后去安全舱换太空服。

三十分钟后，柘郎站在分拣舱门口，输入密码，拉下开关，分拣舱的舱门无声地打开了。

这里的重力只有工作站主舱的五分之一，所以空中飘浮着一些细小的矿石碎屑。柘郎低头看了一眼手臂上的磁场型防割驱离装置——那是一种利用磁场驱离太空碎片的东西，所有的太空服上都有——驱离器指示灯很让人安心地一下下缓慢地闪烁着。

柘郎打开头灯，进门，小心地爬下扶梯。

现在他站在了分拣箱的底部。

分拣箱的灯光不是很亮，加上一些细小的矿石四处飘浮着，所以他只能凭肉眼找。

这么大个分拣箱，该从哪儿找起呢？他想了想，决定先去吸入口那端看看。

柘郎借助着低重力一纵一纵地跑到吸入口，借着头灯抬头看去。

这回他看明白了，一张很大的金属网的三个角卡在最里面这组传送轮的缝隙里，兜住了一大包行星矿石。

哪儿来的金属网？柘郎仔细分辨了下，看上去它是从某个矿站的外围磁场防护层掉下来的。但这就奇怪了，这片矿区不可能有人来过。

“这应该不是我们站的吧？哪个站掉的，居然能飘这么远！”柘郎嘴里嘀咕了一下，顺手拉了拉金属网试了试。卡得很结实，于是他顺着金属网爬了上去。

爬了一大半他才彻底看清，金属网兜住的矿石远比他想象的要多得多，足足有半辆卡车那么多。柘郎打量了下四周，把自己固定在分拣舱顶部垂下来的一段带钩子的铁链上，弹出靴钩，钩住金属网固定好身体，从腰包找出切割器，推出光丝，尽量远离头部，按下开关。

一道很亮的光束顺着光丝绕了两圈回到切割器手柄里。

这时，金属网兜住的那堆矿石里有什么东西开始反光。

柘郎眯着眼透过矿石缝隙往里看，似乎是个弧形的东西在反光。

那是什么？

他想了想，还是决定先切断网子再说。

柘郎足足花了二十分钟才把金属网切成几大块，矿石稀里哗啦地掉了下去。然后他顺手又把卡在传送轮的部分清理了一下。干完后他沿着倾斜的分拣舱壁慢慢滑到底部，在一堆行星矿石中找到了那个反光的东西。

那东西不是独立的，好像是藏在什么东西内部。

分拣舱浮尘太多，什么也看不清，只能大概看出这是个箱子一样的东西，得有两个太空服头盔那么大，半开着口，盖子部分缺失了一小半，其余部分都是完好的。那个反光的东西就在箱子里面。

柘郎想把手伸进去，但太空服太肥大了，加上手臂部分又有很多配件和控制器，不方便。

他迟疑了几秒钟，决定先把这个太空垃圾带出去再说。

三十分钟后。

柘郎脱掉太空服，费力地把箱子从安检机里拖出来，放到一辆四轮小工具车上，带回了工作区。

他先启动了工作站，看着一切正常后才离开控制台去研究那件太空垃圾。

由于小行星带属于矿区，所以没什么游客和商用太空船经过。通常来说，这里不太可能会有太空垃圾，即便有，也应该是在这里采矿的矿工们干的。

但这东西明显不是工作站上的任何部件，因为柘郎没见过。

“这是某个工作站扔的吗？”他扶了扶眼镜，摸着下巴仔细打量着这个东西。

看上去这个箱子不像是木质的，也不是金属的或者塑料的，更像是石头雕刻出来的——半敞开的箱盖和箱体连接处是模糊的一团，仿佛是个粗糙的铰链。但很奇怪的是，箱子里面似乎有不少东西。柘郎用手电筒仔细看了，里面有一块L形的板子，一摞看上去像是书那么大的长方块，还有一件半个杯子似的东西。另外，就是让柘郎注意到的那个反光的玩意儿了。它像是一个金属球，不过只有大约三分之一部分，表面很光滑，说不清是什么材质的，看上去像是金属，可摸起来有点像塑料或者光滑的木头，但他可以确认，这玩意儿肯定不是塑料或者木头。

它和箱子里的其他东西不同，其他东西都跟箱子材质一样，仿佛是年代久远的石头雕刻出并固定在里面的，唯独这个球体碎块似的东西，是有光泽的，镶嵌在一堆石头雕刻中。

这是什么鬼东西？柘郎又把手伸到箱子里摸了摸。

是的，手感介于塑料和木头之间，但看起来又是某种金属。

研究了一阵后，柘郎决定把伊戈尔叫起来——虽然柘郎有精密仪器的修理资质，但这种大件的东西，他无能为力。毕竟，伊戈尔才有矿站机械师维修资质。

他也许见过。

伊戈尔看到这个奇怪的雕塑之后，脸色很不好。

“这不是什么重要的东西，把它扔了就好。”他这么说。

“你认得这是什么？”柘郎问。

伊戈尔不安地摸了摸刮得很光滑的下巴：“不认识。”

“那你为什么说这是个不重要的东西？”柘郎追问。

伊戈尔叹了口气，从墙壁上抽出摇臂椅，坐下，又看了一会儿那个奇怪的箱子后，抬头问柘郎：“你知道我之前在 R-7R 工作站的时候出了什么事儿吗？”

柘郎想了想道：“跟这个东西有关系？”

伊戈尔点点头，掏出烟，点上，吸了几口后目光看向操作台那边的观察窗：“有一天我们在找矿的时候，在太空中找到个很奇怪的东西，得有一个救生舱那么大。那东西看起来跟这个一样，颜色、材质都像是矿石。但当时我们都可以确定，那不是石头该有的形状，肯定是人工造出来的。所以我们就把那玩意儿弄了回来。你知道的，R-7R 比较新，不像这个妈妈站这么小，要大很多，所以人也多，工作站需要三个人维持运转。有我和阿尔冯斯——你认识的，就是土卫六老 3 号站那个，还有巴雷。我们三个研究了好一阵才搞明白，那个救生舱似的东西，的确是人造的，而且不是石雕或者其他什么石头做的东西，是矿化了的。你知道我在说什么吗？”

柘郎道：“因为年代久远而矿物化了？但是，在太空中怎么会矿化呢，没有土壤环境啊？”

伊戈尔点点头：“是啊，阿尔冯斯当时也这么认为，但它就摆在眼前，远古的、矿化了的某个东西。具体是怎么搞成那样的谁也不知道。我们当时很好奇，于是在一个看上去比较薄的地方敲了个大洞。那里面果然是空的，而且有一些东西，看上去跟这个箱子里的东西有点像，也都矿化了。但也有一些东西并没有矿化，那个材质，就跟里面反光的这东西一样。看起来像是金属，但摸着又不是金属，既像塑料又像木头。但到底是什么谁也不知道。”

“然后呢？然后那些东西怎么样了？”柘郎表示很好奇。

“然后？然后巴雷说那个东西是古代的东西，算是文物。”伊戈尔叼着烟靠回到椅背上。

柘郎一脸莫名其妙：“文物？什么样的文物？”

伊戈尔眯着眼：“嗯……好几百年前，有一个可能是数学家的人，他通过计算得知在火星和木星轨道之间还应该有一颗行星存在，但是那颗行星却始终没能被找到。又过了几百年，在火星和木星之间该有行星的轨道上，就是我们现在的这一圈位置，发现了小行星带。咱们公司平衡站所在的谷神星、矿石中转站所在的灶神星、2号站所在的鸦女星，包括我们现在采的这些矿石小行星，这些都处于小行星带。虽然有说法说，在小行星轨道上之所以没有像样的行星而只有小行星，是因为受火星和木星之间的轨道共振影响，所以没办法形成一颗像样的行星。但也有另一种说法：小行星带轨道上有过一颗行星。”说着他意味深长地看着松冈柘郎，“而且真有这么一颗行星的话，通过数学计算得知，应该跟地球差不多大，你知道这是什么意思吗？”

柘郎张大嘴愣了好一阵：“伊、伊戈尔，你的意思是……”

伊戈尔没搭腔，掐了烟对着地上那个奇怪的东西努了努下巴：“你觉得这是什么？”

“我的天！”柘郎重新仔细审视着简易推车上的那个矿化箱子，“可是，那颗行星，什么时候……这得是多少年前的啊？”

“听阿尔冯斯说，小行星带存在上亿年了。”伊戈尔也面无表情地看着那个箱子。

“这、这怎么可能啊？！怎么可能有人造物体能存在上亿年呢？阿尔冯斯是怎么知道这些的？”

“你忘了吗？”伊戈尔重新掏出一根烟捏在手里，“阿尔冯斯在土星环矿站当过科学官助理。”

“原来是这样……”柘郎充满敬意地摸了摸石雕般的箱子，“我们这就通知平衡站吧？这可是上亿年前外星文明的产物啊，真是好奇，这个东西原本到底是做什么用的呢？”

“问题就在这里。让我来跟你解释下后面发生了什么吧。R-7R之所以停工，就是因为那个东西。死心眼的法国佬想跟其他矿组工人商量下到底怎么办，到底要不要上报给公司，结果信息被平衡站的政府部门截获了。那些家伙飞快地就派人接管了 R-7R 那一整片区域。我们只好回到平衡站等着。现在，你要是因为眼前这个东西跟公司汇报，我敢保证，咱俩肯定得回平衡站闲着了。柘郎，你可别忘了，不仅仅是工作站停了，好不容易发现的这片矿也就没了，咱们两个，连同组里其他五个人，今年就别打算赚钱了。”说着伊戈尔弓下身，用膝盖撑住两个手肘看着柘郎，“你真的要报吗？”

“可是，这个东西……它……它是上亿年的……地外文明啊……”嘴里虽然这么说，但柘郎动摇了，因为伊戈尔说得没错。

伊戈尔就这么撑着手肘耸着肩膀，点燃一直捏在手里的那根烟：“我敢打包票，肯定也有其他工作站发现过这类玩意儿，但是他们都没报，为的就是这么干下去。如果现在是咱们今年的工期结尾，我倒是乐于通知公司后把这东西交出去，反正后面回地球休假了，影响不到赚钱，但现在，咱们才开工三个月……”

柘郎道：“那咱们把这个留起来吧，等今年工期结束再交上去，这样什么都不影响。”

“留起来？”伊戈尔摇了摇头，“我来告诉你会发生什么：政府的人不光会接管矿站，还会调出监控记录看具体情况，什么来源啊，如何处理的啊……你那时候怎么瞒？难道你跟他们说：‘啊，先生们，我怕耽误赚钱，所以四个月前把这东西藏了起来，现在我工期结束了，可以交给你们了，你们看到的工作站监控录像就是这么回事！’对吗？是这样吗？那咱俩这份差事肯定也丢了。”

柘郎为难地看了看伊戈尔，又看了看箱子，知道伊戈尔是对的。

“那、那怎么办？”

伊戈尔拍了拍柘郎的肩膀：“很简单，要我说，把这东西拖回去，分拣舱会把它连同矿石一起碎掉，我们就当什么都没发生，继续开矿，继续赚钱。至于站内监控录像……没有事故谁会去审查这个？而且这种妈妈站，监控设备出问题，中间少了俩小时会有人追查吗？松冈先生，听我的吧！”

柘郎盯着箱子足足看了一分钟才缓缓地点了下头。

分拣舱门口。

停了一下之后，松冈柘郎输入密码，拉下开关，分拣舱的门打开了。一些细小的粉尘飘了出来，撞上太空服的防割驱离磁场又飞散开来。

他回头看了下，伊戈尔在通道那头的舷窗处向他伸了伸大拇指后回工作区了。

柘郎把那个矿化的箱子拖进分拣舱，在踏板边缘犹豫了一下，回身从墙壁上的洞里抽出舱内开门摇杆，撬掉矿化箱的盖子，又用力凿了几下，取出那块闪亮的弧形金属片，把它塞进工具包，然后一脚把整个箱子踹下踏板，看着它轻飘飘地掉落在舱底的碎矿石上。

柘郎转身出了分拣舱，封闭好分拣舱门，拉下锁定杆。

一些细碎的矿石渣又撞到太空服的防割驱离磁场上，弹开，飘向茫茫深空。

虚幻世界

大学二年级的时候，我上铺的兄弟因故搬走了，没多久新来了一位。

新来的那位是个怪人——我们寝室的人都是这么认为的。

首先，他比较低调……我是说比较低调吗？其实我是想说：非常低调。低调到最初我们跟他寒暄的时候，他的回应只是低着头“嗯”一声，然后上床闷头看书去了。之后大约一周的时间，只有极少的同寝室弟兄见他说过话。以至于我们有时候经常忘了这个人存在——因为那家伙甚至很少发出声音。

不过他第一次主动跟我说话的时候，把我吓了个半死。

那天晚上宿舍的其他兄弟都奔网吧打游戏去了，据称在网吧方便沟通。当时整个宿舍楼都很安静——喜欢玩的不知道去哪儿了，用功的去教室了，恋爱的正忙着在校园各个阴暗角落甜言蜜语搂搂抱抱，总之没什么人在宿舍待着。我对游戏没兴趣，也不用功，并且还没女朋友，所以就抱着笔记本半倚在床上戴着耳机看恐怖电影。

在剧情的安排下，当片中白痴主角不知死活一步步往最有可能出事的地方走去，而我正毛骨悚然头发根奓起的时候，突然觉得似乎有什么不对劲。于是抬头一看，那位低调的怪人正从上面倒着探出半个脑袋看我。恐怖片中的高潮音乐配合着这一幕吓得我当时几乎魂飞魄散。瞬间，笔记本被拱起的膝盖撞飞到上铺床板发出了“咚”的一声，耳机也从我的脑袋上脱离出去飞入一堆袜子。而恐惧像个有獠牙巨齿的怪物，先是把我整个吃了进去，然后又飞快地把我整个拉了出来——我汗毛倒竖，身体因恐惧猛然收缩，接着四肢痉挛，一阵阵虚脱和无力感控制了全身。在这个本该大喊大叫的时刻我却喊不出来，只是从喉咙深处发出一声绝望的呻吟。那声音陌生、低沉、缓慢，而且带有某种类似于啮齿类动物濒死才能有的崩溃。

这时上铺的罪魁祸首缓缓开口了：“你，相信有鬼吗？”他这句话再次把我往恐怖的深渊推了一把，同时也让我因被打扰而产生的怒火几乎全部转化为恐惧。

老实说，我不清楚其他人在那种情况下听到这句会有什么反应，而我的反应很直接：伴随着浓重尿意我想到了爸妈，想到了自己还是处男。

“你你你你你要干吗？”我知道这个回答很蠢，但好像问这个还比较贴合当时的实际情况。

上铺的怪人估计还没意识到问题的严重性，愣了一下后反问我：“什么要干吗？我就是问问。”

这时候我已经开始缓过神来了：“你刚才吓我一跳！”

“哦，对不起。”他倒着挠了挠头。

我好像没说过，上铺的那位怪人姓周，名易，他叫周易。

周易缓缓地从上铺爬了下来，不好意思地笑着，还在继续挠头。

“没想到你看片子呢，我就是想聊会儿天，真不好意思。”

我能说什么呢？同宿舍的，还是上下铺，而且更重要的是，我看了下，笔记本电脑没摔坏。

“你好像不怎么爱说话是吧？”

“嗯，我平时话不多。”他挺明白的。

我把笔记本电脑重新放在大腿上，又从袜子堆中找回了耳机，然后大致上恢复了镇定：“你为什么要问那个问题？”周同学除了不爱说话之外的另一个特点是：关注的问题都比较奇怪。

据跟周易同课的同学说，他不是偶尔说说这种诡异的话题，而是经常会说这种诡异的话题。

“你信有鬼吗？”他还真执着。

“我……”说实话，我那会儿还年轻，从没被严肃地问过这种问题，“不是特别信……”我小心翼翼地说了句废话。

他无视我的模棱两可，坦诚地表达出自己的观点：“我信，不过，我信的不一样。”

如果没记错的话，我听说过各种各样的解释——关于鬼的解释。有解释为磁场的，有解释为次声波的，还有解释为什么投影的，最离谱的是解释为群体性精神病。反正鬼这东西抓不到也没法审讯，所以不能找一只按住问到底谁说的对。解释呗，怎么解释都死无对证。或者说，死了才能对证，如果真的有的话?

我当时认为周易同学也会是以上某种解释，所以就有一搭没一搭地顺着说：“哦，那你是怎么信的？”

他拉过椅子坐下后，认真地看着我：“我认为，鬼其实都是普通的正常人，而我们不一样，我们都不是正常人。”

“嗯？怎么个意思？”我按了暂停键，视线离开了屏幕。

“这个说来可话长。”见我听得专注，他来精神了，一反常态，“你想过没有，假如有一天，你睡醒后睁开眼，突然发现一群陌生人站在周围，微笑看着你，还有几个不认识的陌生人擦着眼泪一脸关切，你肯定不明白是怎么回事儿对吧？这时环视一下四周你才发现，自己身处在一个完全陌生的环境中，周围的一切都不是你睡觉前的样子了。看摆设，那里明显是个病房。然后那群陌生人当中的一个穿白大褂的人和蔼地告诉你：‘你产生幻觉很久了，你原来看到的一切都是假的。你以为自己在浴室打算洗澡，其实那会儿身处在大街上，但是你并不知道，就那么脱光了，怡然自得地在大马路上认真地搓着，还做着其他洗澡动作，不是旁若无人，而是你真的就那么认为；还有，你觉得你在吃饭，或者你觉得在跟什么人说话，其实都不是，你那会儿不定在什么地方呢，周围的实际情况完全不是你想象中的样子。你出问题了，不过现在没事儿了，我们治好了你，你一切正常了。’这时候，你会怎么办？”

他噼里啪啦说了一大堆之后，用一个问题把我问愣了。刚刚他说的那些我从没想过，这点就已经足够让我脑子开始混乱了，而最后他居然还问我怎么办。我不知道，所以也就傻乎乎地重复了他的最后一句：“我……

该怎么办？”

周易诡异地笑了：“最初你肯定不会信，但是他们坚定地告诉你，那几个哭的人是你家属，而你又能看到那几个正在抹眼泪的陌生人哭得情真意切，于是你肯定就糊涂了，而且你应该还会有点儿晕。为什么呢？因为你曾经在大街上就洗澡了；因为你曾经在公交车上就大小便了；因为你曾经坐在煤堆前就狼吞虎咽了；因为你曾经的全部生活，都没了。”

我想了想：“好吧，但是至少我被治好了啊，这么说的话，好像也能接受吧。”

周易用质疑的表情严肃地看着我：“你确定你会接受？别忘了，你曾经以为的全部，都没了，什么都没有了。你的朋友，你的家人，你的女朋友，你的成功，你的经验，你的记忆，你经历过的喜怒哀乐，你的所有，都没有了。你能接受？你能接受完全陌生的这一切？我不信。”

虽然还晕着呢，但我觉得他说的似乎没错，不过在愣了短暂又漫长的几秒钟后，我发现一个问题：“这些跟鬼有什么关系？”

周半仙咧嘴笑了：“有关系，产生幻觉的人，只能看到自己的幻觉，不过偶尔也能看到幻觉之外的正常人，但是看不清楚，所以认为那些正常人，是鬼。”

我从恐惧中刚恢复没多久，又被他搞得陷入了迷茫。

周易很放松地靠在椅背上：“不过，你不要以为自己也是产生幻觉的那个人，我认为，见过鬼的人才是产生幻觉的人。没见过的，不能算是存在的人，只是别人产生的幻影罢了。”

我仔细回想了一下，按照他的说法，看来我不算是存在的，而是幻觉中的一个幻影。因为我从小到大没见过鬼，甚至连似是而非朦朦胧胧的那种都没见过。

就在我不知道该怎么接下句的时候，周易带着满足的笑容慢腾腾地爬回上铺去了，也没再解释。

第二天中午在食堂吃饭的时候，我把这事儿跟寝室的弟兄们讲了。有笑的，有认为有道理的，还有说周易疯了的。不过不管怎么评价，在听完他那套理论之后，几乎所有人最直接的反应都是愣一下。也就是从那时候开始，周易因为他的奇谈怪论而得到一个光荣且神圣的头衔：半仙。

最初我以为事情仅仅就到此为止，但情况并不是那么简单。没多久，不只是我们这栋楼，别的宿舍楼的兄弟也开始向我打听了。

“你们屋是有个叫周易的吧？”对方通常一脸的好奇。

“嗯，就在我上铺。”

对方的表情由好奇转为关注和惊讶：“真的？听说那人不吃不睡，还养过鬼。你住他下铺知道什么内幕吗？说说吧。”

我通常都是很无奈地告诉对方，传言这个东西很不靠谱，不要轻信别人的胡说八道。作为周半仙的下铺，我可以严肃地证明：周易也吃饭也睡觉也大小便，平时不梦游也没有啥奇怪的举动，只是想法比较特殊罢了。传言不可靠，八卦这个东西，的确很八卦。

最初一段时间我的解释还是奏效的，后来逐渐没人信了，并且认为我们屋的人都是同谋，集体在掩饰着某些事情并且还在秘而不宣地进行着某种邪恶的活动。

必须承认这让我很痛苦，这样下去怎么找女朋友！我还年轻，我才大二，我的青春、我的希望，还有我的初次那啥都需要实现。但是按照这个趋势发展下去，我能找个神头鬼脸的女巫倒是可能性比较大的。

刚开始的时候，我还以为是别人瞎传造成的，后来我明白了，问题在周易。因为他的业余时间全部放在一件事儿上：四处打听谁见过鬼，什么情况下见到的，怎么见到的。因此谣言越来越多，越来越复杂，甚至有人直接把谣言串到一起，并且添油加醋地写成了鬼故事，还贴到了网上！

这时候，寝室的兄弟们都意识到一个严重的问题：大事不好！再这样下去，我们这屋谁也别想找到女朋友了。于是全屋兄弟们开始苦口婆心地劝周易，可半仙只是淡淡一笑，然后该干吗干吗。

在仔细掂量过自己的桃花前程后，我认为有必要跟周易单独谈谈。

过了没几天，机会来了，宿舍就剩我们俩。于是我缩在床上抱着笔记本电脑措了会儿辞后，假装心不在焉开始问上铺的他："听说你四处打听怎么能见到鬼？"

不知道当时周易在干吗，过了好一会儿才回答："嗯。"

"为什么？"

上铺一阵窸窸窣窣的动静后，他下来了，坐到对面床上。

"我想证实下是不是我想的那样。"

"那你能先告诉我为什么你会那么认为吗？别说你是做梦得到的启示。"

周半仙挠了挠头："不是做梦，是缘于以前一个人跟我说的见鬼经历。"

“不是被鬼追杀吧？”我盘起腿叉着双臂看着对面的周易。

“不是。”周同学歪着脑袋想了想，“那是我初中的同桌。他有一次问我，能不能看到街上有别的人，和我们不一样的人。我没明白他在说什么，就问是什么人，他告诉我了。”

“街上？你同桌的意思是说到处都是？”我觉得有点儿瘆得慌。

“嗯，他说自己能在街上看到两种人。一种是和我们一样的普通人，另一种跟我们不一样。而且两种人互相之间看不到，也没关联，甚至互相穿过对方的身体都没发觉。普通人就不说了，而大家都看不见的那种人也在各自忙各自的。有一次我同桌好奇，在一个人不多的地方问其中一个别人看不到的人，他们到底是什么。对方先是看了他一会儿，然后特不耐烦地说‘你没病吧’，接着就走了。”

“……我明白了。你初中同桌所说的那种‘别人看不到的人’就是指所谓的鬼吧？不过，你的意思是，你那个同桌大白天不但见到鬼，还见到好多鬼，并且还和其中一个交谈过？”

“对啊，是这样啊。”

“你同学……呃……家人有没有什么特殊的病？还是遗传的那种……”我尽可能地注意着措辞。

“你想问他有没有精神病吧？没有，我那个同桌什么病都没有，学习成绩也很好，考试从没掉出过全年级前十名。你接触过就知道了，光凭我说那些你可能会觉得他有病，其实他非常正常。”

“那些鬼……呃……那些人也不害人或者追人？”

“不。”

“他就跟你说了这些吗？还说了别的没？”必须承认我的好奇心被带出来了。

“我记住的不多了，反正就是那个意思。不过他也不明白为什么别人都看不见。但我可以肯定那个初中同学没拿我开玩笑。他跟我说过很多次，并且还指着街上的什么地方给我看。我曾经考过他，让他形容某个站在原地、我看不到的人是什么穿着打扮，然后故意说一会儿别的，之后重新问，他依旧说得很详细。”

“那会不会是他记性很好，瞎编了以后自己记住了？”

“不是，他学习之外的记性并不好，而且就算记性好，就会拿这事儿跟别人开好几年玩笑吗？”

我仔细想了想，周易说得没错。“哦，也是……那后来呢？”

“其实就算他说了我也没想太多，后来不在一个学校就把这事忘了。不过等到上高中后，有一天我坐车的时候，突然看到一个人从某胡同的一面墙里出来，进入了另外一面墙，当时我吓了一跳，同时也想起来同桌曾经说的那些了。从那以后我才认真考虑这事。最后，我用排除法挨个排除，得到了那天告诉你的结论。”

我觉得他的思维有些问题：“你……信奉什么教吧？”

“我不信奉宗教。”看他的表情很坦然。

我试着找一些逻辑上的漏洞：“按照那天你跟我说的，假如我是幻影，那我杀人了，其实我杀的是幻影对吧？但是我会被关起来，会被判刑啊，这是为什么？”

他还是认真地看着我：“既然你是某人幻觉中的存在，那么产生幻觉的那个人会有自己的幻觉法则和限制。你是他的幻觉产物，你就逃不出他制定的规律。也许在别人的幻觉中，不存在法律这个规则。”

我不甘心：“这要这么说的话，那幻觉的世界未免也太大了吧？如果你旅游，到了一个新的地方，那一切景色都是幻想出来的？大海、高山、沙漠、不同的城市、不同的方言、不同的植被、不同的气候，还有建筑啊，文化啊，都是一个人幻想出来的？”

“对啊，幻想出了整个世界，那是想象力，什么都有可能发生的。”

“可是说起来这是个既不能推翻也不能验证的事情对吧？你有证据吗？”

“嗯，有证据。”他严肃地点了点头。

周易这句话把我吓了一跳：“怎、怎、怎、怎么个情况？有证据？什么证据？”

“This man，知道吗？估计你不知道。那是纽约一个精神病学家根据自己一个患者对梦的描述，画出的一张男人的脸。后来不止一个病人在这个精神病学家的诊所里碰巧看到桌子上的那幅画像后，立即就声称自己也梦见过那张脸。精神病学家很诧异，于是就把画像复制给更多的人看……你猜猜结果。”

“结果很多人都声称梦到过那张脸？”

“没错。”他笑着点了点头。

“呃，你是想说……”

周半仙的表情很坚定：“那张脸的主人应该就是幻想出这个世界的人。”

“不对吧……”不清楚为什么我突然有些绝望，“先不说可信与否，你不是说能看到‘鬼’的人才是真实的人吗？如果按照你原来说的，你自己不是幻影，而是真实的人，那么我身为某个人的幻影，你怎么可能看到我呢？你怎么可能看到其他人的幻影呢？你不会是想说你创造的我吧？”

“当然不是，我观察过，我觉得你不是我创造的。我认为应该是有些人的幻觉重合在一起了。当然，也有一些人的问题比较重，他的幻觉跟很多人不一样，他的世界只有自己才能进入……这样的话，那个幻觉就是我们无法进入的世界。总而言之，如果你没见过鬼，那么你就是某人幻觉里的幻影，所以你也就不能逃脱这个世界，只能在这个幻觉当中，顶多也就能看到相同频率的幻觉。”

我迟疑地看着眼前这位半仙嘀咕着：“这么说见鬼居然是件好事儿……我是幻影……你是真人……”

周易充满同情地看着我：“也不好说，假如你某天见到鬼了，那证明你也是真人，而我们的幻觉重叠了。不过，虽然见过‘鬼’，但我想问问更多的情况看看有什么突破——毕竟我们现在不是正常的世界，如果有机会能回到正常的世界，我倒是真想看看。”

“你对现在的生活不满吗？”我试探性地问他。

周易愣了一下，笑得前仰后合：“我没病，你把我当疯子了吧？”

看着他笑，我决定放弃劝他了——他疯得比我想象的厉害，而且疯得相当有水平，还能有依据和世界观。

“好吧，先不管那些。这些日子校内都传开了，说你四处搜集这些东西，你都问出什么了？”

“什么都有，不过我能分辨出来真假。那些声称自己亲戚或者好友见过的，我一律不信。通常都是‘白衣女人飘来飘去’，要不就是半夜什么东西摸自己，那些太低级了，一听就是瞎编的故事。”

我揶揄他：“对嘛，要编也编个像样的嘛，例如幻影什么的。”

他咧开嘴又笑，还摇了摇头：“你啊，等我有更多证据的时候，我会证明给你看。”

“嗯？哦……好……我期待着。”

虽说我不是很信他讲的这些，但是我多少又真的有点儿期待，同时还伴随着害怕——我怕他哪天真能让我见到鬼什么的。而且，如果真的能证明，那岂不是证明了我就是一个幻影吗？所以，我告诉自己不信，其实还是有点儿信，否则就不会怕了……好吧，我承认他所说的把我搞乱了。

后来虽然我在网上搜出周易提到的那张图片，也惊讶并且疑神疑鬼过，可没过多久，他那套言论给我造成的期待和恐惧心情就荡然无存了。你问为什么？因为大学生活的瞬息万变——我交了个女朋友，一个温婉可爱的学妹。于是每当夜幕降临之时，我也加入了在校园各个阴暗角落甜言蜜语搂搂抱抱的行列。

某天晚上，当我跟学妹结束了一次甜蜜的拥吻后，发现不远处有个熟悉的身影——那是周半仙，他身边有个女孩。

回到宿舍后在追问下得知，那个女孩是周易在“寻鬼”途中认识的。据说那女孩见过很多次鬼，并且经历跟周同学初中同桌相近。

不管怎么说，这个消息令全宿舍的兄弟们都松了一口气，因为我们都听说人一恋爱智商就变低，所以估计周易也顾不上想那些稀奇古怪的事情了。

果然，之后再也没听周半仙跟我提起过什么幻觉的世界。

但不知道为什么，我多少有点儿失望，不过也总算彻底摆脱了那种若有若无却如影随形的恐惧。

但是，我错了。

暑假结束回来后，我发现上铺空了。而打听出的结果是：周易退学了。还有，周易的那位女友也退学了。经查证两人是先后退学的，校方问原因的时候，他们俩都支支吾吾，费半天劲也没说清楚，但是，终于还是退了。

有人说他们结婚去了，我不那么认为，结婚犯不着退学。

看着空荡荡的上铺，我有点儿惆怅，同时也觉得有点儿诡异：难道说俩人在一起研究出了什么重大进展？有什么事情能让人这么轻易放弃了学业呢？这超出了我的理解范围。

后来某天在整理床铺的时候我找到了一张字条，是周易留给我的，上面只写了一句话：当我重新出现的时候，我会证明给你看。

我真的不是一个心重的人，但那夜我失眠了。

随着时间流逝，大家逐渐把周易忘了，但是我做不到。

直到现在周易还会出现在我的梦中，每次都是同一个画面：

梦里的我，手里攥着他留下的那张字条，站在当年宿舍的窗前向外望去——在阴郁、暗红色的天空下，周易远远地从天空中向我飘来。在他身后，跟随着那些在我想象力之外的恐怖。

千魂后传

（本篇为拙作《千魂》后续部分，未读过原著不建议阅读本篇，请跳跃至下一篇）

为了抵制眩晕，我紧紧抓住椅子扶手，用另只手的拇指和中指用力卡着两侧太阳穴的位置。

那个疯狂的收藏家、《摄魂书》的拥有者关切地问道："怎么了？不舒服？"

我摆了摆手继续专注地抵挡着那阵莫名袭来的眩晕，直到那令人不适的感觉稍微缓解了一下才开口："最近偶尔会有一阵阵的头晕……能用下洗手间吗？"

"当然！"说着他起身带我去了洗手间并替我推开门。

我匆匆地把冰冷的水淋在脸上让自己清醒了一下，抬头看着镜子里的自己。镜子里的我和当年一样，有一张略显苍白的脸，头发倒是不再凌乱，脸上略显疲惫。唯一不同的是眼神——眼神里不再有当年的困惑和迷茫，而是冷漠。

偶尔，有那么一丝不安掠过，稍纵即逝。

我擦干净双手恢复到正常状态出了洗手间，回到客厅的椅子上，平静如初地看着他。

很显然，他说的一切都是真的。

这世上的确有着不止一部那种书。我知道自己手里有一本《千魂书》，并借此掌握了命运。而眼前这个男人，手里有一部《摄魂书》。那么，他用这部书做了些什么呢？我很好奇，他是怎么去掌控别人的？

“你刚刚提过的那套《黑暗默示录》，到底包含了多少本书？”我问。

“这不是重点，”他略显不安地摆弄着手中的烟斗，“重点是，你知道我为什么要跟你说这些吗？”

“不是话题聊到这里了？”我掩饰住自己的震惊——难道他知道我所经历的？

他略显纠结地看着我：“请你不要再藏了。你到底是谁？你是什么人？或者说，你是什么？”

我拿出电子烟，按下开关，一脸不解地看着他：“你在说什么？”

他说：“你，是从我这里见到这本书真实样子的第一个人，但你并没有惊慌失措，也没表现出我本以为你会出现的情绪，这让我很……诧异，你没有正常人该有的情绪。你到底是什么？”

我明白了，而且忍不住笑了：“你希望看到什么？震惊？贪婪？欲望？恐惧？好吧，这么说吧，你觉得我是什么？”

“你……”他略微迟疑了一下，“你是恶魔……吗？”

虽然他的话很好笑，但我没再笑，而是慢慢吹散眼前的烟雾，抬起头牢牢盯着他的眼睛：“你居然相信那些子虚乌有的东西？”

“嗯……”他顿了顿，“直接说吧，最初，我觉得你很有趣，感觉你和别人不太一样……你的……骨子里有一些超然的东西，那种感觉……很奇怪，说不清，就像是你在俯视人类。但偶尔也会有对什么东西的恐惧感流露出来，只有一瞬间，我不知道你在惧怕什么。所以……嗯……所以我尝试着去……嗯……请你别见怪，我实在是太好奇了……我曾经试着去挖掘一下，从你的记忆中找出我所感兴趣的东西，但失败了……请你别见怪。每一次只是让你看上去有点恍惚而已，也就几秒钟，就像刚才，除此之外，没有更多……”

突然间，我知道自己最近偶尔会眩晕的原因了。

的确，那是我认识他之后才有的。

我想杀了他。

可以吗?

“然后呢？”我不动声色地问。

“很显然，无一例外都失败了。我无法读取你的任何记忆，所以，也就没办法掌握你的灵魂，什么都看不到……最多，也就让你看上去恍惚那么一下，大多数时间，什么都没发生……我再次为自己因鲁莽和无知所做过的事情感到抱歉……从来没有发生过这种情况。所以……嗯……我觉得，你应该不是人类……”

说不清为什么，他说的这些反而让我释怀了一些曾经所纠结的东西。“操纵别人的灵魂是什么样的？”我并没有回答而是反问道。

他略带困惑地看了我一会儿，仿佛在确定我是不是在考验他：“不需要太复杂，只要把想控制的那个人带到这本书前就可以了，哪怕是把书藏在对方看不到的地方……”

“然后默念这本书真正的名字，是这样吧？”

“你知道？是的。”他点点头。

“只有拥有这本书才可以……我知道……”我有点走神儿，在喃喃自语。

他说：“是，拥有者才可以，但怎么拥有……我认为你知道。”

“你杀了他吗？”我当然知道。

他并没有回答，但脸色阴了一下，然后飞快地恢复了正常。

“那么，”一个漫长而周密的计划开始在我心里萌生，“你一共控制过多少人？”

“呃……这个我不能说……有不少……”

“每一个被控制的人的名字都会出现在那本书上？”

“你的确知道。”他一点也不意外。

我慢条斯理地关掉电子烟，把它放回到口袋里，保持着平静的态度：“你的财富，也是这么来的喽。”

他点点头：“是，看来，你的确不一般。请问，你到底是谁？你并不属于这个世界吧？还是……我知道《黑暗默示录》并不是只有一本。”

我目不转睛地看着他：“我和我的诸多名字是被诅咒的。”

“难道……我不信，这世上还有恶魔？地狱？撒旦？路西法？堕落天使……难道……”

“啊，有太多名字了……”这一点上我没有故弄玄虚，我的确有很多名字：神选者、千人之中的幸存者、贪欲的见证者，也是无法脱身的被诅咒者。

他看着我的目光中有着诸多复杂的情绪——畏惧、惊喜、不信任，还有困惑。“真的吗？我……始终无法相信，这太离奇了……你，能展示一些什么吗？”

我笑了：“你想让我做什么？召唤地狱的业火？要不弄个头上长角的小鬼出来？或者拍打黑色羽翼的小鬼？不觉得很好笑吗？就算拿着那本书，依然要遵守这个世界的物理法则，你知道的，拥有者所能做的，就是按照某种规则来行使自己所掌握的能力。”

他想了想：“首先，我可以确认你和别人不一样，不是一般的那种不一样。或者说，不是人类？这个我不确定。但前一点毋庸置疑，因为我控制不了你的灵魂。但至于你是谁，你的含混不清虽然让我很好奇，但我对此表示怀疑。假如你不能做出任何证明，我不会再跟你就这件事说更多。因为能够掌握别人的灵魂无论对谁来说，都是个巨大的诱惑，我必须谨慎。刚刚你说得有道理，但是，既然你无法展示你的力量，那么，你有其他信物吗？我可以看一下吗？”

我真的笑了，而且笑得前仰后合，这令他很不快。

“好笑吗？”他略微提高了声调。

“你呀，”我擦去眼角笑出的眼泪，“到底在说些什么啊？我才不在乎你是否相信什么，而且我怀疑你到底是不是正常。一本书就把你搞得判断能力都没有了？仔细回想下，我们就这么遇到了，在你得到书之后不久对不对？也就一年多而已。这之前，你对于掌控灵魂这件事从未失手过。你通过这本书相信了一些东西，但是又对此不确定。现在又充满不安地质问这个或者那个，可是，难道你真的看不到吗？看不到冥冥中为你指引的那只手吗？它引导着你得到那本书，走到现在。你还不明白吗？它就在你的面前。难道你真的希望我散发着黑雾、背着蝙蝠翅膀、头上顶着可笑的犄角、嘴里喷出浓烟和火焰平白无故地出现在你面前，然后你才相信？你需要某些神迹一样的东西来证明？真的需要？”

他将信将疑地看着我愣了一阵才反应过来：“你说的都没错，但……”

我靠回到椅背上，无奈地摇摇头。“不重要。”说着我伸出食指指向上方，“人类，都是通过行为来选择，去他那里，或者另一个极端。上面的，负责告诫，而下面的，负责诱惑，能做的就这么多。除此之外什么也做不了，哪怕是法力无边。”

他意味深长地点点头：“是的……”

我站起身：“所以，就是这样，不复杂。至于你怎么想，我的确不在乎。”说完摆了下手，“不用送。”起身径直走向门口。

我知道种子已经埋下了，他一定会再来找我，我要实施自己的计划，我要得到那本《摄魂书》。

或者换个说法，我要杀了它的现任拥有者。

不久后的某个晚上，我带着他在一个地下赌场不动声色地赢了一笔钱。第二天又轻描淡写地把头一天赢来的钱花得干干净净。

出了娱乐场所后，我婉拒了他的邀请，坐上自己的车回去了。

我知道他想问的有很多，但我从未解释过一个字。

没过多久，我告诉他一组号码，然后当着他的面，随便找了个地方，按照那个号码买了彩票。要猜猜结果吗?

还有，依旧当着他的面，让两个在公共场所和我发生争执的人莫名其妙地互相打了起来，然后分别哀号着被抬上了救护车——当然，这不是依靠《千魂书》达成的，而是依靠金钱的强大力量。

我深信一点：人，是很好奇的动物，比猫要好奇得多。只要你不去解释，那么人会自动把一些简单的问题想得复杂——会用各种各样的奇怪方式去理解他们未曾了解的，并且认为那才是真相。

而我要做的，就是利用这一点，充分地利用这一点。

我从不主动联系他，而是等待他找我。我要慢慢地、慢慢地去腐化他那贪婪的灵魂，让他一步步地走入我的陷阱。这之前展示给他的一切都是在铺垫，让他相信我是恶的某位代言人。事实上，我的确是。

我有足够的耐心。

当然，防范意识还是要有的。从此之后，我身边的保镖不会低于三个，并且经常更换。这么做是因为假如他企图操纵某个保镖的话，那么另外两个可以轻松地制止住那个被操控的玩偶——毕竟，我还不清楚他能把别人操纵到什么程度。我必须小心谨慎地提防这个《摄魂书》的拥有者，因为谁知道他接近我的真实目的呢?也许，他什么都知道，只是故意做出人畜无害的样子，然后伺机夺走《千魂书》。我很清楚，人畜无害的人是无法得到任何一本《黑暗默示录》的。所以，在面对他的时候，不应有丝毫松懈。

一周，一个月，一年。

一次，又一次。

这十几个月来，我对他越来越了解，也离我所布下的那个局越来越近。

终于有一天，他给我展示了如何操纵别人的灵魂。

必须承认，那和我想的不一样。

摄魂者并不是如附体那样直接去操纵一个人，而是用一种在我看来很有趣的方法。

曾经，在一个无名的、充满杀戮的荒岛，我那个疯狂的人格——到现在我还在怀念她，虽然这么说有点怪——张岚告诉过我记忆是什么。记忆，是一连串静止的画面片段，当它被串联起来之后，就成了记忆。记忆让我们知道自己是谁，曾经做过什么，现在在做什么，即将要做什么。然而记忆却不完全是真实的。因为我们会在记忆中加入很多主观愿望，我们会不知不觉地修饰记忆中曾经的缺陷，使它变得完美，并且符合我们某些未了的心愿。就这样，慢慢地，这种修改最终被我们彻底接受，然后理所当然地认为这就是曾经的真实。这就是记忆。

而操纵别人灵魂的关键点，就在记忆。

《摄魂书》的拥有者可以任意窥探别人的记忆，那种感觉就跟追溯自己的回忆一样——不是根据时间线或者日期查找，而是根据印象查找。当然，不重要的那些记忆也可以被找到。虽然从某个角度讲，窥探本身几乎可以说是掌控别人灵魂的关键了，而更重要的是，摄魂者可以修改它们。

换句话说，摄魂者，可以看到别人深埋于心的欲望，并且可以通过调整他人的记忆来控制那些欲望。

无论那是什么。

而被摄魂的人就仿佛是被抽离到一个异域空间，他们的记忆被肆意修改，行为也因欲望本身而变得不可理喻，或疯狂，或怪诞，或淫荡，或放肆，或匪夷所思。想想我都会不寒而栗，一身冷汗。假如我不是《千魂书》的拥有者，我甚至不知道这一切是被操纵的。

摄魂者，更像是一个人间恶魔，用人类无法察觉的喃喃低语去掌控人类的行为。

至于缺陷，啊，当然会有缺陷：需要相对的时间——没有那么快，还要遵循某种逻辑。摄魂者也无法凭空把某个人物形象硬生生地塞到被控制人的记忆中，除非他根据被控制人的记忆对那个要强行塞入的人物形象进行充分的、丰满的设计——我们很难去相信只见过一面的人。所以，摄魂者要窥探到别人足够的记忆才能够去修改些什么。

除此之外还有一个小麻烦：《摄魂书》的拥有者要去详尽地记录所窥探到的每一个人记忆中的蛛丝马迹，因为你面对的将是一个人几十年的超大量记忆库。仅仅了解还不够，需要分析，分析哪里是能够下手的地方，而哪些只是一闪而过的念头。所以，摄魂者随身总是带着一个本子，上面密密麻麻地记载了很多东西，通常都是摘录自某个人的记忆。因为必须系统地把那些记忆部分串联起来，才能了解一个人，也才能够修改他们的记忆，并且利用这一点。

《摄魂书》的拥有者，就是这么做到掌控别人灵魂的。

想得到《千魂书》，就要挖掘出自身邪恶和杀戮的潜质，并且放大它们，再花上一番心思，实施。否则只是因欲望而产生的妄想而已，毫无意义。

但《摄魂书》就不一样了。得到这本书似乎不太难，只需杀掉它的上一个拥有者（对于《千魂书》拥有者——我来说，这的确不是什么大问题）。但假如想使用它，就得花上一番心思。

这太有趣了。

我猜，恶魔一定很得意于自己的作品。

然而，现在的摄魂者对此却很不耐烦，他认为这不够快捷，也不够方便。虽然他的生活已经因此而改变——获得财富。

很奇怪，每一个拥有黑暗异能的人做的第一件事就是借此去获得财富，似乎他们之前都没有能力去合法地获得财富，只能借助邪恶之手才能达成。

我想，也许只有失败者才热衷于扭曲的途径吧?

也许。

像我一样。

现在的摄魂者很不满意这种不够高效的方式，他想省去在他看来那漫长的了解过程以及修改记忆的时间。换句话说就是，他想进一步快速地不劳而获。

在我看来，导致他必将失败的，就是他的这个念头。或者说，是他更深一步的欲望。

因为我将充分地利用这一点。

我可以等，哪怕等很久——对此我有足够的耐心。

在和他认识很久之后的某一天，在某个娱乐场所他醉醺醺地轰走身边所有人后，问我：“为什么你每隔一段时间就消失一阵？你从未说过你去了哪儿。”

“啊，只是去某个地方打个卡，恶魔也要上班，有考勤制度的。”我喝掉杯里的酒胡乱开着玩笑，心里盘算着他会不会现在就自己钻进我设下很久的那个圈套。

这一年多来，我每隔两三个月就会消失几天——让一个他从未见过的助理帮我订好机票、行程、酒店，并确保不会被任何人知道，然后躲到南方或者海外的某个度假胜地待一阵，回来后对此也绝口不提，只留给他猜测。

我等着他追问。

因为同样是恶魔之书的拥有者，所以他读不到我的记忆——那就好办了。

“胡说八道，你在胡说八道。”看上去他醉得很厉害。

我重新给自己倒上一杯酒后笑了笑，眼神散乱地看着前方，假装自己醉得比他还厉害。

“你必须说，你到底干吗去了。”他仰头喝光杯子里的酒，把酒杯扔到一边的长沙发上。

啊，很好，他已经沉不住气了，但我要欲擒故纵。

“没什么，去处理一些不重要的事情。”我故意轻描淡写道。

“不。”他带着醉意摇摇头，“一定是很重要的事情。”

我歪头看着他：“为什么会这么认为呢？”

他说："因为你从未说过到底是去干什么了。仅仅一两次的话，也许是像你说的那样，去处理一些不重要的事情。但我观察过，不是一两次了。而且，你身边的人也不知道你去干吗了。你从不带他们。"

真是个愚蠢的家伙。只要肯花钱，在地球上任何一个地方你都可以找来保镖和随从，我为什么要带着他们呢？为了让你发现吗？我突然觉得他那张充满欲望的脸越来越让人难以忍受。

我抬手拍了拍他的肩膀，脸上带着醉意笑着说："你，居然进入我身边人的记忆里去挖了吗？太不厚道了吧？"

"因为我好奇，好奇你每隔一段时间就失踪的原因。虽然有时候你故意把自己晒黑好像是去度假了，但我知道那只是假象，是为了掩人耳目。对不对？"

天哪，我并不是故意晒黑给你看的好不好！我是真的在度假——在某个海边，或者某个万年冰封的大陆！

他脸上的得意表情让我觉得很可笑。

"去海边度假当然会晒黑了，难道被晒过后还会越来越白吗？哈哈哈哈哈哈！"我重新拿起一个杯子给他倒上一杯酒，继续把话题引得更远，"对了，推荐你去南极玩一趟，很有意思，而且很安全的。全程都是大号游轮，上面应有尽有，豪华海景大舱房、美酒、赌场、漂亮女人。你甚至还可以参加在南极大陆边缘露营的活动项目。你可以看到难得一见的极昼现象——太阳挂在地平线上，不会落下。不过很麻烦的是，上船和下船的时候必须用吸尘器吸遍全身，不能带东西登陆，也不能拿任何东西回到船上……"

“别再东拉西扯了，我没兴趣听这些。”他打断我，“你我都清楚，你不是去四处旅行了。”

我耸耸肩笑了笑：“那我干吗去了？当然是去旅行了。你也看到了，我发了照片，还有定位……”

“那些东西随便花点小钱就能做到。”他表现得越来越执着。

很好，我要的就是这个。

我收了笑意，故作醉眼蒙眬地看了他一会儿：“你醉了，你真的醉了。”

“告诉我吧。”

我假装低头想了想，然后抬起头看着他：“《黑暗默示录》不是只有一本书。”

“我知道。”他镇定的表情掩盖不住酒精所造成的醉意。

我把酒杯送到嘴边：“那你知道其他书都是什么吗？”

他瞪大双眼看着我：“是什么？”

我轻笑，并没有回答。

“我曾经查到其中一本。”他眯着眼睛看着我，“那本的名字我不知道，但想得到那本书好像需要什么一千个灵魂献祭……我记得我们聊过那件事的……更具体的我不确定是真的还是传说，因为我怀疑真的要杀一千个人的话是不是有点过分……”

我仰头大笑起来，故意把嘴里的酒喷得到处都是。

“你笑什么？”他对此很不快。

“你呀，”我胡乱擦了下嘴，“你好歹也是被冥冥中那只手所选中的人，怎么什么乱七八糟的都相信呢？真实信息和谣言混在一起，你怎么就不能发现呢？你真的是被选中的那个人吗？我应该把你手里的那本书收回。”

“你……”他诧异地看着我。

“是的，你的幼稚让我想把《摄魂书》收回。”我决定赌一把。

我就这么看着他的双眼，没有一丝慌乱，无比地镇定。某一个瞬间，好像我回到了几年前的荒岛之上，面对着无数亡魂的注视——我不能有一丝退缩，也不能有一丝慌乱，否则，我将死无葬身之地。

我赌的是：他不敢赌。

几秒钟后，他躲闪开了。

“呃……不不……不要，不要……拿走那本书……你知道的，我只是对这个掌控的过程有点……啊……有点不太……那个……其实我并不是真的不满意，我只是觉得应该更完美……”

我恢复到轻松的表情再次把酒杯送到嘴边：“这个问题我不想再跟你说了，很多时候，我们必须遵循这个世界的物理法则。这很麻烦，但是，是必要的。”

他并没接下话头，而是看起来在犹豫什么。

“你的问题问完了？把人叫进来继续喝酒吧？我不喜欢聊这些。”他的懦弱和退缩让我感到很失望。

“嗯……再等一下……你……你……你知道吗？从那一天之后，我一直在怀疑你的身份。我怀疑你是那套书里其他本的拥有者，所以，我没办法看到你的……你的记忆。虽然你做到了一些在我看来不可能的事情，但依然不能打消我对此的疑虑。但是刚刚，就在你说收回那本书的时候，我觉得……你应该不是人类……这么说你别见怪。你眼睛里的那种……嗯……杀气……和俯视感……我知道在你眼里我很可笑，但……但真的……你眼里的那些东西，是令我感到害怕的……我从没见过人的眼神里会有这种、这种我不知道该怎么形容的东西。”

我笑了笑，没作答。

“那个，而且……”这时我分不清他的含含糊糊是因为醉了还是对我的恐惧而不安，“而且我注意到一件事，你不喜欢完全黑暗的环境，我猜，也许是因为在黑暗中，可能有些东西是你掩饰不住的，对吗？”

“我不想回答你这个问题。”我没撒谎，是真的，“好了，到这儿吧。”我不由分说起身把被他轰出去的人又都叫了回来。

那天晚上，他喝得大醉。

第二天下午，我接到了他的道歉电话，然后他说想跟我聊聊。

很好，我的网准备张开了。

“土耳其？”很显然他没反应过来。

我点点头。

“你是说……要去伊斯坦布尔？”这次他反应过来了。

“是的，曾经的君士坦丁堡。”我用手指轻敲了下桌子。

“难道……”他不敢相信似的看着我，“难道，传说是真的？”

“部分是真的。”我耐心地对他撒谎，“有些是事实，有些是传说，都不完整，只有你见过才会明白。”

“见、见过？”

“并不是让你真的去那个时代，而是类似于某种幻象。当然不是违反自然规律的幻象，但你的大脑会告诉你：的确看到了。”

“很、很神奇。”他点点头。

“下个月动身，我预订了私人飞机，你……自己过去吧？我们在伊斯坦布尔会面。”我漫不经心地端起茶杯喝了口茶，望了一眼包间外空荡荡的店面。

这家小茶馆是我不久前投资开的，仅仅是为了有时候方便和人聊天。

“为什么不让我和你一起走呢？”他问。

我笑了：“明知故问？你很谨慎的，还是各自去吧，这样好一点。而且……我会跟另一个人一起，等到了那儿再介绍给你。”

“嗯？”他表现得很意外，“还有一个人？谁？”

“到时候你就知道了。”我吹破茶汤上的一个小小的泡沫。

“你前几天说的……是真的吗？”果然他还没放下我的那段临场表演。

突然间，我注意到这个在我面前曾经矜持、略带自负的男人，开始变得谨慎甚至卑微。

“你到底想说什么？”我连看都没看他一眼。

他略微停了几秒钟，小心翼翼地问：“嗯……对于这本书，以及其他几本书，我想知道更多。它们都具有什么样的力量……”

“不，”我打断他，“我们不聊这个。你想知道更多我能理解，但是我并不认为你真的理解了这套书的含义。”

他若有所思地看着我。

“贪婪，是填不满的。因为贪婪渴求的永远是未得到的东西。但是这样很好，因为它也是无尽的动力，驱使着你去跨越那些不可能。一个，又一个。老实说，我很喜欢这样的人。”我放下茶杯似笑非笑地看着他，“我不明白，为什么人一定要限制自己呢？限制自己的本性，限制自己的欲望，限制自己那填不满的贪婪和渴求。为什么要这样呢？假如我是命运，那我只会看中那些热切地望着我的、眼里满是欲望的、恨不得长出无数只手臂伸到我面前的人，因为他们想真切地体会到最原始的、最本质的那些情绪，而不是戒律。因为人类不就是这样进化来的吗？吞咽掉无数其他生命，甚至同类间也展开竞争。仅仅获取到资源是不够的，要获取到绝对优势的资源才勉强满意。《黑暗默示录》存在的意义就在于此——没有规则，没有戒律，没有约束，没有任何能限制你的，只要你足够贪婪、足够残暴，有无尽的欲望，对一切都渴望到几乎要从喉咙伸出一只手去抓才能获得基础资格。我认为，这才是对的。你，是这样吗？如果是，很好，我给你这个机会。至于结果，谁也不知道，不过我很期待。说起来，就如同观看一场难以意料结局的竞技一样。而代价，是你的一切。这不好吗？赌上自己的一切，去抓住一个机会，一个超越自然力量、掌握自己命运的机会。只有一次，不能再来，不能耍赖，不能反悔，绝对公平、公正。”

在他错愕的注视下，我稳稳地端起茶壶，斟满我们俩的茶杯，捏起自己那杯缓缓举到嘴边，又吹了吹液面的泡沫，平静地喝了一口后，放下茶杯，看着他。

“更多的，我告诉不告诉你，毫无意义，如果你感兴趣，一个月后，伊斯坦布尔见。你喜欢带多少保镖就带多少，我不介意。”说完我微微一笑，伸出手掌指向另一杯茶，“请。”

他看上去有点恍惚，迟疑着端起茶杯后说：“我、我能再多问你一个问题吗？”

“你说吧，我听着呢。”

“我在伊斯坦布尔将要见到的那个人，是我的竞争者吗？”

我想了想：“不，并不是，到底是谁，一个月后你就知道了。”

“嗯……”他若有所思地点点头。

我静静地坐在那里看着窗外，我猜，刚刚是张岚说的这些话。

一周后。

沉重的商务车在颠簸的山路上沉稳地左右晃悠着，但并不让人觉得难受，反而有种莫名的舒适感。

“你居然真的睡着了？”他问。

“睡得还挺舒服。”我伸直双腿和双臂伸了个长长的懒腰，“昨天睡得太晚了。”

“还有多远？”他接着问。

“大概……”我睡眼惺忪地起身看了看车窗外，“再有一两个小时吧。”我看到窗外的雨越来越大了。

他好奇地看着我：“我知道你在偏远山区租了一些地皮，还建了私人度假村，有时候会带朋友和一些女人去鬼混，但你从来没带我去过，甚至没跟我提过。为什么这次要带我去？”

“只是玩玩，别想那么多。”

两个小时前，我让司机开着我的豪华轿车载着两个漂亮女孩在前面带路，而我以聊天为由，只身一人上了他的商务车。上车后，我告诉他我昨天睡得很晚，困了，然后不由分说就睡了。并且还真的睡着了，直到现在。

“只是来玩，还是有别的什么……”他疑惑地问。

“没有别的，”我有点不耐烦，“不用猜也知道，你从我身边的人那里读取了不少东西，租的场地啊，租的飞机啊，日期安排啊什么的，因为你好奇在伊斯坦布尔将见到谁。”

他看上去有点尴尬：“你别生气，我……嗯……掌握这本书之后，读取别人记忆已经成为习惯了。再加上正如你所说的，的确是，很好奇。”

幸好他不能读到我的记忆，否则就太可怕了。

“有那么几个人，我藏得很好的。”说着我掏出电子烟，按亮。调整好椅背，顺手打开一点车窗，窗外雨已经很大，即便车窗就开了一条缝隙，雨点也能零零星星地飘进来。于是我关了车窗，打开车内通风系统。

“你所说的那几个人，”他瞥了一眼前座的司机和保镖，克服着车子越来越颠簸的不适感，凑过身压低声音，“是其他《黑暗默示录》的拥有者吗？我真的很好奇其他书是什么样子的，都有什么样的能力可以使用。”

我想了想：“有一件事，你说对了。”

“哪一件？”

“的确存在需要献祭一千个灵魂的那么一本书。”

“那个、那个朱利安·奥塔希泽·戈特是真的？”他的声音有些颤抖。

“基本上是真的，他的确凭借那本书获得了很多。但是，”我不疾不徐地把烟雾吹向一边，然后把车内通风挡调高，“但是君士坦丁堡被攻陷与那本书无关。”

他点点头：“我就知道，因为这部分资料很详尽，之前好像有人在慢慢地往外放消息，但几年前，就再也没有任何新的消息了，不知道发生了什么事……是发生了什么事吗？”

“不清楚，我从未放过什么消息。都说了些什么？”车又猛地颠簸了一下，以至于我手里的电子烟都掉到了地上。

他俯身帮我捡起电子烟，不耐烦地让司机开稳点，然后把电子烟递给我，迟疑了一下似乎是在回想：“大概就是受到感召的人才能参与，到一个指定的地点，然后……互相杀戮，有点像个生存游戏……但最后到底怎么样，也没说明白，都是支离破碎的……”车再次猛烈地颠簸起来。

“哦，差不多是那样吧……”我看着豪雨冲刷着车窗。

“有多少成分是真的？那本书叫什么？难道真的要去杀一千个人才可以？”他显得有点迫不及待。

“不一定，不一定是自己直接动手，只要是因为那本书就可以。至于谁生存到最后不重要，反正最后那个人，就可以面临一个选择。”我抬手抓住车门上方的扶手，尽力保持着坐姿的稳定。

“那岂不是……”这时候车停了下来。

我们俩停住话头一起看向前方。

“怎么了？”他问。

“老板，好像前面的车陷进去了，路面有些地方塌陷了。”坐在副驾驶座的保镖紧紧抓着门上的扶手回头对我们说。

“塌了？”他半蹲着凑到前面去看了下，回头看着我，“你的车好像陷在前面了……”

我也看了一眼，滂沱大雨中，我那辆车的司机狼狈地站在车侧。看起来车子后轮陷到一个泥坑里去了。

“去帮他们一把。”他吩咐自己的司机和保镖。

那两个人无奈地互相看了一眼，推开车门冒着大雨跑了过去。

打发走旁人后，他坐回到座位上正要开口追问，他的手机响了。

“喂？”他把手机凑在耳边无奈地看着我，“什么？听不清。你说什么？”紧接着他皱着眉听了几秒钟，表情突然变了，急忙起身去了后排扒着窗看。

“怎么了？出什么事儿了？”我漠不关心地顺口问了一句，手指不紧不慢地敲着豪华座椅的木质扶手。

他头也不回道：“后面那车说山路塌了一大半，他们过不来了。”后面还跟了一辆轿车，车上有他另外两个保镖。

没一丝犹豫，我抽出藏在皮带扣上的小握刀，攥紧，起身弓腰站到他身后，飞快地把从手指缝中竖立的刀身整个插进了他的脖子，用尽全身力气侧切，然后拔出刀，跟着又是第二下、第三下。

只一个瞬间，很快。

虽然玩具般的扣指握刀只有短短几厘米刀刃，但足够了，切开颈部动脉足够了。

血开始喷洒出来。

他摸了一下伤口，惊恐地看着手上的血，又赶紧捂住颈部。

还没等他出声，我抢先一步拿起他的手机，挂掉，转身拉开车门把手机甩到另一侧的山涧里。

他踉跄着爬了两步抓住我的裤腿，痛苦地抬起头。

我甩开他无力的拉扯，点点头："那本书，叫《千魂书》，是的，我就是最后一个幸存者。"

"不，"他声音嘶哑着，眼神开始有点散乱了起来，是失血速度太快吗？"不……我相信了……你是……恶魔……"

就要来不及了，我已经听到那来自命运的隆隆巨响了。我用力抵了一下车门，几乎是从车厢里飞扑到外面的大雨中。

当我狼狈不堪爬起身的时候，正好目睹前面我那辆豪华轿车被隆隆作响的泥石流冲下了山路。而帮忙推车的司机和保镖也飞快地、无声无息地消失在浑浊的、翻滚的泥浆中。某个瞬间，我还看到车里那两个漂亮女孩绝望地拍打着车窗。

雨大得惊人。

我沉默着注视着一切。

几秒钟后，我返身回到商务车驾驶位，把档位推到 N 挡，松掉手刹，下了车，重新拉开后排的车门，推到头，锁定。

他好像还没咽气，歪倒在座椅上，双手无力地架在座椅上抽搐着，仿佛在空中抓着什么。

我知道他完蛋了。

是我杀的。

车缓缓向前、向前，一点点滑向浑浊的洪流，最后也夹杂在其中，翻滚着摔向山涧深处。

我弯下身，挡住雨水的冲刷，掏出手机，打开地图，标记好定位后，一瘸一拐地向着来的方向跑去。

后面不远处，在被大雨阻隔的视线之外，在坍塌的道路另一头，有他带来的随行车，里面还有两个私人保镖。

我将搭乘那辆车从这里离开。

没人知道是我杀了他。

半年后，我出资彻底翻修了这段路，并且花重金从山沟里把那两辆车挖了出来，还有几具尸体。

果然，在车座下的储物暗格里，有一个脏到几乎认不出来的手提箱，箱子里就是我要的东西——《摄魂书》。

它完好无损，就如同我手里那本《千魂书》一样。

而不一样的是：我是它的拥有者。

一切都按照我的计划，分毫不差——还是让我们从最开始那个念头说起吧。

就在他向我透露《摄魂书》并且表示曾经对我使用过的当天，我就产生了这个念头——不仅仅是出于想得到那本书，还有，我说过，我要杀了他，因为没人敢玩弄我，不管他是否成功。

我知道，这并不容易。

但还是开始筹划了。

最初展示给他的，不过是小小的诱饵，我希望他对此产生疑惑，这样才会关注我的所作所为。同时我也暗中找人观察他——作息，行程，接触什么人，有没有不平常的举动。在确定他是一个人不是团队也没有帮手后，我可以放心做更多的准备了。

达成目的前，我会小心谨慎，不能露出一点蛛丝马迹，不敢有丝毫松懈。

在接下来的将近两年内，我都在有意无意地向身边人透露一些消息，内容都是我精心编排好的谎言。例如，关于我的定期外出，不要多问，不许打听，也不许告诉外人，对外声称我去休假，既不要接送，也不要做额外安排；还有些时候，我故意不让任何人跟随我去见某个并不存在的重要人物；在我那诸多房间的家中，有那么一间除我之外任何人都不能进入，却又“恰好”被某个贴身助理误入过，而那个房间里堆放的都是各种看不懂的符文书籍、法阵图纸，还有写满奇怪符号的东西，这些都是我找人绘画并且做旧的。而且那个“恰好”闯入的助理也“恰好”是我经常带在身边并且让摄魂者能见到的人……这种小花样不计其数，我每天都在扮演着一个神秘而奇怪的角色。接下来，我长租了远郊山区的一些地皮，精心挑选后把其中一两处改成了私人会所，平时闲置，偶尔会带人去玩，所做的无非是一些吃喝玩乐的事情。但有时候，我自己也会神神秘秘地去待两天，并不声张，也不多解释。

铺垫好后，我什么都不需要多做，只要耐心等着他一点点钻进来就好。

既然《摄魂书》的拥有者能够读取别人脑内的记忆，那么我就得充分利用这一点。要知道，让他自己挖掘，比我说一千句谎言更有效。

终于有一天，他借着酒精的力量跨出那步，接下来的事情就简单了，我要给他设定好一个警戒点，把他的全部注意力都吸引到这上面——伊斯坦布尔。为了把戏做足，我让身边的人预订私人航班、酒店、车辆，还故意让他能够读取到预订者的记忆。

然后，我使用我所拥有的能力操纵天气——豪雨，加上陡峭崎岖的山坡、未修缮的道路、精心挑选过地址的偏远山区、私人别墅，得到了这场事故。一切都缺一不可。

当然，还有一个最核心的问题：我该如何制造一场自然灾难呢？因为按照这些年的经验，虽然我可以操纵天气，但是必须是与我的命运有关，并且是直接的关系才可以，否则我无法使用《千魂书》赋予我的任何力量。经过深思熟虑，我做了个决定：在事发前一晚，我把自己杀过人这件事，告诉了一个我精心挑选过的女孩，她胆子大，有野心，同时还无比地好奇。是的，她就是坐在我那辆豪华轿车里被泥石流生吞的两个女孩中的一个。但我不能告诉她关于《千魂书》的任何事情，否则我就无法使用我的力量。我要的是那个充满野心的傻姑娘以为能就此要挟我，但我并没有给她足够的时间细想，或者把这个秘密告诉别人。这样，我就可以去操纵天气了——毕竟，假如这个女孩把一切都告诉别人，那么的确影响到我的命运了，不是吗？所以，不复杂，但，也不轻松。

我知道自己在赌，但我还是做了。

因为我无法容忍身边有人和我一样拥有非凡的力量。这必然是个可怕的、巨大的威胁。它是阴霾，是黑雾。它使我如同站在空中一根细细的长绳上，而脚下是万丈深渊。几乎每一秒我都能感受到这种危机，所以我必须消除掉它，不惜代价。

整个计划中，我拿不准的是两件事。一件是：是不是必须亲手来做才能成为《摄魂书》的拥有者？关于这方面的信息，他一个字也没提过。不过这不难解决，只要自己动手就肯定错不了。所以我带了能藏在皮带扣上的握刀。而另一件事就比较麻烦了：他是否会随身带着那本书呢？这点我不确定。但我还是决定赌，赌他一定会带着。理由是他太好奇了，想窥探能窥探到的任何人，所以他也不太可能让那本书离开自己身边而放弃一个“有可能发现点什么”的机会。

当一切都准备完毕后，我故意找借口上了他的车稳稳地睡上一觉，让他消除掉该有的警觉，再加上之前把他的注意点吸引到了伊斯坦布尔之行，所以才能安心地跟在我的车后面，钻进圈套，赴约死亡。

事实证明，我成功了，而且没有任何嫌疑。

有人会怀疑天气和那场山体坍塌的灾害与我有关吗？怎么可能？所以，我全身而退。

为了最后那个瞬间，我等了将近两年。

有那么一点点漫长，但绝对值得。

接下来我又参加了几个补办的逝者追思会，并且处理完一些后事。此时，已经离那场事故有七个多月了。

某个晚上，我从保险柜中取出恶魔的手记——《摄魂书》，小心地打开包布，把它放到面前。

灰色的封面看上去死气沉沉的。

我不知道历史上曾有多少人能够做到，但我的确做到了，我拥有了《黑暗默示录》中的两本。我不但掌控着自己的命运，还可以读取到我想了解的任何人的记忆。没有谎言，没有掩饰，无可藏匿，我可以窥探到想知道的一切。这正是我要的。

我抑制住自己兴奋的情绪，说出了这本书的名字。

还没等翻开书，一些纷乱的记忆冲进了我的大脑。瞬间，我知道了——《摄魂书》的上一任，那被我亲手埋葬的拥有者，他的确对《千魂书》知之甚少。

我太幸运了！

而更多的，是我未曾经历的、其他人的记忆。混乱、纷杂，却又那么真实——那些隐藏在最深处的、不可告人的、深埋起来的记忆。

过了好一阵我才回过神来。

清醒过来后，我发现自己不知道什么时候摔倒在地上。

刚刚吗？过去了多久？一会儿还是很久？

不重要。

我忍不住笑了。

就在我坐回到椅子上，准备打开这本奇妙的恶魔之书的时候，突然，一段来自他的记忆让我愣住了。

“……拥有这本书，可以变换身份，永生于世间。它的名字是《移魂书》……”

什么！！！

该死！他从未跟我提过哪怕一个字！！！

我出神地坐在椅子上，一丝浅浅的念头从心底涌出，就仿佛眼前那灰色封面之下，缓缓游动的什么东西一样，搅起涟漪。

一个梦

有一种鱼叫“龙鲤”。这种鱼只能捞起来，不可能被钓起来。捞起来后如果没把龙鲤打死，它就会慢慢从鲤鱼的样子变成偏于方形的头部，并且吻部会拱起，接着会像蛇一样抬起头发出巨大的“哞——”的声音，方圆几十里可闻。之后它会死掉，且死后只有活着时的六分之一大小，像条泥鳅。

出　刀

“你叫什么名字？”

“程挽耕。”

“程……你、你是盛远……程盛年的……”

“嗯。”

程挽耕是程盛年的儿子，程盛年是盛远镖局的总镖头，也就是老板。

镖局这碗饭，不是什么人都能吃的。而总镖头一定是要有点真本事的，否则连手下那些身怀武艺的镖师都镇不住，更别说山高路远盗匪横行的押镖了。

所以，程盛年很厉害。

跑江湖的都听说过，程盛年第二趟护镖就遇到十八狼夜袭。那次，他带着手下仅仅十个伙计，一夜间把十八狼全部斩毙。结果那趟镖的后半程搞得像是巡回获奖——到哪儿都是一路锦旗、犒劳，还有同行、官家争相迎送。为啥？因为十八狼是十八个著名的悍匪，是让所有陆镖镖局大佬闻风丧胆的存在。而程盛年一次，仅仅一次，就把这伙山贼一锅端了，连个后患都没留下。斩草除根，干净利落。从那之后，大小毛贼只要见到盛远镖局的旗号就乖乖避开。有假装路人的，有假装良民的，还有连夜搬家或者缩在山头上饿死也不下来的，甚至还有个别悲观心态的觉得拦路抢劫这行压力实在太大，干脆就不吃这碗饭的。

那十几年太平是拜程盛年的名号所赐。

可是，江湖上的事儿，变幻莫测。盛远镖局起势于一朝，毁灭也只一夕而已。

十一年后的那天到底发生了什么，已经没人能说清了。只是传出了一个名号——夏三刀，以及程盛年尸体上遍身的刀伤。

“那个叫夏三刀的，只用了两刀，就废了总镖手筋，然后用刀……戳着玩……总镖他……他……”逃回来的镖局伙计说到这儿满面惊怖。

盛远镖局就此一蹶不振。

程挽耕那年十二岁。

家道中落后，镖局和家产被众镖师和亲戚们瓜分殆尽，母亲也在两年后悲伤而亡。那天，程挽耕站在街上看着曾经的镖局——如今一家车马店的大门，看了好久，然后头也不回地离开了。

接下来几年他寻遍江湖各大门派，卖身只求武技，但无一例外都被拒绝。

“少侠，我等小门小派，这个费用嘛……哈哈哈，恐怕还是要收一些的。等少侠手头稍宽裕些再来不迟。”

“请问……小哥曾经师从哪一门派呢？没学过？哎呀，这个……不好办哪……”

“去去去，小孩子，不要来捣乱！什么，你是程盛年的儿子？哈哈哈哈。程盛年早就死了，哪儿有什么儿子啊，去去去！”

“要见宗主？就你？你算什么东西？滚！”

“学武技？嗯……少侠啊，别怪我说，你眼带杀气，恐怕……少侠还是另寻别家吧，见谅！”

“程盛年是你爹？哎呀，原来是程少掌柜啊，失敬失敬！不过，听说贵镖局……什么？是真的？哦……可惜啊……那，这样，程少掌柜您看，当年我们请镖局也是付过费的，又没有赊账欠款，要不……来人啊，快凑点银两先给少掌柜救急！哎？少掌柜？少掌柜？您怎么走了？唉，这年头，能有几家看旧情面白给银子呢？”

绸缎行老板说得没错，人走茶凉，更何况程盛年已死，镖局都倒了好几年，谁还能给昔日一个镖局的少掌柜面子呢？十六岁的程挽耕明白了，只好委身于市井。

一晃，过去七年了。

某个傍晚，程挽耕按照货仓主的吩咐把一批货从江堰码头送到货站，然后出门从旁边的客栈讨了碗水正在路边喝，听到有人在议论自己。

“……嗯，越看越像，真的很像。”

“没听说程总镖有儿子啊，不是说家破人亡了吗？”

“但是真的像，你看那个眉眼，是不是跟当年总镖一模一样？”

程挽耕抬头望去，是几个行脚商打扮的人。于是他接了句：“家父正是程盛年。”

那几个行脚商人先是一愣，连忙过来打揖：“原来真是程少掌柜！少掌柜别见怪，我们几个都是亲戚，当年家族曾被十八狼劫掠杀戮，但我等普通小商家，哪儿有本事报这个血海深仇啊，要不是程总镖当年神武，我们这杀亲之仇还不知道什么时候能报呢！不过后来听说……唉……谁能想到……看来少掌柜您这也是流落了啊。好人怎么就没有好报呢？当年只跟程总镖有几面之缘，没机会报答。今天赶上了，恳请少掌柜赏脸，别嫌弃，容我等请少掌柜吃个便饭可好，以谢当年恩泽？”

眼前这几个人风尘仆仆一身油泥，眉宇间透着朴素，的确是行脚商家打扮，程挽耕想了想，答应了。

席间有人问：“请问少掌柜可有武艺在身？可想过替父报仇？”

饮尽碗里的酒，程挽耕双眼带泪：“家父在世时，不想某再吃这碗饭，从不教授武艺，只能读书，所以……某曾寻遍武学之士……但、但……”说完擦擦眼角自顾自又倒满一碗酒。

几个人明白了，跟着叹口气，羹盏间再也没提这件事。

临别时，一个年长的行脚商人迟疑了下，说：“少掌柜，此去向东南最多百里，有个奉山，山下有一栋宅子。主人是个习武的人。据说当过几年掌兵，但后来不喜欢官场就不做了，在奉山脚下建了府邸。虽然听闻曾有些许人慕名去找他习武，但江湖上未曾传过他的名号，叫……叫什么来着？”

年少一些的行脚商人提醒："好像是说姓杨，名贵，字林芳。"

"对对！是这个名字。少掌柜若是有意习武不妨去打探一下。"

程挽耕点点头，长揖谢过，目送了几位商人走远。

第二天一早，他找了货仓主请辞。

货仓主听完沉吟了片刻，按整月给他结了工钱后又嘱咐一句："人家要不收你，再回来就是了。"

两天后的傍晚，程挽耕才找到那片宅子。宅邸不小，围了个偌大的院落。

应门的是个比他大不了几岁的后生。

进门落座后，少顷，后生引出一位看起来六十来岁长相平常的老者，道："便是家父。"

老者上下打量了下程挽耕，拱手道："拙朽杨林芳，敢问这位少年是……"

程挽耕便从镖局讲起，自述过往经历，后跪求杨林芳收徒。

杨林芳并没急着扶他起身，而是想了好久才开口："拙朽确实习武，但武学本意并非杀伐，所以替父报仇这件事……少掌柜还是请回吧。"

程挽耕痛哭流涕，长跪不起。

杨林芳又想了很久，吩咐下人安顿程挽耕留宿歇息一晚，明天早上再做答复。

那一夜，程挽耕没怎么睡。

第二天一早，杨林芳招来程挽耕，说："程少掌柜，你可知昨日为何老朽想了很久？"

程挽耕摇头："不知。"

"实不相瞒，多年前拙朽曾与程总镖有过一面之缘。程总镖气质确为豪杰，且是性情中人，令人仰慕。没想到如今程家后人落难于此，并且找到拙朽，说起来也算是缘绪未断，所以拙朽也就不忤天意，教你武艺。但，这事儿急不得。习武，非一朝一夕可成。少掌柜之前又无根基，所以得慢慢从基础来，不知少掌柜可有这个耐性？"

程挽耕当即长跪叩谢："能习即可，无论学成与否都不在师父，而在自己。若是学不成，只怪自己愚笨。也算是天意。"

杨林芳点点头："嗯……少掌柜既然这么说，那倒是可授。今后就委屈少掌柜屈身于此了。"

从那天起，程挽耕便在杨府安顿下来，平时做些粗笨活计，每日早晚跟随杨林芳习武。

第一天，杨林芳拎了两柄木刀，丢一把给程挽耕后道："我现在教你的都是根基，没有根基，就什么都不是。招式，是活的，只是对基础的运用而已。基础，是死的，没有捷径。越是高手，越忠实于基础而不偏离。"

程挽耕拎着木刀看了看，问："师父，夏三刀，是高手吗？"

杨林芳点点头："夏三刀乃流匪，三四年前曾在此地有过命案，我去看了尸首。从那伤能看出，夏匪武艺确实精湛，刀法也当属出类拔萃。无论少掌柜将来是否打算替父报仇，当由你自裁，为师不闻不问。但我若教你，必定从防守开始。即便你今后学不成，也有守技傍身，不至于让程总镖断了后人。否则，老朽九泉之下无颜以对令尊。"

程挽耕含泪跪谢。

杨林芳扶起他，站定，随手挽了个刀花，正色道："守，无非是退、挪、抵、挡、拦、拿，但并不简单。学不会这些你也不敢大胆出刀。"说着他拉开架势，一招一招演练，"记住：心生意，意生形。四肢是心、意的延伸，兵器是四肢的延伸。由意出，随形。想要学会防守抵挡，就要看对手的攻击从何而来。面向敌，自上而下为击，自下而上为挑，自左至右为掴，自右至左为挥，自左上至右下为劈，自右上至左下为斩，自后而前曰刺。每一种来势各不相同，变化也不同。但来势必有所图，若不得，也必有所变。所以，每一种应对，都不简单。看不透出招，就别想学会出招。在你学会守势的精髓之后，为师才会教你出刀，你要有所准备。"

演练完，停了手，杨林芳吩咐下人前来，交给他们几支前端绑了软垫的长杆，轮班陪程挽耕习练防守，不可怠懈。

初时，程挽耕浑身是瘀伤——即便陪练们手下留情，即便绑了软垫在前，长杆戳到人也是很疼的。

日复一日。

不到一年的工夫，哪怕是陪练尽力去刺，哪怕长杆去掉软垫，也伤不到程挽耕寸许。一旁观看的杨林芳点点头，吩咐另一个下人："长杆重新绑上软垫，两个人一起持杆去刺。"

在场的几个人吓一跳，程挽耕却皱了皱眉放下手中木刀，问："师父，为什么总是刺？您不是说了很多攻势的动作吗？这一年来除去基本功，我练的全是接刺，为什么不教徒儿应对击、挑、掴、挥、劈、斩？"

杨林芳挽起长衫下摆，卷了卷袖口，下了场。左手背在身后，右手拎起长杆："现在我要出招了，你试试看怎么接。"

程挽耕点点头，摆好架势。

只见杨林芳猛地举杆击了过来，程挽耕闪身随手拨开。杨林芳又反手斩了一棍，依旧被程挽耕弓身侧肩以木刀弹开。

杨林芳点点头："第三下，看好了。"

话音刚落，程挽耕还没来得及点头，长杆就直挺挺地刺了过来！他先是一愣，等挥手去打的时候杆头已经重重戳在了肋间。

杨林芳收了长杆戳在地上，摆摆手不让人去扶在地上疼得缩成一团的程挽耕。"这个疼，得让他牢牢记住。"说完静静地等着。

眼看程挽耕疼痛稍缓，能略微直起身子后，杨林芳道："如果这是带枪头的真家伙，怕是你已经被刺穿了。你可知道为什么没挡住？"

程挽耕单膝跪在地上抵住肋间："师、师父出招太快了！"

杨林芳笑了笑："那前两下虽然没学过，但你怎么挡住了？"

程挽耕犹豫了一会儿："嗯……徒儿愚笨，请教师父。"

"耕儿啊，记住，所有攻势中最快的，就是刺！若想击、劈、斩必定先举起；若想掴、挥，必定先横摆；若想挑，必定先垂下！唯有刺，不需要两个动作，仅仅一个动作即可。"说着他依旧单手抖起手里的长杆前刺，杆头笔直定在程挽耕面门前不停地颤动。"明白了吗？刺，是最快的，也是用得最多的。为什么枪乃兵器之王？无非就是快！刺，即可。也就是因为刺够快。用枪，无非是三大套动势：拦、拿、扎。但就在这么简单的基础上衍生出各种变化，所以也会有各种枪的变种。加横刃为槊，多加枪头为戟，加倒钩为钩镰。我教你的，是想让你应对最快的，也是最致命的。

你将来是否要替父报仇这件事，为师说过不问。但夏三刀，是高手。你认为，高手会不懂这些吗？”

程挽耕郑重磕头行礼：“徒儿再也不敢妄自为是！今后谨听师父安排！”

“嗯……这样吧，三年，我每三年一考。什么时候你能稳扎稳打地防住为师十二招攻势，我再教你出招。”

“徒儿明白！”

从那之后，程挽耕再也不敢多问，沉心按照杨林芳的安排扎实根基。

两年后，程挽耕勉强防住了师父的四招，而第五招的斩，让他肩头肿了足足半个月。

但陪练的两个下人是无论如何再也无法用长杆碰到他了。

此后杨林芳改让两个陪练各持一长一短木质兵器同程挽耕对练，两种长短不一的兵器节奏完全不同，这让程挽耕又没少吃皮肉之苦。

“师父，”一天午后侍茶的时候程挽耕问，“是不是过几年就该教徒儿同时对应三人攻势了？”

杨林芳听罢先是一愣，然后笑道：“不必他日，为师这就教你无妨。”跟着他叫来次子杨韬远——就是当年给程挽耕开门的那个后生，道：“韬远，去给耕儿演示一下面对众敌的不败之法。”

“是！”韬远在庭中站定，沉肩舒气，拉开架势，右腿前伸横扎脚掌。稳住身形后，突然高喊一声“接招”，掉头跑出了大门。

在众人的笑声中程挽耕好一会儿才明白过来。

“呃……师父，您是说……”

“耕儿记住，”杨林芳忍着笑意正色道，“再强的高手，也难敌众。两个，就是极限了。杀入人群纵横开阖的，非重甲骑兵不能，而且还得是成队才可。单枪匹马也早晚会被拉扯下来。绝不要敌众！你可明白？”

程挽耕若有所思地点了点头。这时，他看到杨韬远慢慢从大门外踱步进来，也忍不住笑了。

又是三年。

被弹开第八下击打后，杨林芳飞快地收刀撤步，深吸了口气，接着一声暴喝，连刺出四下。

随着兵刃的紧密相击之声，程挽耕硬是全部接下前三招，但身形也跟着踉跄了。未等师父的下一招使出，他连忙后撤摆摆手：“徒儿下一招必定是接不来了，还需更为精进。”

杨林芳点点头：“嗯，不错，知进知退了，好！”

此时练习中已不再用木质兵器，而换成了真家伙。

歇息间，程挽耕看着杨林芳手中的右手半截拇指觉得很奇怪，问道：“师父，您手中的这把剑，是专门为您订造的吧？”

杨林芳的剑，不同于一般的剑。这把剑的剑身不长，也就一臂左右，厚实，短粗。剑柄比较奇特，带个拇指套。杨林芳右手拇指不知因何只剩半截，却也正好把断指插进指套。

“并不是。这把剑是多年前为师偶然得来的。跟我的这个断指算是暗合。至于这个断指……”说着杨林芳看着自己的右手，“为师曾经年轻气盛，遇到高人。高人说让我五招，若五招之内碰到他衣衫，都算我赢。

但，我偷了第六招……从那之后，我便以断指为戒。这也是我先要教你防守的原因。若是不能看破对方出招，单纯比快，那可是山外有山啊。”

程挽耕点点头。

“再有三年，你定能防住为师十二招，到时候，是该教你出手的招式了。”

“谢师父栽培之恩！”

世事难料，两年后，杨林芳因疾而逝。

临终前，拉着程挽耕的手，断断续续道：“关中有刀客，姓钱，名程，字慕宽，与我是同门师兄弟。出刀之势，找他即可。钱慕宽若知你是我徒儿，必定尽授。今后无论武艺如何，不可妄自……”话未说完已撒手西去。

孝礼结毕后，程挽耕向杨府上下辞行，只身去往关中。

无奈世道险恶，途中遇到窃贼丢了财物，所以他只好再度委身于市井干一些零工，慢慢积攒路费。

半年后，集市南头的顽童不知深浅，用鞭炮惊了牛。那狂牛在集市上横冲直撞。

有路过镖局的镖师出手相救，却被狂牛用角崩断了刀，戳穿了小腿，险些丧命蹄下。程挽耕刚刚跑腿回到客栈，见状立即拾起断刀，挺身挡住了狂牛。

牛发了狂，红着眼睛喷着粗气刨了两下蹄子后，低头冲了过来。程挽耕闪开身形，用刀背拨开牛角。狂牛刹住，反身又冲了过来，程挽耕再次轻松抵挡后侧身让开。远远看着的人都从捏着一把汗到啧啧称奇。反复抵挡十几次后，狂牛终于累得不行，一屁股跪在了地上，旁观的众人一拥而上，网子苫布床单绳索见什么用什么，总算把牛给控制住了。

镖局押镖的镖头看着程挽耕点了点头，拱手道：“少侠好身手！多亏少侠出手相救，否则我们这个镖师……不多说了，我代表长兴镖局，恳请少侠一定赏脸吃个便饭，望少侠不要推辞！”

程挽耕连忙还礼推辞，但架不住一众镖师诚意相邀，也就跟着去了本地最大的一家饭庄。

席间他隐瞒了身世，只说早年学过一点武艺，在前往关中投靠亲友的时候丢失了钱财。镖师们大喜，连忙告诉他：“这趟镖，正是要去关中，如不嫌弃则一同前往，路上费用不需计算，跟镖师们同吃同住即可，以此报答相救之恩。”

盛情难却，也的确是顺路，程挽耕答应了。

几日后，待安顿好受伤镖师留下养伤，便随着走镖起程去了关中。

因为耽误了时间，后面行程风餐露宿马不停蹄。等离关中还有三天半路程的时候，却再也走不得了。

因为雨太大。

几个镖师愁眉苦脸地站在店门口向外望了望，叹了口气。

“这雨也邪门，中午小一阵，不足一个时辰又开始下，这什么时候是个头儿啊！”说着，蔡总镖头往嘴里扔了一颗蚕豆。

一个犯了风湿的老镖师烤着火问：“咱们搁在这儿，有几天了？”

“到今儿晚上就整五天了。”赶车的伙计把一个竹筐拆了编，编了拆，已经好几遍了。

“镖头。”老镖师问，“咱能喝点酒不？阴雨天儿我这风湿疼得不行，一时半会儿又动不了身……”

“你喝着，别人不行。什么时候天放晴了咱们什么时候动身，晚上晴了晚上走，半夜晴了半夜走。再不走这趟镖耽误太久了。”镖头慢条斯理地又剥开一颗蚕豆皮。

“几位爷，”店小二擦着桌子上前搭话，“我看几位爷还是别赶着夜里走，再往前有盗匪盘踞。上个月还有商家遭劫，据说盗匪不少，有小十几口子人。还是再等等，等天明，多几拨凑在一起也方便。”

镖头愣了下：“嗯？你可别诳我，这趟路我们熟，一路太平没有山贼盗匪。”

小二刚要开口，账房的先生开口了：“估摸着，是流寇，之前这趟路上没事儿，也就俩月前才听说有的。”

众镖师望向镖头，镖头闷着声，没说话。

后半夜的时候，雨彻底停了。

镖头一夜都警醒着，看雨停了赶紧起身把镖师伙计们都叫起来，收拾套车，准备天亮立刻就起程，现在收拾省去时间抓紧赶路——走镖的最怕出事儿，所以他不敢半夜赶路，哪怕离天亮不足两个时辰。

程挽耕这几天睡够了，也就跟着起来，不顾镖师劝阻跟着前后打下手帮忙。收拾的时候，他刻意避开细软只拿粗重物件，众镖师看在眼里都暗自点头：懂规矩。

这些天来，走镖的一众人都很喜欢程挽耕。他人随和，手脚勤快，不多嘴没闲话，不张扬不咋呼，的确是三十多岁该有的沉稳劲儿。镖头暗想：等这趟镖到了关中，跟这人好好聊聊，问他有没有意思一起干走镖。虽然长兴镖局名号不大，人也不多，但谁还不是从小店做起来的。程挽耕气质镇定，有两年就能混成镖头，单带一队绝对稳妥。

离天亮还有一个时辰的时候，收拾得差不多了。镖头正要吩咐大家歇息一下吃个早饭，这时店伙计远远看了一眼，道："几位爷，您瞧瞧，这不有人又赶来了吗？正好你们搭伙一块儿走。"说着他远远地一指。

果然，前面来了一队人，看样子都打着火把，想必是赶了夜路。

镖头点点头，心里挺高兴。突然他转念一想：不对！来人并不是后路，而是他们要去的方向！

他抬手观望了下，觉得有问题，连忙喊了众镖师抄家伙候着。少顷，那一队人越来越近了。

那群人个个穿着蓑衣，戴着斗笠，身后还都背着家伙。来者不善。

蓑衣队马队越来越近，等到了客栈前，纷纷收住缰绳，慢慢散成一个半圆围住客栈。为首几个慢慢出了队，散马到客栈大门前。其中一人以肘撑在鞍头，弓着腰问："这趟镖，谁说了算？"

那声音懒懒散散，透着不屑和轻慢。

镖头站出身，拱手道："在下便是，敢问英雄……"

说话的那人摘了斗笠、甩开蓑衣露出身形相貌。看上去此人四十岁出头，方头大脸，面色青白，鹰钩鼻薄嘴唇，一双眼睛细长如刀锋，嘴角还挂着一丝笑。他身形很怪，双肩极宽，背后斜插了两把短柄朴刀。

“多谢镖头收拾好了，这趟镖，我们就带走了啊。”说着他竟然直接吩咐手下来接货车马辔头。

一众镖师暴喝而起，镖头拦住，问来人：“敢问好汉大名？”

“呵……大名？”匪首阴阴地笑了，“你爷爷我姓夏，大名嘛……叫我夏三刀好了。”

众镖师和伙计们脸色全变了，店小二直接扔了手里的活计跑回店内。而程挽耕先是一愣，然后双手莫名地开始抖了起来。

镖头定了定神，挤出个笑：“原来是……路上的豪杰，夏英雄，失敬。有事儿好商量，还请英雄开个价码，鄙人小店小买卖，真没什么值得动刀动枪的，一切都好说……”

“行了行了，”夏三刀不耐烦地摆摆手，“你爷爷我最烦这套了，刀口上吃饭，有什么好说的？有本事现在就捅了我，没本事就别张嘴哼哼，跟个牲口似的，听着烦心。快些，镖车放下，你们都活命。要是想护镖，那就跟你爷爷比谁的刀快。来个痛快的！到底走哪条路？”

镖头闷出了一口气，看着夏三刀：“护镖，是我等的饭碗，不能就这么给了。夏英雄要是真英雄，我陪你来一场。不过，咱们说好，我要是技不如人，我认了，手下这些镖师还望……”

夏三刀话没听完就仰天狂笑，笑够了，继续伏在鞍头眯眼看着镖头：“那时候你都死了，你管我杀谁不杀谁呢？你管得着吗？你管得了吗？再说了，你算什么东西，也配叫爷爷我跟你对仗？”说完他嘴角挂着轻笑向着身边一个汉子点点头：“小无常，捅了他。”

那个被叫作小无常的汉子点点头，斗笠蓑衣都没解，翻身下马，从鞍边抽出一把细长的苗刀。

镖头咬咬牙，回身向着镖局一众抱个拳："诸位，蔡某尽力而为。"

年轻镖师纷纷抽出刀就要上前，见此悍匪们也纷纷抽出兵器望向夏三刀。

夏三刀撇了撇嘴，摇摇头："一对一，让小无常玩玩。谁若着急送死呢，谁就来。不过话可说头里，我手下这些小毛贼犯起混来……嘿嘿，我可不拦，正好看戏。"

镖头回身向众人摆摆手，从货车架上抽出矛枪，抖了抖，对着小无常吼道："来了！"

程挽耕把抖个不停的双手缩到背后，站在车架旁边看着。他不知道为什么自己的手抖得厉害。害怕？惊恐？愤怒？也许都有，他说不清。但他的嘴唇也不由自主地抖了起来，突然间他觉得很冷，冷得厉害！

才开场没几招，所有人都看出来了，小无常确非寻常之辈。纵然是镖头枪花抖开刺来，他也不慌不忙，一一挑开，轻松自如，游刃有余。

几口热茶的工夫，镖头已大汗淋漓，而小无常连点表情都没有。就算身无武艺的旁人都清楚，镖头完了。而镖局的一众更是不寒而栗。因为镖头平时也和他们对练过，一杆矛枪被他用得如游龙走蛇一般，但当下，明显全被小无常那把细长苗刀牵制住，每招每式都是被压着打。

顷刻，镖头的矛枪已经被小无常捉住了，他微微一笑，捋着枪杆把枪夹在腋下，镖头抖了几抖，完全无法挣开。镖头咬着牙再抖，小无常突然一拉枪杆，趁着镖头一个趔趄抬手一刀，削去了镖头的左耳。

夏三刀在马背上哈哈大笑："好玩儿！"然后伸出一根手指，"再来一根手指，就一根！多了算你输，这趟活儿没你的份儿！”

镖头大惊，连忙撒手扔了枪去抽腰间的短刀。

但举刀的时候他看到，右手的大半截食指已经没有了。

镖局的人全吓傻了。

程挽耕看见了。

那一刀很准，是顺着枪杆斩击的。

飞快。

“还有呢！”小无常的话音未落已经连连出刀，苗刀上下翻飞，带出的血花染尽镖头衣裳。

“住手！”就在众人都垂首不忍再看的时候，有人怒吼了一声。

小无常一愣，停了手顺着声音望去。

是程挽耕。

此时镖头踉跄了一步，仰面倒下。

程挽耕咬着下唇，默不作声用颤抖着的双手从车架后抄起一把刀，甩掉刀鞘，站在小无常面前。

小无常看了看他，又看了看他抖个不停的手，还有那把刀，然后笑了。

后面的一众悍匪和夏三刀更是笑得不行。

“这、这……连个牲口都比他拿刀稳啊，哈哈哈哈哈哈！你们看看，看看他手，看看他刀，哈哈哈哈哈！想拼命啊？拼命谁不会啊？有本事才有资格拼命，没本事还想玩这套？送死都嫌多啊，哈哈哈哈哈哈！”

程挽耕回过神，看了看手中的刀才发现，原来自己抽出来的这把刀，是拦惊牛时的断刀。刀身还剩下不足一臂。

“夏爷，”小无常完全没把他放在眼里，掂着手里的家伙回头问夏三刀，“这个楞脑壳，给谁玩啊？”

夏三刀停住笑想了想：“两刀，你只能用两刀，挖他的双眼。做得到，这车镖我不要了，你来分。”

小无常大喜，嘻声道：“夏爷您看好了！”说着苗刀直挺挺地刺向程挽耕面门。

程挽耕一直在想怎么克制住双手的颤抖，可无论如何也做不到。

但就在小无常的刀锋破空之声响起的时候，他下意识地举断刀，撤步，手腕微扬。

“当！”

那一刀被弹开了。

悍匪们跟着哄堂大笑。

只有夏三刀没笑，他眯着眼睛上上下下打量着程挽耕。

小无常知道丢了脸面，咬着牙发着狠连连挥刀砍去。

一刀，两刀……五刀，六刀……十一刀，十二刀，程挽耕一一弹开。

这时已经没人笑了，全都愣愣地望着程挽耕。

小无常停了手定在原地，不敢相信似的看着苗刀被崩开的刃口。

程挽耕自己也愣住了，紧跟着，他觉得身上开始热了起来。

手，不抖了。

“小心！”随着夏三刀的一声大喊，小无常的头猛地歪了一下，跟着嘴里咕噜咕噜地响了几声，喷出了血沫子。

浑身被血染红的镖头不知道什么时候起来了，手里的矛枪横着刺穿了小无常的脖子。

镖头抖手撤枪，血随之喷出来，小无常软软瘫倒在地上。

此时镖头再也站不住了，跪倒在地，努力撑着枪仰望程挽耕，无声地点点头，只字也没能说出就随着一声叹息闭上了眼。

一众悍匪高声怒骂着纷纷抽出兵器，却都被夏三刀喝住了：“想死的就去！一群没见过世面的玩意儿！你们是对手吗？”说着翻身下了马。

只见夏三刀把缰绳甩到一边，脱去罩袍，露出一身短打扮向程挽耕走来。

“你……好面熟啊，我们见过吗？”此时他已不再是一副慵懒怠慢的模样，而是凝神屏息。

程挽耕摇摇头。

“奇怪……”夏三刀仔细端详着面前这个人，缓缓踱着步，抽出背后两把短朴刀，“按理说，我出手不留活口的……但……你这相貌……我怎么觉得好像在哪儿跟你交过手？”

程挽耕终于定住了神，还是摇了摇头：“未曾。”

夏三刀拎着家伙看了看天，想了想。此时天色已经有点亮了。

“你，知道为什么我叫夏三刀吗？”

“知道。”

“这些年对决胜负，我最多只用过三刀，无论是谁。”

“知道。”

“我的刀法，不只这三刀，而是三式，每式，有三刀。明白吗？”

“明白。”

“那，看好了！”

夏三刀出刀了。

跟程挽耕判断的一样，第一刀，是右手刺。

因为对手是双刀，他没挡，而是轻撩后撤步退让。

第一刀空。

“那，第二刀应该是挑，因为夏三刀的左臂一直是垂着的。”程挽耕想。

果然，夏三刀动的是左手，挑。

程挽耕持断刀，刀身在下，翻腕从下向上拨出。

第二刀弹开。

“他右臂未动，身形却随左手刀跨了一步，那下一刀，最可能的是回右手挥刀。”

没错！第三刀横挥而来！

程挽耕借着弹刀的反冲力道，断刀用力压了下去。

第三刀被震开。

三刀出完了，程挽耕还站在那里。

几十号人鸦雀无声，目瞪口呆地看着车马店门口的两人。

夏三刀也愣住了，虽然他之前预判到眼前这个人很可能会扛住自己前三刀，可当事实来临的时候，他还是有点不敢相信。

“不俗。”脸上阴晴不定的夏三刀点了点头，“出刀吧，让我看看你的本事！”

程挽耕摇了摇头。他不会。

夏三刀猛地睁圆了一直眯着的双眼：“小子！想长见识是吧！别后悔！”

又是三刀抵挡招架，程挽耕依旧毫发未伤。

所有人都惊呆了。

程挽耕却笑了——师父啊师父，您说得一点都没错！我能清楚地看到来势的每一招，并且同时预见到了招式的变化和走向，分毫不差。

夏三刀却怒了：“混账牲口，耍我是吧！老子今天把你片成肉渣！”

是啊，从未有人面对夏三刀的攻势还能笑得出来。

再三招，还是未曾伤到眼前这个人。

不仅如此，在出第三招的时候，夏三刀心虚了，他怕对方出手，没敢尽全力，正因如此，他左手刀被弹飞。

围在外围的贼人已经有开始偷偷掉转马头的了，因为他们从没见过自己的首领因恐惧而出了虚招。

这是第一次。

对夏三刀来说也是。

眼前这个人到底是谁？明明看着很眼熟，但这个速度和刀技的确是陌生的。这到底是怎么回事儿？是噩梦吗？不可能啊，我是夏三刀啊！

夏三刀由困惑转为暴怒，狂吼一声挥着单刀又冲了上来。

而程挽耕却恍惚了起来。

接下来，又三招吗？那么，这十二刀挡完，该怎么办？

师父没教。

第一刀来了，是掴，看夏三刀肩头动作就知道。

于是他缩腹弓腰，让开刀锋，并用手里的断刀把来势加力助推了一下，这样第二刀想要最快的话，只能画个“之”字反手挥回来。

然后呢？该出刀吗？但我该怎么做？击？挑？斩？劈？挥？掴？刺？

下一刀来了，果然是挥，只需用刀背格住即可。

一点没错，随着一记脆声，夏三刀的刀，又被弹开。

接下来是什么？想要最快出招，只能撤刀，再刺，没有别的可能了。所以，第三刀必定刺。然后呢？怎么办？杀父仇人就在眼前，可是，我却不会出刀！该怎么办？怎么办？

“记住：心生意，意生形。四肢是心意的延伸，兵器是四肢的延伸。由意出，随形。想要学会退、挪、抵、挡，就要看对手的攻击从何而来……每一种来势各不相同，变化也不同。但来势必有所图，若不得，也必有所变……看不透，就别想学会出招……”

看不透？别想出招？

出招？

怎么出招？

我，程挽耕，看到过无数出招——不懂武艺只会按照师父所说挥杆陪练的下人，师父小有所成的两个儿子的出招，师父的十二招，我都看过，并且挡住了。

那些出招的方式，我都见过了。

看了这么多年，还用再教吗?

程挽耕啊程挽耕！愚笨啊！

他终于明白了。

那么，出刀！

在第三刀刺出后，夏三刀体会到了深深的绝望。这并非因为三式九刀已经用尽也未曾伤到对手，而是到现在他才看出来，自己的每一刀，都是被牵引着走的。一刀、一刀，未有丝毫抗拒，完全而彻底地被对手牵引着，指挥着，直到现在。

他想起一个词：节奏。

跟着，是如深渊般的恐惧向他袭来。

完了。

随着刀刺来，程挽耕侧身闪开，把握断刀的那只手臂略微伸展，用刀背拍中夏三刀持刀的手腕，接着，断刀的刀锋几乎贴着夏三刀的衣袖滑向他的脖子。

夏三刀唯一来得及做的，就是耸肩、缩颈。

但这又有什么用呢?

他的刀已经掉了。

当冰冷的刀刃贴到脖子上的时候，所有丧命于他刀下的亡魂一瞬间都出现在眼前。

那里面有一张面孔，他有点熟悉，和眼前这个人，一模一样。

他突然明白过来了！

“你叫什么名字？”

“程挽耕。”

“程……你、你是盛远……程盛年的……”

“嗯。”

五年后。

那壮汉喝干碗里的酒后，皱了皱眉，把碗重重地蹾在桌上，高喊：“小二！”

“来了！来了！客官您有什么吩咐？”

“小二，你这酒，名字唤作斩三刀，但并不烈啊？”

邻桌的几个食客侧目看着壮汉：“客是外来的吧？新盛远镖局，您可曾听说？”

“听说过，怎的？”

店小二搓搓手，笑着接下话茬儿：“那故事可长了。”

恩爱夫妻

那对夫妻大约是在一年半前搬来的，他们是谁，是做什么的，小区没人知道。因为这对夫妻不跟任何街坊邻居往来。进出即便遇到小区里喜好结交的大爷大妈主动打招呼，两口子也只是点点头而已，最多“嗯”一声。

小区的人对这对夫妻的评价是：高冷，不爱理人。

但小区的人都认定：这两口子是一对恩爱夫妻。

因为自打他们住在这里起，每个工作日的早上，男的都会送老婆到小区门口看着她上班车——一辆没有任何公司标志的中巴车，然后带着笑意挥挥手，而女的在车上也满面笑意用手指在车窗上画个心形。所有看到这一幕的人都会忍不住微笑，且羡慕不已。

“这两口子虽然比较傲，不太爱理人，但咱不得不说，人家感情是真好。大妈是过来人，那可是装不出来的，俩人都笑到心里去了，看得我这个甜啊！”张大妈说。

“可不是嘛！”刘大妈接过话茬儿，“按说都是三四十岁的人，感情还能好到这份儿上，啧啧，这可是多大的福分啊……”

陈大妈撇撇嘴：“咱们这辈儿是捞不着了，我觉得现在的年轻人这样的真的少，动不动就吵，就打，然后哭着喊着离！以为多大的事儿呢，一问，全是鸡毛蒜皮的事！就我那个儿媳妇呀……”

总之，这对陌生夫妻虽然谁也不理，却获得了小区住户的一致肯定：恩爱夫妻，相当靠谱！虽然大家谁也不认识那两口子，但见到他们都不由得多了一份敬意和笑意。

不过最近事情有点不对劲儿了。

是冬至那天，陈大妈发现的。

一早，男的照例送自己老婆去小区门口坐班车，正好赶上陈大妈拉着买菜车从早市回来。

陈大妈老远就看到两口子往小区门口来了，也就紧赶了两步迎上去打算有一出没一出地搭个话儿。

“哟，这么巧，又送媳妇上班啊这是。”陈大妈羡慕地看着两口子。

两人谁也没看她，继续小声说笑着什么，敷衍着点点头。

陈大妈热脸贴了冷屁股有点不死心：“今儿天儿可冷，你光穿毛衣戴围巾可不行……”

真的，那天是冬至，又赶上西伯利亚寒流南下，很冷，一下子就冷到骨头里了。女的穿得没问题，长款大衣高筒靴。男的穿得是有点少，牛仔裤运动鞋毛衣围巾，没了，就这点。

看着两口子站在小区门口的背影，陈大妈嘀咕了一句："男的都打冻……"还没等陈大妈缓过神来，就觉得手里一抖，她连忙低头看，只见刘大妈不知道什么时候站在身边了，还顺手把自己手拉买菜车里的大白萝卜拎出来了。

"哟，这萝卜真好！刚下来的啊？多少钱一斤啊？"刘大妈关切地问菜价。

很快，两位大妈开始认真地讨论今儿早市价格。不过，每每说到那两口子出问题的这件事，陈大妈都不忘提起："就那天！就冬至那天，从那天开始的！我就看出不对劲儿来了！那大冷天的，我秋裤都穿了，他只穿了毛衣围了个围脖，看着就不对劲儿……"

从那天起，再冷的天，那个男的也没穿多过。每天都在清冷的冬晨穿着毛衣戴一条围巾送老婆坐班车。

第二次出问题大约在十天或者两周后。

小区保安副队长正骑着自行车，车把上挂了一塑料袋滚烫的油条往值班室去，一抬头，看到那两口子了。女的一切正常，羽绒大衣厚靴子。而男的穿得更少了，一件衬衫，领口还没扣上，露出里面的打底圆领衫，下面是一条黑裤子和皮鞋。

没了，就这么点，没穿别的了，连围巾都没戴。

夫妻俩经过他身边的时候，副队愣了一下，心里嘀咕着：回暖了这是？跟着摘了厚厚的手套摸了摸自行车把——冰凉！

"嗯？"他连忙戴上手套，以为自己眼花了，又回头看了看，没错，眼没花。

怎么个情况这是？副队长骑车回了值班室，把油条往桌上一放，边用冻麻了的手笨拙地解着大衣扣子边往窗外看。没一会儿，男的送完老婆自己往住的楼走去，既没冻得发抖，也没小跑几步，还是以往的步态，还是照旧低着头不看任何人。

“东北来的吧，这么扛冻？”他扭脸问正拿着手机玩的保安小吴，“你们东北人都特不怕冷吗？”

“可拉倒吧！”小吴头也没抬，“没暖气都一样！”

接下来的差不多半个月，整个小区院里都传开了：特别恩爱的那两口子可能是东北人，扛冻，不怕冷！尤其那男的！

然而后来，再也没人提两口子是不是东北人了，因为事情又有变化。

具体哪天没人记得，但肯定是个冷天。

男的穿个小背心出来送老婆了。

那一早小区出来进去的人都看傻了。

接下来，传言变了：这两口子脑子不大正常！

然而事件还在继续发展，每过那么一个星期到十天，男的就穿得越来越少，等到头春节的时候，男的已经是背心短裤拖鞋的打扮来送老婆坐班车了。

他满脸笑意地目送着老婆上了班车，耐心地等她就座，然后看着她在车窗上画个心，才恋恋不舍地低着头往回走。

胆子一向比较大的马大爷壮着胆儿凑过去问：“小伙子，你不冷吗？”

男的头也没抬往回走，仿佛没听见。

这个小区住的基本都是善良而老实的人，他们虽然都没见过什么世面，但好奇心还是有的，于是大家开始四处打听，但得到的信息，可以算是没有信息。因为就算是住两口子对门的刘阿姨也不知道发生了什么。

“他们平时没什么动静啊。”说着刘阿姨往回抻了抻牵着自家泰迪狗的绳子，“豆包！老实点儿！聊会儿天再带你去拉屎！”刘阿姨家的狗叫豆包。

豆包委屈地哼唧了一声原地转了个圈。

“什么动静都没有？那也不对啊！有问题！”张大妈倒吸了一口冷气。

“不是，不是什么动静都没有，”刘阿姨解释，“平时炒菜做饭、锅碗瓢盆、电视机声音都是有的。我说的是没什么奇怪的动静。”

“哦……”围绕在刘阿姨身边几位热心的大妈和阿姨失望地松了口气。

格外热心的何阿姨不无担心地叹了口气：“可……那也没这么扛冻的啊！也不见生病……”

刘阿姨正要说什么，这时候豆包憋不住了，呜咽着死命拖着刘阿姨奔小区东边的灌木丛去了。

过了年，二月中的时候，事情发展到了临界点：男的那天早上照常送老婆去小区门口，他，全身上下，就穿了一条平角短裤，蓝绿白格子花纹，干净，看上去就很舒适，但是，薄。

小区的目击者们全震惊了，目瞪口呆地看着他。而两口子跟往常一样，丝毫没有任何反应，仿佛穿行于无人之境，小声说笑着就这么坦然地从众人面前走了过去。

没一会儿，男的和他那条干净舒适但很薄的蓝绿白格子花纹平角短裤又回来了，在众人面前又刷了一遍。

接下来的一礼拜很难熬。平时不早起的人都早起了，为了一睹那条平角短裤的风采，但大家都在推测之后的发展：难不成，咱们小区要出裸奔的？那岂不是要上新闻了吗？咱小区要出名了这是？电视上才能看到的新闻就要发生在身边吗？

“他要是敢光着出门，我立刻就打 110！”张大妈义正词严地说。

“那小伙子身材其实不错……”何大妈无不留恋地叹息着，突然觉得话风不对，赶紧又跟了一句，“可惜了，脑子不大正常……”

“我看他不敢！”陈大妈说得斩钉截铁，“咱们老姐几个得抱团，现在就去找街道居委会反映反映，再让咱小区保安都盯着点，别让他光着个屁股招摇过市，伤风败俗！明儿他就算穿着裤衩，也得出门就按住，直接送派出所！小区这么多大人孩子，这样下去可不行！”

这一句话点醒了几十个聚在一起探讨的大爷大妈叔叔阿姨。对呀！怎么就任由他招摇了这么久呢！明天抓现行！一定要把可能出现的流氓行为扼制住。

当天夜里，保安队长、副队长，还有街道治安主任以及院里的治安骨干们开了个会，商讨对策，决定了方案：只要那男的敢光着出门，当场给他拿下！绝不能让他就这么裸着出来晃荡。不过他要是还穿着短裤出门，那就等他送完老婆找他谈谈，看看是不是有什么家庭问题或者精神问题。有，就早点帮忙解决了，绝不能等事情进一步扩大。不过大家回忆了一下，认为明天事主裸着的可能性比较大，毕竟，他都穿着那条著名的平角短裤晃荡一星期了。

第二天一早，整个小区的人天不亮差不多就都起来了。平时睡懒觉的不睡了，上夜班的临时倒了个班，有几个特别没见过世面的甚至还后延了出差。

保安队长、副队长、街道治安主任，还有几个年轻力壮的保安都没睡，在恩爱夫妻家门口蹲了后半夜。

还是那个点，随着一阵窸窣和低声说笑，门开了。先是一股民居内暖烘烘的气息，然后出来了两个人。

女人穿得很正常，是这个季节该穿的。而另一位，的确一丝不挂。但，在门口守候了一夜的众人却没敢动手，就那么举着手里的大衣毯子床单被罩愣愣地看着。

女人身边是一个从未见过的生物。

"他"有一身灰绿色的皮肤，弹性且光泽，四肢细瘦。矿泉水瓶粗细的脖子顶着一颗巨大的脑袋。头上没有头发，没有耳朵，没有鼻梁，只有一双比鹅蛋还大的眼睛，形状像巨大的杏仁儿。看不到瞳孔，也没有眼白，黑黑的，亮晶晶的。本该是嘴的地方有一条宽宽的裂痕，没有嘴唇，也看不到牙齿，说话的时候微微裂开一点点。

看着他们下了楼之后，保安小吴向着队长眨了眨眼："这、这是个啥啊？还、还抓吗？"

"抓个屁！"街道治安主任愤愤地抖了抖肩和肩上的大衣，"又不是人，光着穿着，关咱什么事儿！"说完径直走下楼。

在小区人群的围观中，"他"一路跟老婆小声说笑着往门口走去。

“他”看着老婆上了车，看着她在玻璃上画了个心形，然后就在众人眼前凭空消失了。

所有围观的人都很失望。他们没看到期待已久的场景。

“原来没裸奔啊，真没意思，白起这么早了。”不知道谁抱怨了一声。

渐渐地，人群散了。小区内的大爷大妈叔叔阿姨们，还有小区外赶来的大爷大妈叔叔阿姨们都很失落。整个上午，再也没有人像这几个月来那样——扎堆儿讨论那神秘的恩爱夫妻。

中午的时候，刘阿姨牵着豆包正在小区院里遛弯，伴随着不知道谁家的饭菜香气，保安队长突然冲出值班室大吼了一声：“俺滴个娘啊！那是外星人啊！”

跟着，整个小区全炸了锅，没人再忙叨那口午饭了，全都冲出家门在小区人群中表达了自己的震惊：外！星！人！

同时他们都很奇怪，为什么早上就那么平静地接受了这个事实没有任何反应呢?

不到半小时，街道治安主任带着人也来了。

一行人没跟小区的人寒暄，也没任何废话，直接冲到恩爱夫妻的房门口，激烈地砸着门。

很快，门开了。

一个头发蓬乱、睡眼惺忪、三十多岁的男人开了门：“你们是谁啊？干吗砸门？”

主任愣了一下，问：“是你每天送老婆出门吗？”

男人也愣了一下：“我？送我老婆出门？我从来就没送过啊？”

“啊？”

门里门外的所有人都愣在原地，就那么莫名其妙地互相看着、打量着，不知所措。

概率终止

出了地下二层的停车场电梯，沈意飞低着头向自己车位方向走去。

一路上他都紧皱着眉，心里盘算着怎么解决那个攸关到自己能否在公司继续做下去的问题——就在下班前几分钟，他发现自己把某个重要客户的全部数据资料搞丢了。

站在那辆三年前买的二手车旁，他先是愣了一阵，然后足足花去了几分钟翻遍了身上的口袋和公文包都没能找到车钥匙。

他一定是把它落在办公室了。

确定了这个事实后，沈意飞谨慎地四下看了看后放开嗓门吼了一声，跟着又踢了轮胎一脚。

车子尖厉的报警声骤然响起，他被吓了一跳，低声咒骂了一句愤愤转身向着电梯方向走去。他决定走捷径——穿过几排车径直路过车库一层下二层的入口处，从那边通往电梯的距离要近得多，不用绕。

在即将走到坡道下的时候，手机响了，沈意飞不耐烦地放慢脚步后掏出手机。就在这时，一阵刺耳的轮胎刮擦油漆地面声从旋转坡道上方传来。他皱着眉向坡道的方向瞟了一眼——由于坡道是盘旋的，所以他什么也看不到。不过听起来想必是某个笨蛋正在磨磨蹭蹭地向下滑着车。他重新低头看着手机，屏幕显示的是个不认识的号码。他停下脚步犹豫了几秒钟按下通话键："您好，请问……"

突然，车库入口的斜坡方向传来巨大撞击声，还没等沈意飞反应过来，一辆微型车翻滚着从旋转斜坡入口处冲了下来。

这一切来得太快了，他目瞪口呆地攥着手机，眼看着那辆失控的汽车夹杂着火星和碎玻璃冲了过来，结结实实地撞上了自己。

当撞击来临的瞬间，他并没有感到疼痛，只是觉得喘不上来气——车身猛地砸到他的前胸，立刻把所有的肋骨砸断，接着又把肺里的空气全部挤压出去，使得沈意飞不由自主地发出沉闷而短促的喘息声。接下来不到一秒的时间内，车底盘又翻滚着狠狠拍在他的额头上……头骨清晰的碎裂声，是他所能听到的最后的声音。

之后，沈意飞无声无息如破烂的布娃娃般，随着胡乱翻滚的车身，轻飘飘地撞向停在入口附近的其他车辆。

十几秒钟后，这场惨烈的意外终于结束了。

事故现场一片狼藉，整个地下车库回荡着此起彼伏的汽车防盗报警器的报警声。不知道哪辆车的尾灯一下一下地闪烁着，使得车库油漆地面上的血看上去异常刺眼，也异常鲜艳。

伴随着急促的电子闹钟声，沈意飞猛然从床上坐起来。

最初的那几秒钟他并没反应过来，而是死死地盯着前方大口大口地喘息着，额头上密布着细小的汗珠。

外面天早就亮了。

过了好一会儿，他的呼吸渐渐缓和，人也从紧绷着的状态中慢慢松弛下来。

“是做梦！原来是做梦……”他擦去额头上的汗，深深地喘了一口气后重新倒回到枕头上。

他静静地看着天花板，耐心地告诉自己如何平静：这很简单，放松身体，放慢呼吸，回忆海水冲刷沙滩的情景……放松，放松，那只是梦。

就这样过了一会儿，他觉得好多了，于是起身下床，去了洗手间。

刷牙的时候，他留意到一个颜色鲜艳的小发卡就放在洗手盆靠近镜子的那一侧边缘。

他停下动作叼着牙刷，捏起了那个小发卡仔细地看着。

那是一个粉红色半透明塑料制成的小发卡，塑料里面掺杂了许多亮晶晶的小片，使得发卡看上去有些俗气。不过，发卡上镶嵌着的小巧金属单车却异常精致——单车的车轮甚至可以独立转动。

沈意飞疑惑地把发卡翻过来掉过去摆弄了一阵后，又仔细想了想，把发卡扔进了垃圾桶。

他不记得这是哪个女人的。

洗漱完毕他回到卧室，精心挑选好衬衫和领带，穿上、系好。然后他拉开冰箱扫了一眼，紧跟着又放弃了吃早餐的念头，而是径直走到门口，选了双皮鞋，摘下挂在门旁的西装外套，随便梳理了一下头发后打开门。

就在他回身锁门的时候，隔壁单元的门打开了，一个化着精致淡妆的漂亮少妇走了出来。

两人相视一笑，各自锁好房门一起向电梯走去。

两人并肩站在电梯口等着电梯。

漂亮少妇转头四下看了看，在确信周围没有人后，轻盈而快速地在沈意飞的屁股上掐了一把。

沈意飞嘴角扬起一丝笑容，不过他并没有任何动作和反应，而是不动声色地轻声说道："你老公出门了？"

"半小时前。"漂亮少妇盯着电梯门露出个妩媚的笑容。

"他今天回来早吗？"

漂亮少妇咬着嘴唇忍着笑："不知道，你要干吗？"

"我要……"还没等沈意飞说完，电梯门旁的显示面板发出叮的一声，于是两个人迅速恢复到平静而冷漠的样子。

电梯门在一层打开，他们俩就仿佛陌生人一样，沉默着跟随人群先后步出电梯，走出公寓大厅。

沈意飞站在公寓门口目送漂亮少妇的背影从视野中消失后，抬手看了下腕表。

时间足够。

他想到了那个让他觉得很不舒服的噩梦，所以没有走向自己的车位，而是径直向小区大门外走去。

他决定叫出租车。

正当他快步穿过小区内的另一栋公寓楼旁时，头顶突然传来一声惊呼：“当心！”

他愣了下，抬起头，只见一个黑乎乎的东西正对着他的脸从空中砸了下来。

“完了！”这是他最后的想法。

那一大铅皮桶玻璃清洁液几乎把沈意飞的头砸了个粉碎，并且猛地把那具无头的身体向地面压去，使得那具无头尸看上去似乎在自主地往下蹲。

不远处传来了人们的惊叫声以及杂乱的脚步声，一些胆子大的人向着这个惨不忍睹的场景聚集过去。

在碎石铺成的路面上，一具无头的尸体倒在地上，四肢弯成奇怪的形状，并且还轻微抽搐着。地面上到处都流淌着玻璃清洁液泛起的泡沫，同时还混合着浑浊的，沾满尘土、草叶的鲜血。

“喂！起来！”一记粗暴的重拳打在沈意飞的头上，他惊恐地睁开了双眼，映入眼帘的是浅灰色水泥天花板。

他揉着头慢慢坐了起来。

眼前的牢房窄小、潮湿，还散发着地下室才有的那种霉味以及下水道反上来的臭味。

这个监房还不如一辆公交车的一半大。占去牢房大部分面积的是一大块离地一尺多高、被磨得油光锃亮的床板。而五六个剃了光头、看上去面带暴戾的家伙正百无聊赖地坐在上面。沈意飞低着头看了看脚下，发现鞋没有了，此时他正光着脚蹲坐在潮湿的水泥地上。在身侧不远处有个水泥池子，一个斑驳的水龙头还在滴滴答答向池子里滴着水。

刚刚是做梦了吗？梦中也会做梦吗，就像电影里说的那样？

一个粗重浑厚的声音打断了沈意飞因被突然叫醒而产生的头脑混乱：“新来的，该起来干活了。”

沈意飞抬起头，看到一个胳膊上有鲨鱼文身的男人正盯着他，他那一对奸诈的小眼睛深陷在满脸的横肉中，而挂在腮上、下巴上的黄胡子稀稀拉拉像是冬日干枯的野草。那男人的脚踝处扣着一副沉重的脚镣。沈意飞很清楚那意味着什么——重刑犯。

很不幸，这个重刑犯恰好是这个牢房的牢头。

“看他妈什么看？”牢头瞪着眼睛，用力向前努着下巴盯着沈意飞，“还想让我抽你是吗？赶紧他妈干活！”

沈意飞把目光投向坐在牢头身边的几名犯人——他们都不怀好意地笑着。昨天正是这几个家伙克扣了自己的晚饭，而沈意飞仅仅是出于不满质问了几句，就被那几个浑蛋捂着嘴暴揍了一顿。

他无力反抗。

于是，沈意飞忍着身上的疼痛，磨蹭着从睡觉的床板下掏出一块破抹布，瘸着腿起身走到水池边，耐心地搓干净抹布，沿着墙角开始一下一下地擦拭着本来就有些潮湿的水泥地。

“老实了吧？就他妈欠抽！昨儿进来还牛？牛什么啊？在这儿都是犯人懂吗？还他妈说老子没读过书，老子就是没读过书了怎么着吧？照样抽得你喊妈！”

旁边一个尖嘴猴腮的犯人摸着自己的光头搭了句茬儿：“他妈不爽，我试过！”

粗鲁的笑话引起了其他犯人的哄堂大笑。

沈意飞嘴角抽搐了下，默默一寸一寸继续擦拭着水泥地面。

“你今儿的午饭和晚饭，我们都扣了，你只能喝点儿菜汤。”牢头歪着嘴不断地用下巴一下一下地指向沈意飞。

沈意飞没吭声，依旧机械地进行着自己的“工作”。他此时觉得头很疼，身体也有些发飘。

快擦完的时候，开饭了。所有犯人的兴趣迅速被转移到那些粗糙的食物上，没人再惦记找沈意飞的麻烦。至于他那份饭菜，当然被牢头领走了。实际上沈意飞也并不在乎这个——他根本不饿，只是觉得浑身发冷。也许是昨天一夜都睡在水泥地上的缘故。

终于，那散发着霉味的水泥地面斑驳的油漆墙围全部都擦完了，他慢慢地站起身，用力挺直酸痛的后背，茫然看着正盘腿坐在床板上狼吞虎咽的其他犯人。

“谁他妈让你起来了？蹲下！别找我抽你！”牢头停止咀嚼，嘴里喷着饭渣呵斥着沈意飞。

沈意飞没动，带着略微好奇的表情看着牢头。

“你他妈活腻歪了是吗？老子宰过两个人，多你一个不多！”说着牢头扔下手里的塑料饭盆从床板上站起身并且向沈意飞走来。

沈意飞此时有点烧糊涂了，他听不清眼前这个粗鲁的大块头在说些什么，所以迟钝地抬起头看着拖着脚镣向自己走来的牢头。

牢头抬起手，重重一拳打在沈意飞的下颌骨上。

这一击让沈意飞的身体像张轻薄的纸片般随之歪倒，紧跟着，他的头重重地磕到水泥池子的边角上。

伴随着眩晕，一股血腥味慢慢在沈意飞的嘴里扩散开，同时一阵似有似无的呕吐感也从他的胃里顺着食道涌了上来。

蒙眬中，他好像看到几个剃着光头的家伙纷纷朝自己聚拢，但无论他怎么努力也无法阻止眼前的景象越来越暗淡、耳边的声音越来越遥远。

“解脱了吗？”他用自己才听得见的声音喃喃嘀咕了一句。

沈意飞缓缓睁开眼，看着车窗外的雨滴顺着车窗玻璃扭曲成各种各样的滑落轨迹，仿佛是一幅动态的抽象画。

他揉着被方向盘硌得生疼的脸颊，缓缓坐直身体，带着满脸的疑惑四下打量了好一阵。几秒钟后他想起来了：两个小时前自己因为太累，就随便把车停在一处居民小区里，然后趴在方向盘上睡了。

这时一阵急促的敲击声从身后传来，他不耐烦地转过头，看到车外两个淋成落汤鸡般的女孩正急切地敲打着车后侧玻璃：“师傅，师傅！开下门！”两个女孩带着哀求的眼神。

沈意飞轻蔑地笑了笑，指了指前面停运的牌子，大声回应着：“等人呢，不走！”然后任由那两个女孩软磨硬泡或者敲打玻璃而不再理会。

几分钟后，车外安静了下来，恢复成只有细密的雨滴砸在车顶和车玻璃上的声音。

他从兜里掏出一盒皱皱巴巴的香烟，抽出一根点上，然后深深地吸了口烟，又缓缓地吐了出去，脑子里却乱成一团。

刚才那是三个梦吗？但为什么如此清晰？如果仔细想的话，他甚至还能回忆起一些疼痛感。但那感觉不够真实，似有似无。可是记忆的部分却无比鲜明。这是怎么回事儿？他呆呆地坐着，慢慢体会着烟碱顺着毛细血管扩散开来，为身体带来一种迟钝的沉重感。

突然，某个似乎很重要的线索从他的脑海中闪过。

那是什么？似乎是件很重要的事情。

他皱了皱眉，一遍又一遍地捋着自己刚才混乱的思路并且嘀咕着：“被车撞死是4月3日……被砸死是4月4日，死在牢房里是4月5……”他停止自言自语，忙乱地翻出手机，看到了日期：4月6日。

“怎么可能？”沈意飞把视线转开屏幕，目瞪口呆地看着车前方。

雨汇聚成流不断地冲刷着车前窗，把视野弄得模糊一片。

与此同时，他又清晰地意识到另一个问题，除了日期外，他还记得来自“梦中”不同身份的更多记忆：被汽车意外砸死的沈意飞是个普通得不能再普通的公司小职员；跟少妇偷情的那个沈意飞在某知名企业任职高管，收入不菲，是个很有女人缘的花花公子；死在牢房的那个沈意飞原本是名前途无量的商用客机驾驶员，但是得知女友劈腿后因愤怒而误伤了女友的父亲；现在的沈意飞是个出租车司机，已婚，有个两岁的儿子……这一切都无比清晰地存在于他的记忆中。

“不对！这不对！我是四年前10月1日结的婚，我有个两岁大的儿子……其他的都是做梦……”但很快，他意识到另一个问题：记忆中那个花花公子沈意飞分明是四年前的10月1日参加了朋友的葬礼。

这是……为什么？究竟发生了什么事？

他惊恐万分，愣了几分钟后抓起手机拨通了老婆的电话。

接通后还没等电话那头应声，他就匆忙地说道：“你在单位？我这就去找你，马上，我有点儿事儿。”说完他发动了车。

“怎、怎么了？出了什么事儿？你不是撞人了吧？”电话里那个女人的声音很紧张。

“不，不是这个，我没撞人，但是我好像有什么不对劲的地方……”说着他单手扭动方向盘把车驶向居民小区大门。

“那你是怎么了？你生病了？你不舒服？”

“我不知道……但是有些想法特别乱……”他打开雨刷，顺着路向小区大门口开去。

“想法？什么想法？你告诉我你怎么了？”

“到了跟你说……我这就过去……”沈意飞歪着头用肩膀夹住电话，用颤抖的手从烟盒里又抽出一根香烟。

“你可小心啊，慢点开，我等你来……”

“我知道……”车平稳地驶出了小区大门，沈意飞侧眼看了下路况后稍微加大了点油门。

“那你到了停车场给我打电话吧，现在先别瞎想了。”

“嗯，等我……”这时，一个骑着单车的半大孩子突然从车头右侧冲到车前，沈意飞惊叫一声后迅速把方向盘向左猛打过去。与此同时，他从反光镜中看到后面一辆货车从左后方超了上来。

瞬间，货车的车头离沈意飞的车不到半米了。

“糟了。”

随着巨大的撞击声，出租车仿佛脱离了引力一般，像个陀螺般飞速旋转着冲向路边的电线杆，接下来是一声带着破碎音的撞击声，车终于停下来了。

驾驶位侧的车门瘪进去一大块，满脸是血的沈意飞被牢牢地挤在里面。

他无力地喘息着，挣扎着抬起眼却什么也看不到，眼前只有一片血红。

这还是一个梦吗？可是，为什么自己却有那么多的记忆？

“老师？老师？你怎么了？”

“沈老师？沈老师？”

沈意飞回过神来，惊恐地转过身，身后黑板上写满密密麻麻的数学公式。他回过头看到一群十几岁的孩子坐在课桌后目瞪口呆地盯着自己。

“呃……我……我怎么了？”他有些结巴。

“您刚才写着写着突然抽搐了好一阵，然后不动了，老师。”坐在前排一个扎着马尾辫的女孩告诉他。

“我……是吗？有多久？”

女孩不解地看了看同桌，迟疑了下：“几秒钟吧……大约。”

“几秒钟？”沈意飞皱着眉仔细想了下又接着问道，“今天是几号？”

“4 月 7 日。”前排几个孩子异口同声地回答。

沈意飞先是愣了下，然后在学生们惊讶的目光中冲出了教室，并扔给那些目瞪口呆的孩子一句话：“你们自习！我有重要的事儿要办！”

在刚才的几秒钟内他的记忆告诉他，他是一名高中数学教师，已经在这所学校工作九年了。他和未婚妻的婚期已经定下来了，最近一段时间他们在装修新房——就在这节课上课之前他还同未婚妻通过电话。

但是，这些都不重要，重要的是之前死掉的那四个自己的记忆，依旧存在于他的脑海中。虽然他搞不清楚这是为什么、到底是怎么回事儿，但是他有一种不祥的预感——现在的自己也许就快要死了——不过他并不为此而恐慌。毕竟他已经经历过四次“死亡”——但他想确定一些事情，有关记忆的一些事情。

他发疯般地跑出教学楼，冲进旁边的教研办公楼，爬上二楼后径直奔进办公室，完全无视同事诧异，快步走到办公桌前，从自己包里翻出手机后回到楼道，拨了一个号码。

几秒钟后电话接通了。

电话那头是个声音沙哑的男人：“喂，您找哪位？”

沈意飞深吸了口气让自己的喘息稍微平静些，尽可能语调缓和地问道：“是迅龙出租车公司吗？”

“是，您找谁？”

“请问你们公司有个司机叫沈意飞吗？”

“沈什么？沈意飞？”话筒那头先是停了一下，然后声音变得远了些——很显然他在问别人：“咱们公司有个叫沈意飞的司机吗？”一阵嘈杂的七嘴八舌后，声音沙哑的男人回到话筒边：“我们这里没这个人。你有什么事儿吗？”

“不，我可能打错了，谢谢。”说着沈意飞挂了电话，又迅速拨了另一个号码。他耐心地等了一会儿，电话没人接。他再次换了个号码又拨了出去。

二十分钟的时间，他打了所有自己记得的电话号码——用自己那死去的身份所留下来的记忆。虽然那些电话里没一个人认识沈意飞，但是号码无误：迅龙出租车公司、汉华航空公司、摩根大通金融集团驻华公司、天火传媒有限公司。

这意味着，记忆是真的。

但是每一个记忆的拥有者——沈意飞——并没存在过。

沈意飞紧皱着眉，攥着手机困惑不已：这到底是怎么回事儿？

“小沈？你在这儿干吗呢？没去上课？你脸色不大好，你怎么了？”

沈意飞抬起头，看到了这所学校的校长——一个快六十岁的男人，他也是自己未来的岳父。“呃，没事儿，我突然不大舒服，没事儿……”

未来的岳父看了看他手里的电话，一脸狐疑地皱着眉：“你……真的没事儿吗？要不要休息一下？”

“真的没事儿，我去上课了，晚上告诉您。”说着他把手机塞进兜里向楼梯口走去。他很清楚校长此时正疑惑地看着自己的背影，但是他没法解释清楚这件事，甚至他觉得也许没时间去解释这件事。因为就前几次的经验来看，他怀疑自己现在这个身份能不能活到晚上。

在教研楼一楼大门口，沈意飞迟疑了几分钟后才猛冲出楼门，并且跑出很远才回头向楼上看去——那里没任何奇怪之处，没人趴在窗边，也没有擦玻璃的工人。他又环视了一下四周，附近也没有任何车辆，整个校区很安静。

也许这次能活得久一点儿吧？他谨慎地又四下看了看，松了口气，转身进了教学楼。

进教学楼后，沈意飞就愣在门口再也没迈出下一步。

他感受到一阵轻微的冲击，紧跟着一丝寒意从腹部传来。他抬起头，看到一张稚气未脱的脸。

他好像见过眼前的这个年轻人。

“姓沈的！要不是去年你抓住我，我就考上大学了！”眼前的这个孩子说完拔出刀用力对准沈意飞的胸口狠狠地扎了下去。

他想起来了，这个孩子在去年高考的时候曾作弊，被自己抓到了。

沈意飞没有反抗，而是困惑地看着那个男孩一下下把刀刺进自己胸口和腹部。

很快，来自身体的疼痛感被大面积莫名的麻木感所取代了。

他无声地慢慢跪在地上，双手抓着眼前这个孩子的衣襟，一直没有松手。

血从他的脚下慢慢晕开。

“……这么说没错吧？其实我们在猜测硬币正反面的时候，都在用一种看似很理智的方式去解释概率的问题，即 50% 概率正面，50% 概率反面。但是实际上呢？呃……老沈你在听吗？”

沈意飞平静地看着眼前的这一切，他不必四处打量就知道发生了什么事儿——很显然，伴随着上一个身份的死亡，他的身份再度转换——他的新的记忆告诉自己：现在的沈意飞是名物理工作者，而坐在他面前的是一个年轻的同事。之前这家伙花去足足十几分钟描述了某个物理现象，然后话题慢慢转到概率问题上了——刚刚他用硬币的正反面来做的比喻。

“是的，我在听，你继续。”沈意飞点了点头，尽可能表现出对这个话题感兴趣的样子。

年轻人耸了耸肩：“我觉得你走神了一两秒钟，不过我很快就说完了……嗯，刚说到硬币正反面各 50% 的概率对吧？实际上，硬币的正反两面并非平均的概率。”

沈意飞扬了扬眉：“你是想说，扔起一个硬币，当它落地后正面和反面朝上的概率不是均等的？”

他的同事撇了撇嘴：“当然不是，我想你应该没听说过‘疯狂的概率’这个词吧？”

“从未听说。”

“这就是我为什么把话题跳到概率上。因为宇宙的数量是无限暴涨的……”

“是啊，我懂了……”沈意飞笑了，“你是在说多宇宙理论。”他知道眼前这位同事是一个坚定的多宇宙理论支持者，平时总是在说关于多宇宙论证的问题——虽然实际上这个说法目前还只是个概念上的推测——眼下在物理界，所谓多宇宙、弦宇宙，以及它的进化版膜宇宙，还有那个全息投影宇宙理论，都是某种假设而已，备受争议。不过很显然，这并不妨碍他这位年轻的同事对于多宇宙理论的崇拜和偏执。

“是的，就是这样，因为宇宙的无限暴涨，硬币落地后到底是正面向上还是反面向上也就有着无限大的可能性。既然是这样的话，那么关于硬币落地后正面向上还是反面向上概率均等就土崩瓦解了——你无法从无限可能中判定是否平均——因为那是无限的。”

“这就是所谓的‘疯狂的概率’？”沈意飞端起餐桌上的茶杯送到嘴边。

“不，这只是一个背景说明。‘疯狂的概率’是指：假如我们不停地在N个硬币正面朝上的宇宙中跳跃的话，那么我们看到的将是一个奇怪的现象——硬币正面永远朝上。”

沈意飞点了点头：“原来如此……在这种情况下进行统计的话，也就得出了一个结论：无论你怎么扔硬币，硬币落地的时候永远正面向上。这就是‘疯狂的概率’吗？”

“……嗯，实际上……”年轻的同行也端起了茶杯。

“可是，”沈意飞打断了他，“假使我们有一次进行跨宇宙跳跃时失误，而去了一个硬币反面向上的宇宙，那么我们就会得到一次硬币反面向上的体验对吧？这样说的话，其实正、反面两种可能性的概率就变成了正面=N，反面=1，也就是N对1。可是谁也无法判断那个‘1’会在什么时候出现，或者说我们无法得知‘疯狂的概率’什么时候被终止。”

“不，不会的。”

“为什么？”

那个年轻人得意地笑了起来：“我说过了，我们最初选择就是不停地在N个硬币正面向上的宇宙间跳跃，所以我们得到正反面的概率统计是N对0，依旧是疯狂的概率。即使——就像你假设的那样，发生了错误的话，我们不小心跳跃到一个硬币反面向上的宇宙中，也不代表着绝对概率被推翻。因为我们都清楚这次跳跃是一个错误。所以对于正面向上的统计依旧是N对0。但我们会得到另一个完全不相干的统计，即硬币反面向上的新统计，0对1，是这样吧？”

“可是……”沈意飞皱着眉在仔细考虑这个问题，他总觉得有什么地方不对劲。

“没有可是，老沈，没有可是。我一开始就说过了，这个词叫作‘疯狂的概率’。而且你忘了重要的一点。”

“什么？”

“我再重复一遍，‘我们最初选择，就是不停地在N个硬币正面向上的宇宙间跳跃’，其实说起来，所谓‘疯狂的概率’只是个统计结论。除非我们逆转跳跃，到达我们这个宇宙被分裂出之前的那个宇宙去——就是那个硬币还未落地的宇宙去，那样的话，我们有可能面临新的选择。否则，无论如何我们都不会逃出正面向上的概率，因为没有选择了，未知性在硬币落地后就已经终止了。这个，就是‘概率终止’。”

这回沈意飞听懂了：“有意思，原来这就是你最初提到的‘概率终止’理论。”

“嗯。”年轻的同事微笑着点了下头。

“非常有趣，可是你为什么要跟我说起这个？”

“是这样，”同事放下茶杯，把手肘支在餐厅的桌子上，认真地看着沈意飞，“假如因意外你在某个宇宙死后，你曾经的意识和记忆不知道什么原因穿越到了其他宇宙中的另一个你的身体里——当然，前提是另一个宇宙必须也有你这个人存在，并且还活着。那么，即便你换了身份，你也无法逃脱死亡的追随——只能在自己即将死亡的宇宙中不停穿越……”

“你先停一下。”沈意飞开始紧张了起来，“你的意思是人死后其实并没死，而是在其他宇宙延续下去了？”

“据我所知，有那么几个人是这样的。虽然死了，但是‘跳转’到其他宇宙继续活着。但是由于概率终止，所以他们陷入到‘疯狂的概率’中无法脱身，就是说——因为生存概率已经不存在了，所以即便是‘跳转’了，面临的依旧是即将因意外而死亡。”年轻的物理同行似笑非笑地看着沈意飞。

沈意飞吸了口冷气紧紧地盯着眼前的这个人：“有那么几个人？你是什么意思？你到底是什么人？”

这时地面开始震动个不停，研究所食堂内的所有桌椅和锅碗瓢盆开始叮叮当当地响了起来。

眼前那名年轻人镇定地坐在椅子上，看着沈意飞伸出一根手指指向地面：“地震了，我们都得死在这里，逃不掉的。”

沈意飞拼命扶着桌子大声吼道：“你究竟是谁？你怎么知道的！”

“你一点都不记得了吗？是某一次死亡让你失忆了吗？你以为只有你一个人是这样的？我们，在最初的时候出于某个无聊的实验而卷入其中。我们是被诅咒的……所以我们会这样不停地死掉，但是我们不会真正地死去……”

这时地面已经震动得越来越厉害了。

“浑蛋！到底发生了什么事！”沈意飞在震耳欲聋的坍塌声中怒吼着，“我们什么时候能够摆脱疯狂的……”

伴随着巨大的断裂声，黑沉沉的房顶塌了下来。

明媚的阳光暖暖地照在窗台上，从房间里能看到窗外高大而葱郁的树梢随风轻摆着。沈意飞呆呆地看了好一阵后才回过头。坐在他眼前的，是个身穿白大褂、打扮得像个医生的男人。在他身后还有一些跟他同样打扮的家伙。他们都一脸严肃地看着沈意飞。

“今天是 4 月 9 日吗？”问完，沈意飞面无表情地把脸转向窗外。

那群医生面无表情地看着他，没人回答。

他试图站起来，却发现自己根本不能动。这时他才留意到自己被束身衣和一些布带结结实实地捆在椅子上了。

愣了几分钟后，他突然笑了。

天边的骷髅旗

1705年9月22日，带着梦想，我终于搭上了开往美洲的货船，目的地是无数人所向往的北美新大陆。

几天后，对旅程的兴奋变成了无奈和乏味——从船上四下望去，除了海面什么都没有。就在我百般无聊的时候，意外地从破旧的舱房角落中找到了一个残破的本子。翻看了一下，我发现这似乎是一本十年前的日记。不过很显然，这个本子经历过什么比较复杂的事情，因为它早已破烂不堪，中间很多页不是被水浸得一塌糊涂就是被烧得残缺不全，中间还被人撕掉了不少——也许是某个船客用它来卷烟草的吧？无论如何，这个寥寥数页的小本子对于我那漫长的旅程来说，已经是某种奢侈的消遣了。于是我找了个最舒服的姿势，缩在仓房的角落，靠在一堆杂乱的货物当中，借着舷窗照进来的阳光，开始翻看起这本日记。

三月十日

……经过那次海战后，皇室大为恼火。因为还没有海盗敢主动袭击皇家战舰，并且还成功了。“这个先例会严重打击海上贸易的。”这是贵族们的观点。而我的观点是：同“幻想号”的海盗们作战太可怕了。

他们都是疯子！

三月十二日

今天一个曾在商船上干过的老水手告诉了大家关于“幻想号”海盗船的一些详细情况。

“幻想号”的船长叫埃夫里，那家伙曾经是一名雇佣兵。据说他长得勇武、高大，而且剑术超群。但“幻想号”之所以能成为海盗中的传奇，主要原因并不在于他，而是有另一个关键人物的存在。

“托马斯，他叫托马斯！他才是海盗们的灵魂。”老水手的语气中带着一丝敬畏，“他们还以为托马斯死了，但他还活着。他一定还活着！没有托马斯，‘幻想号’早被干掉了！”

三月三十日

到今天为止，我终于搞明白老水手说的是什么了。

作为一名海盗船长，埃夫里有足够的勇气，但也就仅此而已。而托马斯，才是“幻想号”海盗们真正的核心人物！包括“幻想号”这个船名也是托马斯起的。托马斯精通航海和海战战略，是个聪明的家伙。而且他在皇家舰队服过役，了解我们的作战方式。

就在几个月前，三艘皇家战船曾堵截住了“幻想号”。短暂的炮战后，一艘战船靠近了“幻想号”并成功登船。在接下来的肉搏中，一个年轻的士官长一枪打中了托马斯的前胸。

不过，那次“幻想号”最终还是逃走了，但所有靠海吃饭的伙计都松了一口气。因为没有了托马斯的头脑，“幻想号”海盗们撑不了多久，埃夫里只是个身形硕大的海盗头子而已，皇家舰队早晚会歼灭他们的。

可没想到的是，托马斯竟然没死！据说，虽然他已经无法再走路了，只能整天待在舱里，但他依然在指挥着“幻想号”海盗船。

整件事情基本上就是这样的，看样子……（残页，水渍，无法辨认。）

五月二日

……大家都筋疲力尽，船体还是漏水漏得很厉害，木匠们已经找不到更多的材料来进行修补。还有，所剩的食物和水已经不多了。

我们继续在海上逃亡着。

如果一个星期内再没有英国的舰队出现，我们都必死无疑。

“幻想号”的弹药可能也所剩无几，五天来他们只是远远地尾随着我们的船，并没有任何进攻的意图。难道那群海盗要等我们无力反抗的时候再活捉我们？我不敢想。在水手和士兵当中都弥漫着一种不祥的气氛。

上帝呀！救救我们吧！

五月四日

感谢上帝！今天一早，船上的瞭望水手就发现几天来一直尾随着我们的“幻想号”消失了！两个小时后，皇家第三舰队出现在我们的视野中！

感谢上帝，我们终于得救了！

但这次的损失惨重：大副重伤；两名二副死了；水手长的左腿在炮战中被轰成了碎块；士官总长重伤；四名士官长中，一名失踪，两名重伤，一名轻伤。士兵、水手共死了三十九人，其余的伤了大半……我是幸运的，只被炸碎的木屑伤了点儿皮……感谢上帝的保佑！

五月九日

我们是前天靠港的，今天我被升为士官长了。

我换上了新的暗黄色制服，被调到了皇家第三舰队“圣骑士号”任职。

五月二十二日

出海！整整七艘战舰！光士兵就有两千一百名！如果再碰见“幻想号”，他们必死无疑！这次，我期待着海盗的出现！

六月二十日

已经在海上游荡了一个月，什么都没有。我们今天返航。

狡猾的海盗！狡猾的托马斯！

七月十日

今天皇家第二舰队回来了，他们去了马达加斯加群岛的圣玛丽诺港。

听说那是“幻想号”常去的补给港。但是他们的结果同我们一样，一无所获……（残页，无法辨认。）

八月二十八日

我听到了一个让我几乎不敢相信的消息：印度莫卧尔王室的“冈依沙瓦号”被“幻想号”抢劫了！天哪！那是一艘装载着六十二门火炮、五百名枪手、六百名旅客以及五十万金锭、银锭的庞然大物呀！这不可能！一定是无聊的传闻，“幻想号”只不过是一艘中型海盗船！

八月三十日

那个消息是真的！莫卧尔王朝的六世皇帝奥兰扎布损失的不仅仅是三十二万英镑，更重要的是，“冈依沙瓦号”是从麦加朝圣回来的船！对他们来说那是侮辱。

帝国皇家海军今天正式宣布：“幻想号”为大英帝国头号通缉海盗船！任何人如果捉到托马斯和埃夫里，无须审判，就地处决！

九月十九日

这一次我们总算没白跑。虽然没有找到“幻想号”，但另一伙海盗被皇家舰队逮到了，是“海神号”。

我们不但把那艘海盗船击沉，还俘获了二十名水手及“海神号”的船长——班·德基。从他嘴里我们得知，托马斯的确还活着。他说他虽然没亲眼见到托马斯，但是醉醺醺的埃夫里曾经在某个港口酒吧亲口告诉了他。

那个坏消息得到证实了。

九月二十五日

船到港了。贵族、皇家海军的高层，以及海上贸易公司的商人们都被召集去开一个什么会议。我莫名其妙地觉得那个会议也许和“幻想号”有关。不过我猜不出会发生什么。

九月三十日

皇家海军把刚刚逮到的“海神号”船长班·德基放了！从未有过这样的事情！难道他们开那个秘密会议就是为了这个？我不敢相信……

十月四日

这几天在酒吧里我听到了越来越多的关于托马斯的传闻。虽然没人真的见过他，但那些醉醺醺的酒鬼个个都毫无限度地在神化那个海盗头子。

有人说托马斯其实根本没有受伤，伤的只是一个和他长得很像的替身而已。还有人说，托马斯找了一位医术高超的东方神医，他就快要痊愈了。更有人说，那个声称击中托马斯的士官长在说谎……都是一群喝醉的酒鬼！

十月十五日

我见到士官总长在写一份名单，上面似乎有我的名字。我预感可能有重要的事情发生。

十月二十日

今天召开的军官会议终于让我明白了一切。

舰队和商人们共同策划了一个除掉“幻想号”海盗的办法！

全部计划是这样的：把“海神号”船长班·德基放回去是为了让他告诉托马斯和埃夫里，只要他们交回抢劫自印度莫卧尔王室的大部分财产，皇家海军就同他们签署一份协议。内容是：不再把“幻想号”及他们的所有船员作为大英帝国的通缉犯，同时以前海上贸易商对他们的控告一律免除。除非他们再以海盗为生。但有一个前提，那就是在签署协议的时候，托马斯和埃夫里都必须在场。至于签署地点，由海盗们来定，只要在大英海域内就可以了。

到时候，皇家海军会部署六艘小型快船。只要海盗们上了签署船，我们就将他们一网打尽！而我，将作为士官长带领一艘快船！

不知道为什么，我的心里无比兴奋！也许我想亲眼看看托马斯是一个什么样的人物。

十月二十七日

昨天收到消息了，海盗们被这个宽大的条件所诱惑。

不过那些狡猾的海上狐狸说在签署协议的前一天再通知签署地点，同时要求在签署地的三十海里内，不能出现任何皇家战舰，否则他们将视我们没有诚意而拒绝归还财产，当然也不会出现。没关系，这已经在我们的计划之中了，到时候我们……（残页，无法辨认。）

十一月八日

离计划实施的日子越来越近了，我心里已经紧张到了极点。我决定那天带上三支填装好的火枪。我也要求我的六名火枪手和三名士兵要做好充足的准备。

十一月十一日

这一夜基本上没睡着，因为经历了太多太多！

整件事情是这样的：

天还没黑我们就都埋伏好了。每艘快船里都放了压舱物，只是为了使船尽量平于海平面。而所有人几乎都被命令必须趴在船底部。

时间一点一点地过去了。已经到了海盗们约定的时间，但他们还没出现。我们都紧张得要命，但只能继续等待。

没过多久，两艘快船出现了！是他们！我们沉住气，远远地看着他们上了船。好像他们吊了一个什么东西上去。那是什么？货物？或者，是不能行走的托马斯？难道……（水浸，无法辨认。）海盗水手投出的弯刀差一英寸就扎到我，幸好火枪手们及时补射。

战斗似乎结束了，我望着甲板上海盗们的尸体，心里在猜测哪一个是托马斯或埃夫里。这时候另一艘快船上的士官长问我："你看见海盗们往逃走的那艘快船上吊了什么东西吗？"我愣了一下，然后立刻明白了，托马斯！他们没办法带上不能行走的托马斯！他还在船上！

我们在搜索。没有叫喊，只有脚步声、沉重的呼吸声以及火把的晃动声。

突然，一个士兵发现了！“他就在船舱里！”

当我们冲进船舱的时候，看到一个疲倦的背影坐在桌子前，所有在场的火枪手都不敢松懈！他可是托马斯呀！一分钟过去了，两分钟过去了。一切都是那么安静。

一个士兵壮着胆子踢了一下那把椅子，托马斯从椅子上歪倒了下来。两个火枪手枪口直指着他，举着火把小心翼翼地凑过去看。

倒在地上的是一具骷髅。它胸口所有的肋骨几乎都断了，右臂也不知道去哪儿了。一个火枪手吸了一口冷气：“他是托马斯？早就死了？”

愣了好一阵之后，我想我弄明白了。

看来那传闻是真的，托马斯是受了重伤——致命的重伤。难怪没有人再看见过托马斯。那么是谁在指挥着“幻想号”呢？难道答案是埃夫里，那个在别人眼里的傀儡、莽夫？

经过仔细的分析，我认为：不死的托马斯早就死了。而埃夫里，把一个死人变成了传说，但最重要的是，当他自己编造的传说破灭的时候，他竟然取代了那个传说！

我认为一夜都没能睡着的不止我一个人。

一六九六年二月九日

皇家舰队又出发了，目的是把埃夫里连同“幻想号”彻底消灭掉，他不死，关于这群海盗的传说会继续下去。但就在这时，我突然冒出一个可怕的念头，就算埃夫里死了，如果我们找不到他的尸体，我们也只是在同不死鬼魂作战。也许见到埃夫里的时候，我也离死亡不远了。

上帝啊!

二月十七日

该死! 该死! 浓雾中似乎有什么东西在隐藏着。但是我更希望那是海妖，而不是海盗! 因为……(残页，无法辨认。)

二月二十二日

船体在抖动，所有人都在甲板上奔跑。我知道躲不过了，但愿上帝保佑! 这一战……(残页。)

日记到这里断页，后面那些纸张看上去还不如一片烤煳的面包。不过关于后面的故事，我听说过——“幻想号”再没出现过，而埃夫里下落不明，再没有人见过他。看来他的确把自己变成了传说。

我伸了个长长的懒腰后站起身，把破烂的本子放到衣袋里，看着舷窗外愣了一会儿，摸索着从贴身衣袋里找出烟丝，塞满烟斗点燃，然后随着船的摇晃走出船舱来到甲板上。

船依然平静地航行着。阳光暖暖地照在甲板上，水手们忙忙碌碌地在整理着绳索。抬起头能看到被风柔和鼓动着的船帆。海浪轻缓地敲打着船体，那种舒缓的节奏让人觉得很惬意。

我靠在主桅旁的杂物箱边，从嘴里取下烟斗，凝视着远方，脑子里是乱七八糟的念头。

在视野的尽头，在遥不可及的海平线上，我仿佛看到了那飘在天边的骷髅旗。

附录：历史背景

在欧洲的航海史上，1691 年到 1723 年被称为“海盗的黄金三十年”。这个时期是欧洲大规模海运贸易的开端，同时也是欧洲殖民的高潮时期。欧洲各国因为经济利益，在打击其他国家的商船队上均不择手段。虽然政府间都严正地宣称自己与海盗势不两立，但暗地都鼓励自己国家的海盗袭击他国船只。这也就导致了在这个时期，成千上万的海盗船活动在各个主要贸易航线上。这个时期的结束以著名海盗罗伯茨的死为标志。

关于托马斯与埃夫里。

这两个人物都确有其人。

托马斯全名托马斯·图，出身卑微。没有人知道他出生的具体年份，只知道大约出生在 17 世纪中叶的罗德岛。托马斯早期曾在武装民船上当过水手（“武装民船”，说是商船的护航船，其实跟海盗差不多。一个在西班牙被奉为英雄的民船船长，在英国可能就是头号通缉犯）。托马斯·图就是这样的出身。他的职业海盗生涯是从 1692 年开始的。到 1694 年，托马斯和他的武装民船大约航行了 22000 海里。光船上抢劫来的黄金白银就价值 10 万英镑。托马斯成了万众瞩目的新贵，连贵族都向他发出晚宴邀请。但

“功成名就”的托马斯并没有就此满足。1694 年 11 月他再次出海，目的当然是抢夺更多的财富。不过遗憾的是，在第二年的 9 月，在同一艘印度商船的战斗中托马斯被乱枪打死了。

托马斯·图可以说是海盗们的先驱者，却没人知道他具体死在哪一天。

埃夫里，全名亨利·埃夫里，1653 年生于英国朴次茅斯。最初他靠非洲奴隶贸易起家，后来曾在“查尔斯二世号”上任大副（时年 40 岁）。第二年埃夫里听到了托马斯·图靠海上打劫暴富的事迹，于是按捺不住策划了哗变。当时的埃夫里凭着在水手中的威信宣布自己为船长，船被更名为“幻想号”。后来在红海海口他们遇到了另外五艘“志同道合”的海盗船。埃夫里被推荐为总指挥。幻想海盗舰队就此成立。

1694 年 8 月，他们洗劫了印度莫卧尔王朝最大的商船“冈依沙瓦号”（关于“冈依沙瓦号”文中已经形容过了，那是有记载的史实。印度史学家卡菲·汗把这次劫掠事件形容为“印度的耻辱！”）。不过也是这个原因埃夫里遭到了英国的正式通缉，也就是说，埃夫里的海盗行为不再有英国政府的支持。

1696 年埃夫里集团决定收手散伙。当年海盗集团中的许多人一踏上英国的土地就被绞死，唯独埃夫里逃脱。之后传闻不少，但没有人真的知道他在什么地方。笛福的名著《辛格尔顿船长的生平历险和海盗经历》（国内译作《海盗船长》）中的“辛格尔顿”就是以埃夫里为原型。而埃夫里掠夺来的那些宝藏下落不明，不过有很多线索指出，那批宝藏被藏到某个无人岛的什么地方——很显然，这个秘密被后来的很多文艺作品及影视作品广泛使用。

以上部分史料来自英国1999年版的《海盗列传》。

狂想代理人

1

姚远停住手里的餐具，愣愣地听着邻桌食客们聊的话题，最近半年来他听过太多这个词了：狂想代理人。

“……李亚也去过，不知道她实现的是什么，但说起来的时候眼神都变了，搞得我心里痒痒的，太好奇了！”那个后脑勺留个小辫子的年轻男人说。

“你真的是好奇她想要什么？你那是馋她的身子吧？哥哥我算是过来人，跟你讲，女人的想法啊，肯定不能告诉你的，就算说了，很大概率也是瞎编。”另一个胖胖的年长男人边说边挑了一筷子面条送到嘴里。

“这算隐私吧？换谁都不会告诉别人的。”一个看起来三十多岁，一直忙着往碗里加辣椒酱的女人接下话茬。

“哎，于姐，”小辫子男人问，“你跟你老公都参加过吧？你们实现的是什么？你的我就不问了，你老公的呢？”

那个被叫作于姐的停下舀辣椒的勺子微微一笑：“我们俩互相都知道，之前就知道，所以呢，问不问都无所谓。”

胖男人又挑起一筷子面条：“其实两口子知道不知道都无所谓，反正是假的，对吧？”

于姐撇了撇嘴：“有些事儿，心里知道就得了，非得捅破那层纸吗？有意思吗？”

小辫子叹了口气：“真的，不管怎么说我真的动心了，就是太贵了！我算了下，一下午，一年半薪水没了。而且，这是基础，有可能还不够，得加价。”

于姐终于放够了辣椒酱：“你才多大啊，着什么急啊，我要是你这岁数，我才不去找什么‘狂想代理人’呢，享受年轻才是最重要的……”

胖男人打断她：“于姐，好像你年轻时也没芳华虚度啊，据说追你的……”

于姐飞快地拍了胖子一巴掌：“别瞎说啊！我可没四处拈花惹草……”

姚远重新戴上耳机，低头吃着自己眼前那份咖喱饭，脑子里想的都是乱七八糟的。

大约一年半前，突然冒出来一家名字奇怪的公司，叫“狂想代理人”。这家公司四处打广告。看宣传资料上说，这家公司有心理咨询的性质，还有其他什么关于心理健康、思维体验一类的说辞。最初人们对这家公司并没太多关注，因为这种性质的心理诊所或者公司太多了，虽然也这么铺天盖地地打过很多广告，但大多数都混得不是很好。果然，一个季度后，基本上见不到这家公司的广告了。姚远最开始就对这类事情没什么兴趣，也就没太留意，以为又是一个用新概念圈钱的资本玩法而已。现在钱圈够了，半死不活地慢慢烧投资人的钱。

但没想到的是，最近这半年来那家公司突然火了起来，这回不是广告，而是口碑。很多去过的人都一脸神秘且满足地告诉别人：靠谱！狂想代理人靠谱！但到底怎么靠谱，那些曾经去过的人基本都绝口不提。不过，知道的人越多就越不存在什么秘密，很快，消息传开了，那到底这家打着心理招牌的公司是干什么的呢？

这个叫“狂想代理人”的公司，能够借助心理分析、催眠，还有香薰以及药物使用，让你在半天的时间里体验到你想要的人生——当然，是在某种幻境中，就是所谓的浸入式思维体验。据说无比真实，能让任何人在那个幻境中按照自己想要的方式度过一生。

姚远第一次听到这个消息的时候觉得有点好笑：疯了吧？不就是做白日梦吗？有意思吗？但随着身边越来越多的一些亲历者斩钉截铁的说法，姚远慢慢改变了看法。

“你无法想象那有多真实！”几乎每个去过的人都会这么说，同时脸上带着一缕满足且回味的笑意。这包括姚远的表哥——一个已经过得相当不错的成功商人：“我知足了，这辈子知足了！”跟着又是一声意犹未尽的叹息。

“你……通过那家公司，到底经历了什么？”姚远问。

表哥笑了笑，开始东拉西扯，闪烁其词。

姚远没再追问，但正如餐厅里那个小辫子男人说的，“搞得心里痒痒的”。

另外，所有去过的人都承认一点：价格昂贵，非常昂贵！姚远问了表哥，表哥对这个倒没隐瞒，如实说了。就在姚远惊讶的同时，表哥表示：值！这点钱不算啥，真值！

那差不多是姚远十个月的收入总和。

“最初我也觉得太贵了，但现在回想起来，真的值！”姚远的上司也这么说，并且嘴角露出一丝心满意足的笑容。

“我打算每隔四五年就体验一把，等我有了新人生愿望的时候！”表哥充满了期待。

晚上睡前，姚远叼着牙刷看着手机上一个话题论坛，这里讨论的都是关于“狂想代理人”的话题。

……

跟帖32：刷卡的时候我真是肝儿颤啊！贵，真贵！而且还是基础价，心理测评完才会有实际报价，据说最贵的有可能翻一倍！所以输入付款密码的时候我手都有点抖。不过，等做完后，我觉得收费是合理的！

跟帖41：我觉得这种开始定价和实际收费不符的算是欺诈！应该去告他们！

跟帖45：那位41楼的老乡，人家公司至今可是零投诉零差评零诉讼，而且体验前的合同里有条款：不满意可退全款！当场！再说了，那么多人花了自己的钱都觉得值，您操什么心啊。

跟帖 51：这点不怪 41，我体验之前也是这么想的，我就不信他们没毛病！反正有一点不满意我就要求退款！结果……嘿嘿嘿。

跟帖 52：你嘿嘿个啥！倒是说说啊，你实现了什么样的人生啊！

跟帖 53：嘿嘿嘿。

跟帖 54：嘿嘿嘿，保持队形！

跟帖 55：嘿嘿嘿。

跟帖 56：别嘿嘿了，这种嘿嘿楼盖出过好几百帖了，水这个有意思吗？我已经交了钱准备体验，这一个月每周都去做心理测评、身体测评、各种分析测试，也不知道都有什么用！虽然说好的人那么多，但我还是觉得……期待我成为第一个不满意退款的吧！

跟帖 60：那位 56 楼的兄弟，等你体验完，也会加入嘿嘿嘿大军的。

跟帖 61：所以说，你们去实现的理想中的人生都是嘿嘿嘿吗？（笑哭脸）

跟帖 63：真羡慕你们啊，我穷。

跟帖 66：学生党同羡慕。

…………

跟帖 909：大家好，我就是 56 楼，我回来了！让大家失望了，我不会有任何退款的念头，因为没任何理由不满意！太爽了！难以想象！真不愧是狂想代理人！服了！

跟帖 922：大家都别吵，请问 909 楼，你是打算跟我们说说你经历了什么，还是打算也加入嘿嘿嘿？

跟帖 929：他必须嘿嘿嘿。喵的！你们到底都体验了什么啊？整天都嘿嘿嘿的！

跟帖 930：嘿嘿嘿。

跟帖 932：嘿嘿嘿。

跟帖 933：来了！嘿嘿嘿！保持队形！这是新的嘿嘿嘿大楼！

…………

姚远把手机扔到床上，起身去洗手间漱口，吐掉，擦干净，然后躺在床上开始出神：虽然这个昂贵的体验令他很感兴趣，但有个重要的问题：他认真地想了很久，却不知道自己理想中的人生该是什么样。

2

一星期后。

姚远不安地坐在等候间的小沙发上，目光时不时扫过里面那扇门。

出于好奇，他还是来了。现在正坐在狂想代理人公司的客户接待间。

今天就是预约好的时间，但他来早了，所以需要等候。令他感到意外的是，哪怕只是想当面咨询一下也需要预约。

等候间是一个几乎用纯浅色调布置的小单间，两个米色小沙发，一张白色小圆桌，一扇泛着白光的假窗，以及不知道从哪儿传来的轻音乐声。没了，就这些。

幽闭恐惧症的人怎么办？在这种房间里会不会觉得无法呼吸？不安开始让姚远思维发散。

没一会儿，里面那扇小门开了，一个看上去精神饱满神采奕奕的中年人快步向他走来。

他一定喝了很多咖啡，姚远想。

“你好。”他温和地笑着，向姚远伸出手，“我姓谭，是这里的咨询师。”

姚远连忙站起身回应。

落座后，精神饱满的谭姓咨询师打开手里的写字板，取下夹在旁边的笔，捏在手里笑着跟姚远说：“先请您原谅，我们咨询是无偿的，不会产生任何费用，所以会有相对烦琐些的预约制度，这是为了保障每一个来咨询的人能够有充分的时间并且得到相应的解答。因为无论是否决定参加本公司的浸入式思维体验，您都是我们至关重要的客户。”

非常周到。姚远点了点头，有那么一点点受宠若惊。

“那么，”咨询师问，“关于我们，以及体验本身，您想了解点儿什么呢？”

“嗯，是这样，我想知道你们……贵公司都实现过什么样的人生愿望呢？”姚远很快平静下来了，“我不是打探别人的隐私，而是想问问，看一下都有哪些方向，您不用详细说，大概的就可以，方向性的。”

咨询师抬起头看着他，点点头：“懂了，您对我们所提供的浸入式思维体验服务感兴趣，但不太清楚自己的体验目标是什么，对吗？”

“不是，”姚远很意外这么快就被发现了，所以下意识地抵抗了一下，但很快就理清了头绪——对方的确是专业人士，自己就不用要那点小聪明了，“其实，是，您说得没错，所以，我想……做个参考。”

咨询师笑了下：“没关系，这很正常，因为只要是人类就会有各种各样的想法，很多，也很杂乱，所以您一时理不清头绪也没什么好奇怪的。并且，实际上这种情况是大多数。您看，这样，我先把这个给您解读一下。”说着他从活页夹后面抽出两张硬纸，把其中一张递给姚远，另一张自己拿在手里。

姚远接过来，上面是一些用词相对温和的条款。

“第一条，”咨询师从上衣口袋掏出眼镜架在鼻梁上戴好，“我们无法帮您实现有可能会对社会造成危害性的浸入式思维体验服务，这个条款，通常指一些扭曲的心理问题。”

“例如？”姚远问。

咨询师：“例如乱伦、恋童癖、虐杀，还有明显超出正常人心理健康范畴的那些，我们不会做。因为我们所提供的体验过于真实，在这种足以乱真的体验后，那些有明显反人类倾向的欲望会被放大，所以我们无法为客户提供这种服务，无论是谁。”

姚远点点头：“那我有一个问题。”

“您说。”

“比方说……”姚远稍微想了一下，“比方说有人的愿望是想成为古代的帝王，并且是从平民到古代帝王的整个过程，那么这期间他会经历像是战争、杀戮、统治帝国的残酷手段、征伐，甚至还会实施残暴酷刑一类的行为，这种情况是否就包含在第一条条款里？因为我觉得人嘛，肯定会有情绪的，这样的话，贵公司是不是就没办法帮他实现自己的想法了？”

“我懂了，”咨询师还是先展示出一个温和的微笑，“您说的一点都没错。但‘想成为帝王’和‘实际作为帝王去管理和统治’相差的可不是一星半点。绝大多数情况下，我们对帝王的想象都是威严的，九五之尊、三千后宫，还有战争或者统治等等，但实际上，身为帝王并不是只有这些，帝王们也会体验到每一分每一秒的生活，只是他们的普通生活不是上班下班、居家日常罢了。像您说的那些情况都是相对极端的现象，而日常中还是平淡最多。至于战争的残酷还有杀戮本身，有个词儿想必您是知道的——历史唯物主义。就是身处在某个历史时期，做符合当时环境的事情，那么这种杀戮行为，并不是心理扭曲造成的，而是时代、历史背景，以及环境、压力等塑造出的——也就是说，当时没更多的选择，只能这么做。至于情绪问题所带来的一些其他负面行为，也都是顺应环境所形成的，并不是从一开始就是心理上的扭曲。所以这种体验是可以得到满足的。我这么说您应该能明白的，看得出，您是个聪明人。”

最后的那句恭维姚远没在意，但之前对方说的那些他听懂了，的确是。不过他又有了另一个问题：“嗯，明白。不过，假如体验者经历那些时对心理造成了负面影响呢？那会不会是你们的责任？毕竟，贵公司所提供的体验，的确会有可能把某些心理层面的扭曲放大。”

咨询师：“这就要看之前的准备工作了。在参加体验之前，我们会有足够专业的团队来做客户心理承受能力分析，而分析的结果，就包括您刚才说的——心理承受问题。要知道，我们在日常生活中都会遭受各种各样的心理层面的打击，无论施加方是有意还是无意，无论源头是意外行为还是针对行为，人都会承担下来，并且因此而对之后的行为做出修正。假如超过心理承受最大限度，也就是我们常说的心理崩溃了。而前面说的这种情况，我们每个人，每天都在面对，从未例外过。只要生存在这个社会中，就必然有这个风险。但是，在体验中，我们谁都不希望出现这种较为罕见且极端的情况。所以，刚刚跟您说过的——我们的专业团队会做足够的心理承受评估，而根据评估，我们会决定要不要给您提供体验服务以及提供什么级别的体验服务。”

“那，你们有评估不过审的吗？”说着姚远飞快地扫了一眼手里那张说明的余下条款，发现都是一些只包含简单字面意思并没有什么可深挖的条款。

“那是肯定有的，”咨询师点了下头，“有些不太好的心理倾向，即便客户隐瞒，也会被发现，对此我们会选择劝退。但一切属于正常范畴的，并没有扭曲，而单纯是心理承受这方面的，目前还没有一例希望得到体验却被劝退的客户。”

“嗯？您是说绝大多数人的心理承受能力都很好？”

“不，我是说，”咨询师故意停顿了一下，“我们会根据客户的心理承受能力调整他的体验。”

“哦……”姚远想了想，又有了新问题，“调整……假如体验过程中，实际心理承受并没有达到测试预期的程度呢？会不会出问题？”

咨询师：“哦，不好意思，可能是我没表达清楚，刚刚说的就是指这点：在对客户提供体验服务的同时，我们会做及时调整的。”

“嗯？你是说……调整？怎么调整？根据什么调整？你们……能看到别人脑子里出现的景象吗？”姚远不是很相信。

“看不到。”

“咦？”姚远的思路刚刚跑偏到科幻电影那种观察别人梦境的遐想中，

又被这句话拉了回来，“那，怎么调整？”

“有太多方法能监测到了。心率，体温，毛孔扩张程度，汗腺排汗，肌肉震颤，眼球悸动，等等等等，太多了，我们有极其可观的实际经验和数据来支撑，所以即便是在客户体验的时候，我们也能及时做出判断和调整。对我们来说，这是成熟技术，既不复杂，也没有什么难度。”谭咨询师耸了耸肩。

姚远还是觉得难以置信：“感觉相当复杂啊，你们真的能做到吗？”

“我们已经在做了。”

姚远出来的时候有一点恍惚，因为这将近两个小时的咨询几乎打消了他的各种借口——那位谭姓咨询师的确很专业，面对每一个问题都轻松解答。虽然这让姚远有那么一点点不舒服，但当他明确问到“那我现在并不知道自己想要一个什么样的人生，该怎么办”的时候，咨询师更加明确且自信地告诉他：“这个交给我们来找，在体验之前的各种心理评估以及测试中，我们会帮您找出来。”

这句话搞得姚远到现在都有点蒙。

有这么夸张吗，这家公司？

接下来，他晕头转向地就签了一大堆合同，并且被告知：这份合同是限时生效的，24 小时之内有任何疑虑，都可以直接打电话取消合同，取消后款项会在下一个 24 小时之内返还到他的付款账户。假如姚远并没有在期限内打“反悔电话”，那么合同将在签署 24 小时之后生效。届时，狂想代理人公司会有服务专员电话通知姚远——参加心理测试以及评估的时间。

按照合同说明，测试和评估最少要有 8 次，每次间隔 72 小时以上。之后才会有实际报价发给姚远，合同规定补款最高不超过初始付款的一倍。虽然补款并没有附加反悔协议，但是另一条触发协议开始生效，即接受过浸入式思维体验服务后，不满意可退全款，24 小时内到账。

因为工作关系，姚远见过不少合同，但他头一次见到为客户考虑得这么周全的合同，没有“最终解释权归服务提供方所有”那种霸王条款，也没有圈套和陷阱，白纸黑字清清楚楚地写着保护措施。

“自信来自成熟的技术、经验、专业人士，还有充足的数据，我们相信能为您提供满意的服务。”在签合同时，谭咨询师说得斩钉截铁。

好吧，那既然没有什么圈套和可见的损失，既然动心了就试试也无妨，所以他签了。

姚远掏出手机看了看时间，快步走向地铁站。

在地铁车厢缺氧所造成的昏昏欲睡中，他突然不想回家了，想随便走走，于是又过了两站后，他换乘了去郊区的线路。

他要去一个很喜欢的地方。

那是远郊的一个小山丘，位于某个没什么人去的公园。

因为公园的位置相对偏僻，离附近的居民区有点远，而且公园很简陋，别说儿童游乐设施，连长椅的数量都少，除了大片的草地、树木就是低矮的灌木，所以这个公园几乎无法吸引什么人来——没有孩子喜欢去没有游乐设施的地方，没有情侣愿意在成片没有遮挡的草地上晃荡。除了春季会有一些人来放风筝，平时人迹罕至，甚至这附近的出租车都很少，只有步行很远走到居民区一带才能叫到车。偶尔涉足这里的只有一些逃课的学生、百无聊赖的闲人，以及姚远。

这就是他要去的地方。

在临近傍晚的时候，姚远到了。他习惯性地用手机设了一个闹钟——这么做是因为这里相对偏僻，交通不是很方便，所以他要赶在回市区的公共交通线路关闭之前离开。因为有好几次他出神地在这里待得太久而错过了末班车。

姚远经过昏昏欲睡的公园门卫，顺着蜿蜒的石板路走向中央的小山丘。他四下看了看，轻巧地翻过写着“禁止跨越”的护栏，走到山坡顶，放下包，松开衬衫袖口和领口，慢吞吞地坐在草地上，随手拔下一根青草在手指上卷起来，向着市区眺望着。

这里有他最爱的视野。

从这里望去，能远远地看到市区鳞次栉比的高楼、成片的小区，还有高高低低的城际轨道，以及拥堵的路面。偶尔有什么东西反射了阳光，在视野中就那么醒目却渺小地闪烁一下。是一扇窗吗？是打开还是关上？或者是某个淘气的孩子在玩镜子？也许是某个工人正在楼顶焊接着广告牌？没人知道。这里几乎能看到整个城市，但却听不到任何来自城市的喧嚣，只有不知名的鸟或者虫偶尔叮咛。没有更多了，除此之外没有更多了。

姚远很满意这里，自打第一次来就是。他站在小山丘上痴痴地看了好久，以至于错过了回去的末班车。

他喜欢看着夜幕让整个天空慢慢转暗，而城市却逐渐亮起来。最早的是某一条路的路灯——不知道是哪个心急的市政工人设定的，那条路总是在天色还未黄昏的时候，就急急忙忙地把路灯亮起来。跟着，另一条并不相干的街道上的路灯也零零碎碎地被点亮。再往后，随着天色越来越暗淡，路口的信号灯也变得越来越清晰，道路上车头的白光、车尾的红光、写字楼略带冰冷的办公室灯光、住宅楼里偏暖色的淡黄色灯光，还有楼道里声控灯忽明忽暗昏暗闪烁，这些，这一切，把整个城市点亮，一点一点的，一片一片的，最后拼凑成了夜幕中的整个城市，让姚远能在山坡上看得到。

他曾经努力找过，却怎么也分辨不出自己到底住在哪里。除了几栋地标性的写字楼和建筑物，其他楼看起来都是一个样子，只是形状不同、高矮不同，犹如一个人穿了不同的衣服，这件看起来新一些，那件看起来旧一些，这件显胖，那件显瘦，仅此而已。即便是顺着地标建筑去找，他依旧会很困惑，因为生活在其中，和跳出来观察完全是两回事儿，那一片景色既熟悉，又陌生。

这很好玩，但同时也很无聊。

可是又仿佛有一种奇怪的磁力，让人无法移开视线，就这么一直看着，忘记时间，忘记身处在何地，有时候，偶尔，很少，会让人忘记自己是谁，就这么昏茫地，痴痴地，一直盯着看下去。

很无聊，但也很好玩。

姚远喜欢这样，能一直看下去就好了。

如果可以，就在这里建一栋房子吧?

他胡乱地想着。

不不，这会很麻烦，房子需要购置地皮，建造，各种上下水，审批，用电，考虑采光，考虑日常生活的采购，考虑交通，这个，那个，太麻烦了……想到这儿他忍不住笑了下：我想这些干吗呢？毫无意义。但，反正是来这里发呆的，想什么重要吗？

他站起身，双手插在裤袋里，痴痴地看着，等着欣赏黄昏给这座城市带来的变化。

3

第二天下午三四点钟的时候，网页上弹出一个弹窗，姚远扫了一眼，惊喜地发现自己所关注的论坛——就是讨论“狂想代理人”的那个论坛，通过随机抽取从而让他获得了进入“里版”的特权。

里版，是很多BBS的玩法之一，当注册会员提升到特定级别后，可以进入之前无法进入的一些版面，而那些版面则约定俗成地被称为：里版。讨论“狂想代理人”的这个论坛想进入里版难度相对有点大，因为它是随机抽取的——这一切跟你的注册时间、活跃程度等完全无关。这是一个让人非常抓狂的设定。并且，到底怎么抽取、什么时候抽取、抽取名额以及是不是真的随机抽取，谁也不清楚，版主对此保持一贯的静默，即便整个论坛传遍风言风语也从未解释过一个字。

这的确增加了里版的神秘感。

有人说这个论坛是狂想代理人公司官方开设的，也有人说这是找了炒作公司故意搞得这么神秘的。至于真相，恐怕只有论坛的拥有者才知道。

除此之外，根据流传出来的信息可以知道，里版也的确够特殊：只有一个版面，版面只允许存在一个帖子，并且这一帖每周清空，下周重开。帖子的标题由版主永远固定为：我的。在跟帖中，所有体验过的，以及打算体验“狂想代理人”的里版用户，被强制匿名并且隐藏IP地址讲述自己在幻境中所体验到（或者打算体验）的人生愿望。所以这个板块对从未参与过体验的人来说，非常诱人。

也所以，姚远对这个里版很好奇。

“交了钱，也就能进去了，也许真的就是他们公司搞的？”姚远轻笑了下，点击了几次鼠标，进入了里版。

果然，传闻说得没错，里版只有一个帖子，名为：我的。

他端起水杯送到嘴边：“好啊，让我看看都有什么，也许能做个参考。”

主帖的确没有任何内容，而跟帖才是重点。

…………

6楼：反正都匿名、隐IP，有什么不能说的？说说呗。

8楼：我跟7楼一样是看热闹的。

19楼：这么多没参加过的在里版啊？我严重怀疑你们是来蹭看的！

20楼：就是就是，打算白看！

25楼：行吧，那这周我先来说吧。首先说明，我是去年参与的，但今天才进到里版，至于我想体验的人生，嗯，属于很俗的那种。小弟在线码字，请耐心等待吧。要是我临时改主意了也别怪我啊，毕竟都是嘿嘿嘿而已，你们懂的。

27楼：好嘞，板凳搬起，花生瓜子矿泉水啊，要的说话。

30 楼：看 25 楼这个尿性是逗着玩的，别理他，谁先来，赶紧，别磨叽。

35 楼：朕去个厕所蹲个龙坑儿，估计等我便秘出来 25 楼还没发出来呢。

41 楼：我这算前排吧？

42 楼：感觉有钱人还是挺多的，我等穷鬼就是进来看炫富而已。

46 楼：最烦动不动表示自己没钱参与的了，保不齐是体验得超爽然后进来看看别人的热闹。

55 楼：都匿名，有那么在意吗？

75 楼：我感觉 25 楼这是不打算继续写了吧？

81 楼：等不及的请发自己的经历出来。

82 楼：你怎么不发自己的经历？

88 楼：真不好意思，爷上个月就分享过了，还记得当特工那个吗？就是你爷爷我！怎样？

90 楼：反正都匿名，是不是谁知道。（大笑表情）

…………

149 楼：咋还没动静呢？朕这便秘完又带老婆逛街的都回来了，得有一上午了吧……

152 楼：火候不够，你得拉到肛裂，25 楼才会出现。

155 楼：刚进来就看到这些，啥意思？

166 楼：这帖开始有厕所味儿了啊，你们别这样。

198 楼：完蛋，25 楼真不写了，散了吧。

…………

231楼：看起来25楼的确不往下写了，咱们回味下之前的吧？我保存了不少觉得有意思的。

233楼：有意思的不是特别多，感觉很多老炮儿们都不会说出来的。

236楼：对，应该还有很多人都藏着不说。特工那个我觉得还挺有意思的，貌似还是个女孩体验的。

240楼：特工的是很好玩，不知道体验者是大姐姐还是小姐姐，那想象力，真的惊到我了。

245楼：那个结局我超级不喜欢！

246楼：人家喜欢啊，你自己花钱去体验自己喜欢的啊。

252楼：246楼的那位朋友，我体验过了，不是一个路子的。

253楼：终于炸出来一个！说说，楼上的说说！你都体验什么了。

260楼：坚定地不说！太流氓了！

262楼：好呀好呀，我们就喜欢流氓的，不流氓的那还叫梦想吗，哈哈哈哈哈哈！

265楼：不是所有人都喜欢流氓的，我就比较喜欢深沉的。

266楼：装逼遭雷劈！

268楼：食色，性也，喜欢流氓的没毛病。

272楼：你们这群人啊，就不会收着点吗？人家缩回去了吧，不说了吧。

275楼：260，我坚定地支持你，说吧，我想替你审核下到底有多流氓，嘎嘎——

277楼：我就是25楼的，在线打字，外加第一次写，足足一天，慢，各位看官都等急了吧？来了来了！

小弟胆子小，就算是匿名、匿IP，也就大概说说而已，细节请自行脑补。

我设定得比较朴素，设定在古代，没有任何离奇的地方，我就想跟一群同村的穷苦好兄弟一起打天下，然后分享天下。因为小弟最看不上历史书里那些当了皇帝之后把当初兄弟都干掉的人了。什么刘邦、朱元璋啊，都自己独大，不允许兄弟们哪怕活着，太不靠谱了，所以我想按照自己的意愿重新来一遍。

最初的时候我就是个穷乡僻壤的村里孩子，但异族入侵后中原一片焦土，诸位也知道的，老套路。几经周折我就揭竿而起了。我带着同乡的战友们一起奋战，好几次我差点死了，都是被兄弟们从尸体堆里背回来的。我当时就想：这些兄弟，都是我恩人，我将来不能忘了他们。多说一句，没体验过的人可能不知道，在体验的时候，最开始你恍惚之间有点觉得这一切都是假的，但用不了多久，因为感受太真实了，基本上就把这是“一场梦”的事儿忘得一干二净，就跟在梦里大多不知道自己在梦里一样一样的。我猜可能他们公司用了什么心理暗示或者香薰一类的把我对现实的记忆给淡化了吧？这个小弟不很清楚，反正就是这样。

后来我们这一伙被其他一起抵抗外族入侵的队伍收编了。是名义上的收编，打着别人的旗号，自己干自己的，遇到危难可以求救，偶尔也真的有同旗号的队伍来帮忙。但当时大家嘴上不说心里都明白，尽量扩充自己的势力，等胳膊粗了，谁当老大还没准儿呢。有点枭雄的意思吧？不怕大家笑话，当时的确是那么个情况。

后来征战了七八年，随着队伍越来越大，一起出来的部分兄弟就被我慢慢疏远了。这个不是我无情，而是无奈。当时在梦里不知道是梦里，都是脑袋拴腰带上打天下的，用人还是要挑有能力的，要是对没能力的人委以重任，真要关键时刻用错人那全完蛋。所以慢慢地，有能力的兄弟或同乡得到了重用，整天跟在我身边。而另一些虽然也是一起开始打天下的兄弟，但能力不够，就没升职的机会，也逐渐疏远。

我记得有那么一仗我印象很深。当时突围，我下令让一队从侧面突击，其实就是送死，因为突袭是为了声东击西，好让主力正面突破出去。就在送死队出发的时候，队里有个低级小官回头看了我一眼，当时我觉得他眼熟，但夜里又没看清，等他们走得没影了我才想起来，那是当年跟着我一起闯荡的一个兄弟。他曾经把我从死人堆里刨出来，背着我回了村。不瞒大家说，那个瞬间我心里咯噔了一下，但，也就那一下，没再多想。不是小弟我多冷酷无情，而是我得对更多人负责，我得带着他们活着出去，也就顾不上多想。那一次我们突围成功了，大部分人都出去了，找到大本营，会合，又杀了回去。不是为了报仇，而是战略需要，因为那里是个交通要地。

反扑那仗打赢了，安稳下来重新布防的时候，一个跟了我多年的老乡说某某尸体找到了，他说的就是临走前回头看了我一眼的那个人。我点了点头，头还没点完就哭了。不是做戏给人看，是真的哭了。最初，带那个送死兄弟离乡的时候，他妈嘱咐我，别扔了兄弟，算起来我们还是远亲。但，我他妈没做到。那时候我就想，等一切都安定了，把他家人都接来，我供养。可现在不行，自己都朝不保夕，所以也就哭了一场而已。懂我的兄弟们跟着我一起哭，不知道的以为我在演给人看，但是当时小弟我真的是多一个字都不想解释。

中间很多事情印象不是很深了，回想起来感觉很奇妙，就跟多年前真实发生的事情似的，有印象，但能记住的细节并不多。

后来，我们这股势力差不多把入侵的异族干掉了，不但收复了中原，还顺手扩张了不少，然后吞并掉打着不同旗号的小势力。先是各自统兵各据一方地安稳了几年，接下来同门旗号的诸侯就互相开打。各种理由打，说起来很好笑，没一件是真的值得打的事儿，但也没人在乎，摆明了就是想互相吞并，都想成为最大的、也是最后的统治者。一波三折，最后小弟不才，成就了帝王业。其实当你占了一半以上中原后，其他的就不怎么需要动刀动枪了，要么劝降，要么用反间计，反正有那么一天，一切都是我的了。最后兄弟们劝我当皇帝，小弟很俗套地稍微推辞了那么一下（写到这里还有点脸红，别笑话啊）。这个推辞真的有一点点不好意思的成分，但那时候谁要是敢跟我说“你不当我当”，那小弟我肯定第一个站出来砍翻他。登基那天，我感慨了下，22 岁出了小村打天下，出生入死摸爬滚打 33 年，我做到了，那瞬间想起好多东西来，也想起了当初跟我一起出来的弟兄们。最开始一起的那七八十人，病的病死，战的战死，还有身体扛不住车马劳顿累死，都先走了，到登基时还剩下不到一半。我也想起了被我派去送死的那个人。登基后我第一件事就是找他的家人。可是去哪儿找啊，小弟选的是冷兵器时代，那时候通信不发达，连年战乱又没有户籍制，根本查不到。为这个我懊恼过，还发过脾气，乱骂人。有个脾气直的同乡顶了我一句：死的就死了吧，骂活着救过你的兄弟有用吗？我当时就火了，直接把他下大牢。过了一阵有点后悔，又碍不开面子（小弟那时候是皇帝了，真的有时候挺难找台阶下的）。拐弯抹角总算让一个性格温和的同乡去跟他说，认个错就好。结果那个被我下大牢的兄弟不服，还没等我反应过来，当天夜里就在牢里自尽了。我最开始是气，后来偷偷哭了。唉，反正管监狱的看守被我降罪了，派去劝的也被迁怒降职了。现在回想一下，自己挺浑蛋的。

后来几年，当年跟我一起打出来的兄弟们提出不干了，要告老回去。我挺不高兴的，但隐隐约约总觉得就是该放他们走（小弟我猜那是当初我选的愿望吧？如果除掉这层，一切都是真的，那可能真不好说了），最后把他们召集在一起，赏赐，给钱给地，除了兵权什么都给，放他们走。走的时候他们都跪在我面前谢恩，等他们抬起头的时候，全都是哭着的，我也眼泪流个不停，什么他妈的皇帝，老子真的不是很想当了。真的，小弟不是在装，当时确确实实是这么想的。皇帝没那么好当，根本不好玩。后宫三千是没错，但那时候脑子里都是治理国家的事儿，一没心思，二压力大，真的得靠御医开药，不然就不行……但你不去后宫祸害下嫔妃们吧，也不行，传出去不好听。大家都懂的。唉……可是撂挑子不干了不可能，好不容易安定下来了，我要是不干，最后保不齐又天下大乱了……所以哭完就完了。

小弟后来又统治了二十多年，到最后的时候，我知道自己不行了，特别想见当年一起出来打天下的兄弟们，可是，大家都老了，好不容易下旨招了一个，路上经不起折腾就死了，我也就断了那个想法。最后的最后，我看着跪在床前的一片人，里面没一个是我真的想拉着手说话的。等闭上眼的时候，我这边睁开眼了，体验结束。

我呀，睁眼就哭，各种哭，上气不接下气地哭，他们给我打了一针后我又睡着了。等睡醒之后，就是发呆。真的，一场梦，其实就一下午，但是，唉……小弟写的时候哭了好几回。无论如何，我大体上算圆了那个心愿吧，没把兄弟们赶尽杀绝，我差不多算是做到了，虽然打了个不小的折扣……也许是因为这个吧，心里总有个坎儿过不去，一直到现在，但愿今天借这里说出来能好点吧，但愿。

小弟文笔不好，乱七八糟就写这么多吧，更多的真不想写了。其实体验后我也一直想自己整理下写点啥，一直没机会，在这儿现了回眼。

最后，感谢狂想代理人公司，让我明白了很多事，感谢论坛有这么个地方，能让我说说，不写了，让我再哭会儿吧，小弟告辞。

…………

303楼：我这个大老爷们居然也看哭了。

304楼：+1

306楼：+1

322楼：写得挺好的了，能写明白就不错了，我到现在都没法把我体验的梳理明白，都在心里憋着。

…………

373楼：真好，换个角度体验了一把。还有没有？这周不能就一个故事吧？我想看点刺激的！

384楼：上周那个当海盗的还不够刺激吗？害得我几天没睡好，净脑补了。

404楼：那个是刺激，不过本周这个值得回味。

408楼：你们不觉得跟上半年一个大神说得有点像吗？我总觉得是抄袭来的。

412楼：一点都不像，那个是星际统治，最后长生不老，可是人脑子就能承受个三四百年，再长就糊涂了，完全不是一个故事。

415楼：不是不是，你们都记错了，408指的是五月份那个，也是到古代当皇帝去了，大体上是有点像，但那个哥们的愿望是版图扩张，不是上台不杀兄弟，思路不一样。

420楼：对对对，想起来了，那位大神是说到下达最后一个征服命令的时候，觉得索然无味了，没等到战报回来就去世了。咱们还纠结好久最后到底输了赢了，可事主超级淡定，说这就够了，最后的战报已经不重要了。

421楼：难道真的是亲身经历过后就看开了吗？

430楼：作为一个体验过的人，我告诉你，的确是，看开了很多。

436楼：妈的，实名羡慕啊！真希望你们都是那家公司的水军，都是托儿都是托儿！羡慕死了！

…………

一阵手机铃声把姚远拉了回来。

“你好，请问您是姚远先生吗？”电话里是个陌生的女声。

“我是，您哪位？”姚远还没回过神来，有点蒙。

“您好，姚远先生，我是狂想代理人公司的客户专员，我姓云，叫云帆，您直接叫我的名字就好。现在已经过了合同约定的取消时限了，请问您是要继续按照合同约定接受我们的浸入式思维体验服务，还是打算再考虑下呢？”

“哦。”姚远想起来了，的确是过了时限好几个小时了，不过看样子假如他现在决定不参与，对方还是会退款并取消合同的。但他越来越好奇了，怎么可能放弃呢?“不，我决定参与体验，谢谢云小姐。”

“好的，感谢您对我们的信任。”这个叫云帆的女孩声音很好听，“那么请问您现在有时间吗？我可能会占用您大约十分钟的时间，方便的话，您最好记一下，不记也没关系，我们会给您发送短信。”

“行，你说吧，我记一下。”

“非常感谢您的体谅，我要跟您确定的是心理测评的准备事项以及按照您的时间来安排……”

“嗯嗯。”姚远边应付着，边侧身找出纸和笔。

整个周日，姚远都在刷着那个论坛，把这周全部内容刷了一遍，一直到很晚。

4

周三，下午。

姚远在椅子上扭动了下身体，让自己坐得更舒服一些，然后翻看着摆在桌面上的那一摞表格。

今天是他的第一次体验前评估。这两天也许是聚焦效应的原因，他发觉自己听到、看到了越来越多关于狂想代理人的话题和相关信息。但他依旧没能找到自己想要的那个答案。

到底想要什么呢？永生不死？权力？荣耀？能够共鸣的同伴？更多的认同？拯救世界？举世瞩目？辉煌？或者神话以及科幻小说、电影里的那些超能力？离奇的经历？传奇人生？似乎都不是。或者，我想成为什么样的人呢？江湖浪子？帝王？绝世高手？魔王？流浪诗人？英雄？耀眼的艺人？政客？隐者？巨贾？某个领域里程碑式的人物？海盗？超人？或者更可笑一些——星际甚至宇宙的霸主？是这样吗？但每一种可能，无论是什么，都无法真正地触及内心，没办法让他想起来就激动或者心潮澎湃，跃跃欲试。

一个都没有。

其实，与其说我是来实现自己理想人生的，倒不如说是来问问自己到底喜欢什么样的人生吧。他自嘲地笑了下，随意翻开那一摞表格。

看起来那些都是很普通的心理调查——看似直接，但其实拐弯抹角，而且有些问题故意问得含混不清，以便让审查者从你的答案中找到你的思维模式。这种东西，姚远很熟悉，因为公司为某一级别以上的员工安排了心理咨询师，每周定期上门，需要的员工提前填写申请表就可以预约心理咨询。姚远出于好奇参加过，但几次之后就厌倦了。因为他飞快地就找到了核心所在：公司希望员工在压力下有一定程度的释放，但并不是彻底缓解压力，而是保持面对压力的心态。这太老套了，也不好玩。

眼前的这些表格看上去也差不太多，唯一不同的是加了很多个人兴趣和对过往经历的探寻。

没有人比我更了解自己了，但，即便如此我都不知道我想要什么，你们可以吗?

他的疑虑加重了那么一点点。

“姚先生，填写表格的时候请尽量不要仔细考虑，按照第一直觉写就好。因为越是这样，我们的分析和定位就会越准确。”这是坐下前负责接待他的客户专员云帆云小姐说的。人如其声，云帆的确是个很好看的女人。

姚远叹了口气，埋头开始填写那些问题项。

做完后，云帆面带笑容地又带他去了一个有着像是牙科综合治疗椅的房间。

坐好后，几个工作人员娴熟地把一些带着线路的贴片贴在他的额头和脖子上，然后开启了固定在椅子上的屏幕。

屏幕正对着姚远的脸。

“您放松就好，什么都不用做，只需要看，假如觉得有点困的话，就压一下扶手上这个按钮……对，就是这个，您感觉到了吗? 有一股很轻微的冷气吹到您太阳穴的部位了，这是纯冷蒸汽，没有任何副作用，能让您感觉清醒一点。很好，那么，您等待就好，我就坐在您身后的观察椅上。好的，感谢您的配合。”说完，她关了房间灯。

在昏暗中，屏幕上开始放映一些看似随机出现的图片和无声短视频。

有点像是特工审讯，姚远想。

整个下午，大概三个多小时，第一次测试和评估才结束。

“真是不好意思，姚先生，体验之前的准备工作很细致，所以有些客户会感到很烦琐，这点请您谅解，也非常感谢您的配合。”说完，漂亮的客户专员对着姚远浅浅鞠了一躬。

姚远客气地点了下头回应：“下一次也是这种吗？还是其他？”

云帆：“下次不是这种评估了，下次是体能还有其他关于您心肺能力等一些身体上的评估。”

“听说还会验血是吗？”姚远在论坛上看到过，“要不要空腹？”

“不，不需要。而且也不是医院那种抽很多的，只要一点点，五毫升左右。”说着她抬手用拇指和食指比画出一个计量高度。

“我明白了，辛苦了。”

“您客气了，姚先生，请问是我们帮您叫车还是您去地下车库？”

“不用了，我自己走吧，谢谢，下周见。”

云帆对站在门边的保安点点头，保安刷卡打开了小门。“我会提前一天给您打电话提醒，我们下周见！”在门关上之前，她展示给人的都是一成不变的高亲和度的笑容。

姚远站在门外想了想，抬手叫了出租车。

他觉得这家公司很有意思，正式成为签约客户后，则不再走公司正门，而是走侧门，并且进和出还不是一个门。同时，被带着到每一个测试房间的路上除了工作人员，姚远没看到任何一个同自己一样身份的体验客户，就仿佛这家偌大的公司只为他一个人服务。

是有意这么安排的吗？为了保护隐私，还是其实生意并不好？

不，不太可能，从论坛上看，至少有成百上千人体验过了，这还不包括那些在论坛里从不吭声或者压根就不去论坛看的人。

应该是这家公司为了保护隐私或者出于其他什么目的而有意为之的。

好吧，毕竟也不便宜，花心思让人有尊贵感也没什么好奇怪的，姚远想。

当晚。

孟小胖先是走到姚远旁边拍了拍他肩膀，心满意足地叹了口气，然后才落座到对面的餐位上。

“我们先看看，点菜叫你。”姚远打发走服务员后转头问孟小胖，“怎么了？你叹什么气？是不是……”他故意没把话说完，而是带着疑问看着孟小胖。

孟凡星，姚远的大学同学，因为个头发育得比较晚，一直到大二都个子不高，看上去胖墩墩的，所以大家都叫他孟小胖。即便后来他长高、瘦下来，这个称呼也没改过来。当年他和姚远住上下铺，一直关系比较好，毕业之后又都在一个城市，所以每隔一段时间两个人会在一起聚聚。

这也是姚远唯一走得很近的朋友。

孟小胖笑了：“姚远同学啊，咱俩认识多久了？十年了吧？这是你第一次主动约我，自己想，对不对？你从未，我也从未想过，你会主动找我，之前都是我找你。哎呀，看来，高冷的姚远同学也有人间的烦恼啊，哈哈哈哈！”

姚远想了想：“我之前真的没主动约过你？”

“Yes！”孟小胖很坚定地点点头。

“好吧……也许每次都是在我正要找你的时候，你主动找我了……”

“得了吧。”孟小胖抓起菜单打开但明显没看，“说吧，姚远同学，是要结婚了吗？份子钱不用你说，五位数，可以吗？”

姚远莫名其妙：“什么份子钱？你知道我对结婚这种事情没什么兴趣的。而且我现在还是单身，有女朋友早告诉你了。”

“哦？”孟小胖面色转为凝重放下菜单，“出啥事儿了？多少钱你开口，咱俩都认识这么多年了，不用你东拉西扯拐弯抹角不好意思，只要在我能力范围内，我一定尽力。”

“你……唉……”姚远叹了口气，“你都想什么呢？不就是我主动约了你这次吗？我不跟你借钱，也没什么特别的，就是想跟你聊聊。”

“这不可能！你姚大仙就不是那种性格的人！等等！说起来……你单身很久了！那个，姚同学啊，你知道我有女朋友的，而且不怎么喜欢男的，不该说的话你别开口啊，咱俩还是朋友，还是哥们！你敢跟我表白，我就立马跑，再见，来不及握手那种！”

姚远看着孟小胖忍不住笑了：“你是不是受什么刺激了？我取向不是同性，也没奇怪的嗜好，就是想跟你聊聊。如果你的困惑是我从没主动约过你造成的，那我现在不就主动约了你吗？没附加条件，也没任何古怪的要求……越说越乱了，这么说吧，我跟一家叫‘狂想代理人’的公司签了合同，也交了钱……你知道那家公司吗？”

孟小胖先是说了句脏话，然后猛点头：“当然知道！浸入式思维体验服务！土豪啊你！有钱！单身果然还是很有钱的！那什么，以后我找你借钱别嫌弃啊，别忘了咱俩是朋友！你这条大腿我抱定了！你要是真喜欢男的，我也可以考虑下开个价码……”

姚远又暗暗叹了口气，伸手把孟小胖面前的菜单重新竖起来，挡住各自的视线：“说的就跟你不是律师，你有多穷似的，别闹了，这顿我请，赶紧点菜吧你，又开始了。”

跟姚远正相反，孟小胖是个性格开朗的人，所以当年在学校的时候他人缘就很好。虽然他很喜欢开玩笑并且嘴上没遮拦，但没人因此计较，反而觉得他很有趣，并且愿意跟他往来。

一边闲聊着一边点完菜后，孟小胖端起茶杯：“你是说，你虽然交了钱，但并不知道自己要去实现一个什么样的体验目标是吗？”

“嗯。”姚远点点头，“你是不是觉得我有点吃饱了撑的？”

“不会，你就是这样的人。我倒是觉得这样挺好的，你有时候突然能干那么一件别人也就想想的事儿，正是这样我才觉得你挺正常的。要是没这点，就你？姚远同学，你真算得上是个闷得冒烟儿的人了。我才不会多跟你说一句话，别说咱俩当年上下铺，哪怕睡一个被窝我都不会跟你有啥交集。”

姚远又嗯了一声。

“姚远，说实话，你长得算是比较帅的那种，正经职业，又没什么不良嗜好，要是你正经想追个女孩，应该难度不高。但，就好像我刚才说的，不太可能有女孩愿意跟你在一起很久。你知道为什么吗？”

姚远凝视了几秒钟茶杯：“嗯……你刚才不是说了嘛，是我太闷了。”

孟小胖摇头笑了下，叹了口气，手里捏着一根筷子，拨弄着碗里的白瓷勺，歪着头看着姚远："不，闷，只是一个大概的形容方向，还没有具体的。得了，你也甭猜了，我直说了，你是一个会让女人感到不安的人。"

"嗯？我没懂……"

"你没有情绪，或者说你很少有情绪。虽然看起来你是很受女人欢迎的人，但刨掉这个表象，你的内质……怎么说呢，真的要跟你在一起，很糟糕。因为你很少笑，很少哭，很少发怒，很少低沉，很少外泄你的任何情绪。短时间的话，就我刚说的这些，再加上你的外表会让相当多的女人动心——帅、冷漠、冷淡、不苟言笑，简直就是漫画里的霸道总裁或者高冷男主。但，真要和你这样的人一起生活，我觉得简直糟透了。非常非常糟糕。姚大仙啊，别用那种莫名其妙的表情看着我，自己想想看，就你这种性格，得倾注多少热情给你，你才会有反应呢？如果是个无底洞呢？因此，我说了，没有安全感。"

姚远耐心地等他说完才开口："我要说的不是这个，我想问的是：这件事，跟我找不到自己想要的体验方向有什么关系？一定要有个女人或者爱人才算是有个像样的人生吗？"

"唉……如果不是认识你这么多年了，我一定认为你在装 ×，或者存心耍帅！"

姚远无奈地笑了笑。

孟小胖："我问你，你参考过别人的了吧？"

"没有什么我觉得有意思的。"

"那是！你算是孤傲的那种人，一般的愿望你根本看不上。"说着他放下筷子开始叠一张餐巾纸，“要不，你摇个骰子？”

“骰子？那骰子上写什么？”姚远问。

“什么都不写，单数的话，你自己想。双数的话，我替你去得了。”说着孟小胖坏笑了下。

姚远没理他的胡乱调侃，而是走神儿地看了一会儿桌面上的花纹说：“我大概明白你刚刚说的是指什么了。嗯……咱俩认识这么多年了，你觉得我需要什么？也许我自己看不清，你从旁人的角度反而能看得清。”

“你，就是那种典型的感觉缺了点什么，但又不知道缺什么的状态。其实你什么都不缺，你只是差了样东西而已，你要找的，就是这个。”

“哪个？”姚远回过神看着他。

“热情。”说完孟小胖微微一笑，侧了下身让服务员摆好菜，然后把手里的筷子在餐盘里比比齐，夹起一大块排骨送到嘴边又停下，“我确定，你差这个，先把这个解决了，就没别的问题了。”说完把整块排骨塞到嘴里倒腾着。

“那我该怎么去找你说的这个‘热情’呢？”姚远也象征性地拿起筷子。

“我哪儿知道？”孟小胖含混不清地说着，“先找你最喜欢做的事儿，循序渐进。”

最喜欢的？

姚远想到了郊区的那个小山坡。

他喜欢站在那里看，但他知道，这毫无意义，否则就不会去找什么狂想代理人公司了。

“回想一下，”孟小胖吐出嘴里的骨头，又夹起一块，“从咱俩认识，你就没热衷过什么。学业，不好不坏；谈了唯一的一次恋爱吧，不冷不热；找工作也是那种稳稳当当混年头升职的，没开拓性；每次同学聚会甚至都没看你喝多过。那时候，我还挺羡慕你的，平静、冷淡。但后来我觉得你这样并不好，人一定要有过狂热和失落才算成熟，而你要的一切都是那种不上不下、不高不低的。你的选择永远是经过缜密计算的，但这样变量就被压缩得很低了，对吗？”

“变量低不好吗？会避免掉很多麻烦。”姚远不解地看着他。

“唉……”孟小胖放下筷子，“的确，变量有可能会延伸出不好的一条线，但，还有50%的概率变更好啊？你的未来，是可见的，所以就很无聊了。也所以，明白这件事之后我就不羡慕你了。你那种无悲无喜的状态，有时候……嗯，不太像个凡人。”

“呃，你的意思是，其实我的愿望是成仙？”

服务员开始频繁地上菜，孟小胖应接不暇地看着桌上的盘子，然后飞快地把嘴里塞满：“对你……来说……那也很……无聊……”

姚远暗暗叹了口气，他觉得孟小胖说的有点对，但似乎又不全对。

把姚远送到楼下的时候，孟小胖一手扶着方向盘一手拍了拍姚远的肩膀：“我的心里是充满期待的，要么，你能成为第一个对那家公司不满意的人；要么，你能找到你想要的。所以，无论怎样，都是很好玩的结果，我非常期待。”

姚远张了张嘴，却什么也没说。

5

一周后。

“应该可以了。”说着，云帆主动接过他撕下的止血胶布，连同自己的橡胶手套一起扔到了垃圾桶，“姚先生，袖子先别扣，咱们做皮肤测试就在手腕内侧。”

姚远点了下头，跟着她从走廊进到另一个房间。

“为什么要做皮肤测试呢？”他问。

“因为，”云帆推开门侧身让姚远先进，“我们会有相应的药物注射以及香薰来提高您的体验，所以我们不希望发生任何过敏反应或者其他类型的身体应激反应，这是出于安全的考虑。”

“药物注射？”姚远飞快地抓住了重点。

她保持着一贯的微笑：“是的，药物注射。至于药物成分，通过对您的耐受测试后，下周我们会在一份安全保密协议里提到，关于成分、作用、副作用，都会写得很明白。同时现场还会配备一位专业药理师为您解答，并且还会有一位律师在场。假如您对我们提供的律师存有疑惑，您也可以带三名以内自己的律师来为您考量保密协议内容以及药理师的资质还有法律责任。”

“呃……我的意思是，药物是安全的吗？”

“这是我们必须保证的，请您放心。”她充满自信地对姚远点了点头。

这时一位工作人员帮姚远把衬衫袖子又向上挽了挽，掌心向上，在他手腕内侧用凉冰冰的消毒纸巾擦拭干净，等了大约一分钟后，小心地从一排小瓶子里分别蘸出一点点液体，仔细地顺着他的手腕刷了好几道，同时另一个工作人员用一支软头笔在每一道边上都写下了编号。

“如果感到不适，请您立刻说出来。”一个工作人员告诉他。

姚远歪着头感受了一下：“有点凉，没有别的。”

云帆看着手里的表格说：“这个要等一会儿才能看出结果，这期间我问您几个问题，好吗？”

“OK，你说吧。”姚远专心地看着手腕上的涂抹痕迹，漫不经心地回复。

“看您之前填写的说明里提到曾经患过真菌感染，是吗？”

“对，在上大学的时候，不太清楚是怎么搞的，从医务室那里开了药膏，用了一段时间就好了。”看起来手腕似乎没有什么变化，他什么也没感觉到。

云帆：“那，您能告诉我当时的症状是什么样的吗？到很严重的地步了吗？”她边写边继续问。

姚远想了想：“不是很严重吧，记得不是很清楚了，大概就是感觉皮肤很痒，很痒很痒的那种，然后就去看医生了。可能起过一点点小水疱，这个印象不深了，因为还有两个舍友也有症状，所以对于谁起水疱这件事儿我记忆有点乱。这个很重要吗？”

“一般重要，但是我们不希望出现任何潜在的问题，所以，请您谅解……怎么了？”她留意到姚远在微微皱眉。

“嗯……有点烧灼感，不是很严重，有一点……”

“是哪个编号的涂抹剂？”

“3 号，是 3 号那条……哎呀，烧灼感好像加重了……”

“您别紧张。”说着她对一旁的工作人员点了点头，快速说，“中和剂。”

涂抹上不知名的中和剂后，姚远感觉好了很多，他仔细看了看那一条皮肤，稍微有一点红。

云帆关切地问：“其他的呢？还有什么感觉吗？”

“稍等一下，我再感觉一下。”姚远盯着自己的手腕耐心地等了一会儿后抬起头，“没了，其他的没感觉。”

在另一个新的房间里，姚远和云帆坐在一张小圆桌旁，桌上摆着一杯水和一杯橙汁。

“要跑步吗？”姚远问。

“是的。”她答，“所以您先休息一下，稍微缓和一点后我们会跑大约十分钟，同时测一下您的血压、心跳以及其他体能指标，这是考虑到根据您身体的状况以便掌握用药的剂量。”说着，她指了指房间另一头的一台跑步机。

那台跑步机明显和一般家用跑步机不一样，甚至比健身房的跑步机还大一些。跑步机的前后各有一个带屏幕和许多连线以及软管还有指示灯的铁柜子。

这个场景看上去有点科幻。

“呃，要跑得很快吗？”

云帆笑了："不需要，很慢很慢的那种跑，如果您觉得过于疲劳可以停下来，等恢复点再跑。"

姚远看到自己带来的装着运动鞋、运动服的包就放在跑步机旁的凳子旁边。

原来他们要我带那些是为了这个啊。

各种体能测试足足持续了一个小时才结束。姚远觉得强度跟健身房的热身差不太多——虽然不至于让人气喘吁吁，但持续下来也难免出一身汗。

洗完澡，换上原本的衣服，他看了看表，才下午四点多，比前两次要早一些。

当他收拾停当推开门后，看到云帆正坐在外面半开放的小等候间等着他。

"姚先生，您……"

"还有其他测试？"姚远问。

"不，没有了，这次的测试都结束了。但是假如您没什么事情，最好在这里待一会儿，二三十分钟就好。"

姚远略微迟疑了一下，坐在云帆对面，把包和手提袋放在一边，问："那是因为……"

"因为每个人的体能和运动机能不一样，所以我们希望您能在这里休息一下，确定一切都没有问题再走。当然，假如您有事情的话可以先走，但我们建议……简单说，我们会尽可能地把所有可能会出现的问题都提前预估到。”说着她重新坐到对面。

“有意思。”姚远笑了笑并点点头，“为什么我没有看到其他客户呢？是你们设计的有意避开了吗？”

“对，我们刻意这么做的，因为在最初的调查问卷里发现很多客人都提到了隐私和隐私保护，所以在最近十个月里，我们改进了接待方式和体验前测试排期……然后，您看到了，就是现在这样了。”

姚远不解地问：“为什么他们这么在意这点呢？被看到又没什么。”

云帆微笑着看着他：“姚先生，也许您的交际圈和交际范围相对来说纯净一些，而很多人并不是这样的。他们出于工作或者其他原因，交际范围比较庞杂，如果被人追问到体验内容的细节可能会比较麻烦。一方面这的确属于隐私——只是自己的愿望，在自己的大脑中成了记忆和印象，无论那是不是不可告人的或者充满荒谬气息的，它都只是一个并没影响到他人的、纯粹个人的体验。另一方面，面对别人的好奇和追问，你不得不去做某种程度的说明，甚至包括一些细节。要知道，每个人都是天生充满好奇的，尤其是对别人的隐私，虽然我们表面都在克制着，但一旦有机会，我们都会对这种探究乐此不疲。那么，假如追问的那个人是自己重要的客户呢？是多年的老友呢？是自己不得不去进行某种程度上坦白的一个人呢？因此，我们最后决定，还是彻底避免掉这些麻烦比较好，替顾客省去很多本不该去面对的问题，就像之前我跟您说过的，‘我们会尽可能地把所有可能会出现的问题都提前预估到’。”

“明白了，打消掉顾虑才能更好地体验你们提供的服务。”姚远接上话茬儿。

“就是这样。”云帆笑了，非职业的那种。姚远注意到这种笑容让她看起来更好看。

“你们各方面做得的确很成熟，不像是一家刚刚才成立一两年的公司。”

“一两年？”她略带惊讶地睁大眼睛，“不，姚先生，可能您并没有刻意去了解我们公司的信息，实际上，公司成立八年了，一直在做生物技术以及医用级别生物技术设备。四年前开始筹备浸入式思维体验服务的项目，我是在项目正式开放营业之前加入公司的，差不多三年多了。”

姚远被吓了一跳。他的确没去仔细了解过这家公司，因为他最初找到狂想代理人公司只是好奇，然后鬼使神差地决定过来看一下。但很意外，咨询结束后他就签了合同。

“哦……这个……我还真的没留意……嗯。通常来说我会做比较充分的准备才会采取某种行动，但偶尔也会脱轨一两次，看来这次就是了，属于冲动型消费吧。”他自嘲地笑了笑。

“这不重要，假如全部生活都是经过周密计算并且设计好的，也挺无趣的，对吧？啊，既然说到这里了，姚先生，我想问一下，您对自己的体验目标有什么新的想法了吗？”带出这个话题的是云帆。

“还没有，你们……贵公司不是说可以帮我找到吗？”姚远不清楚这只是纯粹的闲聊还是有目的性，所以多少有点不知所措。

云帆看出这点了：“您先放松，我只是陪您聊一会儿，不属于任何测试，也不会被记录，或者我们聊别的也可以。”

“哦……”也许是刚刚的体能测试有点累，姚远真的就放松了下来，

“我不能问其他客户的情况吧？”

云帆再次展示出她职业性的亲和笑容：“客户身份，还有具体内容部分肯定不可以，这是公司的保护隐私规则规定的，其他……应该可以的。”

这就够了，姚远并不想打探别人的隐私。

“那，云小姐，请问想成为帝王的，或者某种程度上一统天下的那种有很多吗？”

“是，很多。”云帆想了下，“几乎占了一半。”

“男女都是吗？”姚远对这个数据有点不相信。

云帆笑着点点头。

姚远：“原来……好吧……哦，对了，有一个论坛，想必你们知道。”

“是的，我们知道那个论坛，但是我们并不清楚是谁开的，也许是曾经的客户吧。”

“咦？”这让姚远感到很意外，“我还以为……我还以为是你们官方的论坛……”

“不会，一定不是。”她说得斩钉截铁，“凡是涉及客户隐私的，我们都不许碰，所以我可以确定，没有任何一个讨论我们公司体验内容的论坛是公司员工开的。因为这种情况涉嫌套取客户隐私，一旦发现要承担刑事责任，这一点上，有监管机构制约我们，所以我可以确定那个论坛与我们无关。监督机构的制约条款很细，甚至我们的网站都不允许设立开放式的留言板。”

“原来是这样……那，那个论坛会影响到你们的业务或者侵犯了你们公司的……”姚远还是觉得有点不可思议。

“虽然我们对那些论坛有留意，但我们无权干涉他人的讨论行为，所以，就是这样。”看上去客户专员对此无比地自信和镇定。

“明白了……那么，除一统江山这类的，还有其他有意思的吗？我看了不少。”他还是忍不住把话题拉回到内容上了。

“啊，太多了，很多都很有意思，我们有时候会在公司内部的内容性质会议上讨论这些，虽然私下并不允许，但在开会的时候是可以的。比方说有一些客户的初始愿望在体验过程中会自行纠正，并且走向完全不同于最初设定的目标。”

“这个我知道一点点，很少，的确有……嗯？等一下，你们怎么知道的？你们能看到梦境吗？”姚远暗暗吓了一跳。

“不，我们看不到。”

“我不明白，之前接待过我的那位姓谭的咨询师说过，你们可以通过体温啊，心率啊，好像还有眼球的什么来监测到一些东西……但是我不明白，通过这些只能观测到人的情绪和身体变化，怎么可能知道内容呢？”这很难得，姚远的好奇心被勾起来了。

“您忘了吗，姚先生，”云帆微微抬手指了指墙上的公司LOGO，“我们是一家从事心理行业的机构，所以，业务范围里还包括了催眠，以及进入体验状态后的语音暗示，所以我们知道内容。”

“原来……”姚远愣了好一会儿才缓过来，“原来是这样……我真的没想到……那我明白了，这样的话你们很可能也会用改变环境温度、药物和香薰以及你刚刚说过的催眠，来达成……有意思，很有意思。这个我的确没想到。”说着他点了点头，“不过，这算是商业机密吧？”

“这不算什么商业秘密，很多机构都企图复制我们的方式，但很遗憾，除了我们之外，没有一家能做成。因为这需要大量的细致的个性化分析和定位，没有这些，只是单纯地模仿体验操作是没有任何意义的。也许会成功，但不能保证质量，而且成功率也可以说低得可怜，因为没有足够的分析数据支撑。”说着她耸了耸肩，“而如何分析，以及数据提炼，才算是商业秘密，那些内容就算我想告诉您也没办法，因为我也不知道，只有公司的核心层才知道，并且数据是链式的，也就是说，不会全部掌握在一个人手里。公司的大部分员工都和我一样并不清楚具体内容，而极少的一些人，只知道一部分。真正的全部技术，只有屈指可数的那么几个核心层才知道。假如核心商业机密被泄露出去，公司几乎可以立刻就能锁定泄露人。”

“嗯……”姚远点了下头，听起来她应该不是在撒谎，因为这种防泄露机制和一些高新技术公司非常像。

“额外一提的是，至于是谁掌握了公司的全部技术内容，好像除了决策层，也没人知道，也许是某个兼顾技术的咨询师，也可能是某个设备工程师，谁知道呢。”说着她又露出了那个非职业的、原本的笑容，这让她看起来更好看，仿佛有一种暖暖的东西在里面。

有那么一秒钟，姚远为此出了一会儿神，很短，但的确有点恍惚。

6

三周后。

姚远脑子有点乱，他以为自己看错了。但手里那张测评结果上明明白白地写着：

鉴于客户潜藏的反社会性人格，本公司恕不能为客户提供浸入式思维体验服务。

退款将于24小时内发起并退至客户付款账户，请注意查收。

怔怔地出了一会儿神后，姚远很想找谁聊聊。

但是他没有。

7

三个月后。

手臂上的伤口结痂后并没有像一般的伤痂那样——顺应着身体和皮肤掩盖住伤口，而是扭曲着、纠缠着，仿佛沿着某种看不见的轨迹在生长。在那痂结之下，是隐隐的疼痛。

这样已经快一个月了。

姚远抬起头，伸出手臂展示给坐在对面的云帆。

那个漂亮女人曾经的淡定和从容荡然无存，那一抹职业性的亲和笑容也不知所终，只剩下惊恐和不安。

姚远说：“我希望你能像电话里说的那样，找到足够的证据帮助我。”

“我……”很显然，这个女人被吓坏了，她目光盯着姚远手臂上的异形结痂，仿佛视线被牢牢地拴在了那里。

“看着我，看着我！”姚远重新用外套盖住已经有手掌大小、扭曲向外伸展的结痂。

她惊恐地回过神，抬起头重新看着姚远：“我……我真的已经想尽办法了，但无论如何也弄不出资料来，因为……因为我只是个客户跟踪专员，没机会经手任何药物或者配置说明，我、我甚至进不去配药间……”说着她再次低下头，眼泪不停地往下掉。

“药物的名字呢？”姚远抑制住自己的情绪，“你知道是什么药物吗？如果知道这点也可以通过这条线索查。”孟小胖告诉过他，如果知道药物的名字，也可以通过进货渠道查到狂想代理人公司的一些蛛丝马迹，这样至少还有一丝打赢官司的希望。

被狂想代理人公司拒绝提供服务并没多久，姚远莫名其妙地觉得四肢的皮肤有些发痒，这让他想起了当年在大学时期的真菌感染。为此他跑了两趟医院，医生也没查出来是什么原因，只是给他开了一些抗过敏的药物。

但情况并没有好转。

第三次就诊的时候，局部皮肤已经被他在睡眠中不经意地抓破了。

“奇怪啊，这个看上去很像过敏反应啊……但，过敏源测过了啊……嗯……我想想……查血也没查到有嗜酸性……”医生也百思不得其解，“要不，你再验一下血看看？”

姚远没有别的选择，只好又验了一次血。

而这次明显有问题了。

“你的血常规有很大的问题，按理说不应出现在人体里的，请问……

你最近一段时间有没有吃过什么奇怪的东西？或者被什么不太常见的东西感染？例如，被什么东西咬过？”医生问。

姚远很肯定地告诉他：没有。

“那就奇怪了……你自己看。”说着医生把化验单推到他面前。

姚远看不懂那张化验单，他完全不知道那些符号和缩写代表什么，却在一瞬间突然想到了：在接受狂想代理人公司第三次体检的时候，曾被注射了一些什么东西。

四个月前。

“不，不是什么重要的东西。上次您不是说大学期间有过真菌感染吗？所以这次给您注射的是一些抗敏药物还有跟踪剂。所以，后面一周您要戴上这个。”说着云帆举起一个橙色的硬质橡胶手环给姚远看，“这个，可以跟踪一些数据，例如您的抗敏性啊，还有血液健康程度啊，等等。这样我们在为您提供体验服务的时候才可以选择更安全的药物。不过值得注意的是，这期间不要摘下来，不要验血，也不要做什么额外的检查，以免手环监测失效。”

她所说的跟之前药理师告诉姚远的几乎一模一样。

姚远在那张看不懂的药剂单上随便挑了几个提出了疑问，药剂师都非常轻车熟路地做出了解答。在得到确认后，当着律师的面，姚远签下了安全保密协议。

他并没有找孟小胖——某律所的从业律师来帮忙看协议。因为自从接触狂想代理人公司后，姚远觉得这家公司一切都非常正规，甚至在保障客户权益方面可以说已经做到了某种极致，所以他对此很放心。

但现在看来，问题并不是那么简单。

一周后，云小姐收回了那个手环，并且又带他做了其他不清楚目的的测试。再两周后，云帆带着一脸歉意把那份测评不通过结果递给姚远。

退款很快，一天之内就返还到了姚远的账户上。跟着，他发现自己被那个讨论浸入式思维体验的论坛踢出了里版。

“还说不是你们公司设立的论坛？”姚远轻蔑地笑了一下，再也没登录。

没过多久，他四肢的皮肤开始发痒，并且一天比一天严重。

被挠破的一丝丝抓伤以一种难以想象的速度开始结痂。但伤痂，却不是正常的样子——覆盖住伤口以及皮肤，而是恣意地开始生长，变厚，变长。姚远曾经试图去剪断一些长出来的结痂，但他意外地发现，那些结痂的内部似乎连着神经末梢——也就是说，剪除的时候很疼。

“看上去似乎是某种增殖，但确定不是纤维瘤，我从没见过这样的……嗯……情况。我可以剪下来一点吗？”

姚远忍着疼痛让医生剪走一节手指那么大的结痂。

他看到一丝血从断口的地方渗了出来。

更糟糕的是，几天后断口的地方开始更加快速地生长出新的结痂，并且和其他抓痕所生长出来的结痂会合在一起，纠缠着，扭曲着，指向手臂外。

没办法，他只得向孟小胖求助。

孟小胖看到那个怪异的结痂后倒吸了一口气。

“医生查不出来是吗？”他问。

“对，”姚远点点头，“不清楚是什么原因导致的，因为我体内的很多指标都已经紊乱了。只知道这是某种增殖，并且还会持续下去。”

“你认为是第三次去他们公司注射时所造成的吗？”孟小胖紧紧皱着眉。

“我怀疑是，但是补充签署的那份安全保密协议连同附录的药品清单我已经给医生看了，他认为那里面提到的药品不会造成你看到的这种结果。我们怀疑是狂想代理人公司用了某种协议里没提到的特殊药品或者违规药品。”姚远忍不住挠了挠另一侧手臂。

他把四肢都涂了厚厚的一层润肤露，并且用纱布缠上，防止自己再挠破。

“嗯，老姚你别着急啊，我想想……”孟小胖眯着眼睛想了想后，问，“你联系过他们公司吗？”

“还没有。”

“那你在论坛上，或者其他公开场合说过现在的情况吗？”

“没有。”

“很好。最后，他们知道你现在这种情况吗？”

“不知道。”

“OK！”孟小胖表情严肃地啃着手指，“这是对的，现在我们理一下思路，看看能不能趁他们还没销毁的时候收集证据。因为就目前来看，我们没任何证据指控他们，也没办法把执法部门带进来，更别提通过强制手段得到我们需要的关键证据了。”

姚远点点头：“我知道。”

“你等下啊，我现在就问一下有没有朋友认识他们公司的人，看看能不能找找。哎，老姚，你也想想，有没有。”

姚远拿起手机，翻了翻通话记录，然后把一个号码指给孟小胖看：“这是他们公司陪同我进行各种检测的客户专员，姓云。当时她告诉我有问题可以 24 小时打给她，但不知道现在是不是还能用，我要不要问问她？”

孟小胖接过手机犹豫了几秒钟，说：“可以，但晚上打。”

“我真的不知道，姚先生，我已经想尽办法了，我……”云帆的声音带着哭腔，“我从没想过会发生这种事，之前……之前只有一些客户有过过敏反应，我们已经很快地处理掉了，但……这次……”

这时姚远的手机响了起来，他看了一眼，是个陌生号码，于是他按下了静音键。又稍微平复了一下情绪后他问：“其实，我并没有反社会性人格，对吧？”

“我不清楚，因为我只是负责把不通过的结果给你……”云小姐低着头，“但我现在觉得……给你的结果，嗯……可能、可能是有问题……”

“假如是这样，那你认为，你们公司是怎么发现的？最后一次去的时候并没有给我验血，对吧？”

“我想……应该是手环。”她的声音很小。

“手环？”姚远记得那个手环，“是通过那个手环收集数据后发现的吗？那个手环不仅仅是监测，还能收集数据吗？”

“是……公司本身就有其他的营收方式，其中一项就是商用医疗设备，专业级和民用都有。还有皮下监测……嗯……就是在人体内运作的微型机器人，有各种类型的。那个……那个手环本身最初的设计就是用来监测机器人的……公司计划在几年后投放到市场。当时在你体内注射的跟踪剂并不是真的跟踪剂，实际是信息采集机器人。因为采集机本身其实……是生物机器人，就是说它们是活体的，有时候……会不太稳定，所以……所以，注射的时候，会有一些我也不太清楚的化学物质作为稳定剂一起被注射到……对不起……”她的头垂得更低了。

姚远这下全明白了，狂想代理人公司实际上会把客户当作试验品，用来范围性地测试一些新型产品。很显然，那些产品本身并没有拿到人体测试的许可。

“你刚刚说的那种生物机器人，会一直在我体内吗？”他看了看自己手背上的血管。

“不，”云帆摇摇头，“那些机器人存活最长不超过48小时，很快会自然分解。手环的作用之一其实就是用来检测是否会有残留物，公司不希望客户知道这些，所以才会在培训的时候就让我们跟客户强调……强调戴着手环一周内都不能接受验血和其他化验，否则数据会不准……现在想想……那是骗人的，但培训时我们也不知道，我是后来知道的。还有……这项技术已经应用过半年多了……嗯……我听说过，说生物机器人分解后有可能会产生一些有害物质，但到底是什么我也不知道，只是说可能会产生一些不良的反应……我、我知道的都告诉你了！在培训的时候我们真的都不知道，都以为培训说的内容就是真的……”

“那你是什么时候知道这些的？怎么知道的？”姚远追问。

“后来……公司技术部门有个人追求过我，他跟我说了很多。我开始以为他只是随便瞎说而已，也就没在意……你那天给我打电话后我才想起来……这几天我没睡好，一直在想怎么帮你，但真的太难了，我接触不到那些。而且，有些细节我记不清了，只有一个大概印象，因为听到的时候没在意……请原谅我……”

“如果，我是说如果，”姚远定了定神，“假如我需要你出庭做证，你可以做到吗？”

“我……”她很迟疑。

“我没办法勉强你，我只是希望你能加入进来制止这种情况继续发生。从目前看，虽然我是你已知的第一例，但实际上不好说，也许会有其他症状在别人身上呢？而且照这样下去，也绝不会是最后一例。”姚远按照孟小胖嘱咐的，在尽可能地争取她，而不是恐吓。

云帆咬着嘴唇停了好一阵。“我不是不想帮你，但、但我没有证据，要是公司不承认，那我……说得再多也没有用……”

姚远叹了口气，眼睛看向窗外。他觉得有点可笑。

一贯小心谨慎，并且安于平淡的自己，居然就相信了那些奇怪的广告，相信了没头没尾的口传，还有那个莫名其妙的论坛，并且打算借此去寻找什么人生目标。然后，事情又发展成现在这样。自己这是怎么了？究竟在想些什么？不过，这回倒是真的有了人生目标了——他希望这一切都没发生，自己还是健康的、正常的，过着哪怕是平淡到无聊的生活。很可惜，一切已经发生了。

这时云帆似乎想起什么，怯怯地说："姚、姚先生，我……我还有一个方法可以试试，希望能帮到您。"

姚远回过神："什么？"

"前段时间，有一家跟我们公司性质差不多的公司来挖角，跟我谈过，我想……我想要不要去问一下他们？因为……因为他们也是生物技术类型的公司。猎头跟我说过，说那家公司认为浸入式思维体验目前的市场前景非常好，将来会更好，甚至会成为一种流行趋势，所以希望高薪拉我加入，并且有可能的话，让我再拉拢一些技术人员加入他们公司，我……我并没有给他们明确答复，所以也不能说是拒绝了……我是想说，一般这种生物技术型的公司都会有庞大的技术背景，找到他们……"

"用他们的技术试试看能不能找到一些关键证据，你是想说这个吗？"姚远克制着不让自己去挠发痒的皮肤。

"是……我觉得对其他同类公司来说能够有机会打击竞争对手……"

"我明白了。好，那麻烦你把他们的联系方式给我。但在我联系他们之前，我希望你能先跟他们说一下我目前的情况。可以吗？"姚远在尽量争取她。

云帆抬起头："我可以试试。"

8

一年后。

天空看上去有点阴，太阳在云层后面若隐若现，把城市里的一切都搞得忽明忽暗，那感觉像极了姚远正在打的这场官司。

快一年了，姚远身后的那家生物技术公司和狂想代理人公司之间的司法交锋已经快一年了。诉讼并没有太多的进展，原因很简单——两家公司实力相当，没有谁能强大到以绝对的优势一击干掉对手。对于投资人来说，这是金钱、权力，还有市场份额的争夺战。但对姚远来说，这一切早已毫无意义。

“姚先生，我们知道您的背后是谁，同时您肯定也知道，这场官司是不可能在短时间内结束的。将来呢，也许两败俱伤，也许根本不会造成什么损失。至于结果怎样，我们不是太在乎，毕竟，我们是公司，打官司算得上是一种日常。但对您来说，就不一样了。”说着，狂想代理人公司派来的律师扶了扶眼镜，“所以我们有个提议，能尽快结束这个冗长又不知所以的纠纷。假如您能主动撤诉，我们会给您丰厚的回报。让我来简单说一下：1. 为您提供足够的医疗保障，不仅仅保证您能活下去，也许还会彻底治好，关于这点请相信公司的技术力量；2. 您会得到极其可观的经济补偿，甚至远超出您的想象，想必您不会质疑我们公司的经济能力。我们非常希望您能接受这个条件。而您，对此付出的并不多。首先，您需要发表一份公开声明，声明这场官司只是您因身患怪病而做出的绝望选择，而公司会对此回应一份公开谅解书，声明绝对不会追究您的任何责任，并且出于人道考虑，无偿为您提供刚刚所承诺的那些条件。仅此而已，就这么简单。”说着律师摘了眼镜，掏出一块布仔细地擦拭了镜片后，又把眼镜重新戴上，冷漠地看着姚远，“我从业这么多年，这种回报丰厚的和解协议可以说几乎没有。我个人呢，建议您接受，不要再当您背后那家公司的棋子被人驱使。因为这对您来说没什么益处，无论如何也不可能比我们开出的撤诉条件更好了，对吧？您觉得呢，姚先生？”

姚远听出来了，假如他答应这个条件来换取苟活和丰厚的经济来源，那么名誉上会输得干干净净，但狂想代理人公司则在公共形象上获得巨大的成功。

他摇了摇头：“我现在这个样子，已经不在乎什么了。”说着，他把电动轮椅向后挪了挪，慢慢揭开盖在腿上的毯子，露出早已被痂结覆盖大部分的双腿。那看上去不像是人类的肢体，倒像是某种遭受病变的树木。“我也知道自己人微言轻，不会对你们造成什么影响。但，哪怕能让你们的股价跌一分钱，也将是我乐于看到的，就因为我讨厌你们。你走吧。”

律师目瞪口呆地盯着姚远的双腿好一会儿，点了点头，收起合约，关上手提箱，站起身后整理了一下领带：“姚……姚先生，如果您改变想法，随时可……”

姚远面无表情地挥了挥手，把头转向窗外，不再看他。

一直等在外面的孟小胖把律师送走后从门外进来。

“是带有补偿性质的撤诉协议吗？”他问。

姚远保持着沉默，只是点点头。

孟小胖不知所措地站了一会儿说：“我得去上班，有需要打电话给我……嗯……姚远，别干蠢事儿。”

姚远知道他指的是什么，看着窗外依旧点了点头。

听着孟小胖关上门后，姚远把电动轮椅开到门旁的穿衣镜前。停了几分钟后揭开盖在腿上和身上的毯子，抓紧轮椅扶手慢慢站起身。最近半年来他只能穿肥大的短裤和短袖衫，因为其他衣物已经几乎无法在他身上正常地穿脱——那厚厚的结痂扭曲着，盘根错节覆盖了他的大部分肢体。从几个月前起，结痂和树皮一样的增殖物就不再限于从伤口生长，而是顺着静脉血管外壁四处蔓延，最近一段时间已经开始蔓延到背部、腹部，还有颈部了。

姚远默默地站在镜子前，一个小时，两个小时。很久很久。

很奇怪，也许是那些奇怪的增殖物造成的，更多可能是体内的各种紊乱，他现在虽然行动艰难，但很少再有疲劳感。有时候，他能静静地在床前站上好几个小时，或者在电动轮椅上纹丝不动地坐上一夜。但见过的人都清楚，真正给他带来痛苦的并不是肉体。

医生告诉姚远，他现在的情况已经无法用好或不好来形容了。

“你体内的各种指标全乱了，并且你的表皮感觉不到痛痒，也没有生物钟，我不知道该怎么形容，我们想尽办法也没能把指标平衡下来，也就不可能给你做化疗和放疗，那会更危险……很抱歉。而且，这种增殖本身……还会拼命吸收你的营养，所以……你的身体也会越来越虚弱……抱歉……”

是啊，这一切都太糟糕了，不怪医生。

而那家资助他打官司的公司则给了他一些药物。

“经过全面检查，你的情况……想必不用多说你也知道了，目前来看，我们能为你提供的只有这个。”说着那人递过来一个没有任何标识的大药瓶，“这种药物副作用很大，是没能通过上市检测的，有点像……呃……毒品，但是它能让你活下去…其实…也不能完全保证……哦，对了，每12小时最多只能吃一粒，一次性服用多了的话恐怕对身体不好。”

这句话让姚远觉得有点好笑。他都这个样子了，怎么才算对身体好？不能多吃吗？那多吃了呢？会死？医生都已经说得很明白了，我还需要担心服药过量导致死亡吗？

想到这儿，他又笑了起来。

但很快，看着镜子里的自己，他笑不出来了。

是啊，这根本不好笑。

他艰难地挪着步子，走到窗边，看向外面。

窗外，那颗被称为太阳的恒星依旧在云层后面若隐若现。

看着外面，他努力回想着，回想自己上次出门是多久以前，两个月前还是三个月前？是开庭那次吧？如果去翻邮箱的话，他能找到那个日期。但他不想去。

不重要了。

除了孟小胖每天必定来看他一次外，差不多隔上两三天，云帆会给他打一个电话，基本每次都会告诉他一些收集证据的进展。姚远听得出来，很多信息并不重要，也算不上什么证据，但云帆还是会打给他。

那姑娘是无辜的，姚远知道，她并不是帮凶，只是不知情的一个员工，偶尔听到一些传说，但从未当过真。

他曾经听孟小胖说过，那个傻姑娘私下找过医生，问输血是不是会对治疗有效，可以的话，她可以捐出很多血液。在得到否定答案后，云帆还问过医生关于骨髓移植和肝脏移植的问题。

“那个女孩说肝脏有排毒功能，所以才会这么问。”这是医生告诉姚远的。

无论那有没有效，姚远都不会让云帆做更多了——她已经为此丢了工作，甚至一分钱补偿也没拿到。

他甚至拒绝了她的探望，每一次。

“那姑娘不是一个坏人，她之前并不知情……”孟小胖也这么说。

是的，姚远知道，这是个心地善良的女孩。如果现在自己不是这样……

我在想些什么呀！姚远摇了摇头，缓慢地撑住窗台，尽力站直身体向远处看去，身上的那些树皮样的痂结发出了喀啦喀啦的声音。

这时手机响了起来，姚远回过神，拿起手机，显示的是一个不认识的号码。

是媒体，还是想搞倒狂想代理人的其他企业，或者是某个想赚钱的律师?

他艰难地按下静音键，把手机扔到床上。

突然间，他好想再去郊区那个无人公园的小山丘的最高点，非常非常想。他希望能像以前那样，站在山丘顶，痴痴地看着这个城市，看着这一切。忘了时间，忘了自己是谁，忘了那些琐碎和无聊，忘了那些让人烦恼的东西。

但他已经很久没去了。

“现在就去吧？”他被自己的声音吓了一跳。

现在?

是啊，为什么不去呢？难道要一直窝在这个房间里，绝望地等待着死神挥下镰刀吗？是这样吗？

不！绝不！

所以，我要去。

现在。

下车的时候，司机充满关切地说：“老人家，您慢点，留神！”

姚远忍不住笑了。

他用了两条毯子把腿包严，又披了一件厚厚的长大衣，拿围巾和帽子把脸遮了起来，最后又戴上一副宽厚的黑色太阳镜。再加上他那迟缓而艰难的行动，让司机误以为他是一位耄耋之年的老者。

下车后，姚远慢吞吞地转身，对替他关好车门的司机挥了挥手。

公园的门卫依旧缩在那所简陋的小门房里昏昏欲睡。像以往那样，从来没关心过到底有谁进去，有谁出去。是啊，有谁会来这个偏僻的、毫无乐趣的、冷冷清清的地方呢？

他蹒跚地走进公园。

不出意料，公园里一个人也没有，没人会在冬日未尽之时跑到这种地方来。但，就这个偏僻、无趣、冷清的远郊公园，却是姚远的乐园。

他艰难地挪动着双腿，尽量挑平坦的石板，一步步地走向公园深处，走向他所钟爱的那个胜地。

是增殖还有痂结在吸取他的养分吗，还是自己太久没走过这么远的路了？久违的疲劳感和几近虚脱的眩晕慢慢在他身体里扩散开来。他艰难地挪动着双腿，挣扎着跨出每一步。

出门前，他胡乱抓了几颗药片塞进了嘴里。

每 12 小时只能一粒？见鬼去吧！

就快要到了，只要翻过围栏，再走上几百米，就能到那个地方了——山丘顶，近在咫尺。可是，现在他面临一个严重的问题：该怎么翻过眼前到他大腿高度的栏杆呢？以往这不是一件难事儿，只需四下看看是否有人，然后轻松地翻过去即可。但现在，这并不是一件简单的事情。

此时的姚远，真的就像是个垂暮的老人那样，被毫不起眼的障碍物困在当前。

姚远扶着栏杆喘息了一阵，默默地看着围栏另一边的小山丘。

现在该怎么办？

他知道，公园里没有通向山丘顶的路，栏杆也没有入口。他艰难地低下头打量着自己被裹得厚重的身躯，双手紧紧抓着栏杆犹豫了好一阵。

去他的！

姚远挣扎着甩开身上厚重的大衣，笨拙地用覆满痂结的双手解开毯子，扯开围巾，摘掉帽子，扔掉了太阳镜。就这么穿着短裤和短袖站在栏杆边，定定地看着眼前的山丘顶。

我一定要去！

他迟缓地撑起身体努力攀爬着。粗糙的金属围栏刮擦着身上的增殖、痂结，撕裂所带来的久违的疼痛让他更加发狠地努力攀爬着。

血顺着破裂的伤口滴下来，蹭在栏杆上，滴在枯黄的草地上以及淡青色的石板上，在这冬日里显得格外刺眼。

终于，他踉跄着翻了过去。

姚远看着双手淋漓的鲜血，看着身上、腿上一片片被撕开的伤痂，反而如释重负地松了口气。

冬末的风很冷，但他感觉不到，只是觉得有一丝丝的凉意。

很舒适，这是他许久都没有体会到的了。

他几乎是跌跌撞撞地一步步迈向山顶，一步步离他曾经的乐园越来越近，越来越近。

有那么几分钟，他恍惚了起来，甚至怀疑自己并没有离开那个该死的房间，而是幻想出了这一切。

不，这不可能！这是真实的！他甩掉了脚上那双超大号的、被剪开后又粗糙地用胶带粘合到一起的棉拖鞋，赤着脚走向山丘顶。

干枯的草叶沿着痂结缝隙带给了他触感，来自脚底的、久违的触感。

对了，这就对了！这不是我蜷缩在床上的幻想，这是真实的。

姚远笑了。

仿佛过了很久，他站在了山丘顶，站在那个他最喜欢的地方，慢慢转过身，眺望着整个城市。

阳光碎裂成一束一束的，从云层的缝隙间洒落在城市中，又随着云层的移动不停变换着光束的形状和大小。像是一根根有意识般的光的触手，触摸着道路、人群、楼宇、车辆、桥梁，触摸着整个城市。真是奇怪，很少有人留意到自己正被光的触手拂过。偶尔不知道什么东西反射了光的触手，跳跃着把它弹开，跟着又飞快地平和了下来，让光继续轻抚着，仿佛一只惊到的猫被主人安抚了下来。风隐隐带来了车轮的隆隆声、不耐烦的汽车喇叭声、轻轨低沉而连贯的轰鸣声，还有混杂在一起的、无法分辨的喧嚣。这是城市的声音，整个城市的声音。这一切正被光的触手抚摸着，一如既往。

姚远满意地叹了口气，痴痴地看着。是的，这就是他要的。

不知道过了多久，他回过神来，看着山丘脚下自己脱掉的那些衣服。那堆衣物就像是几小时前的自己一样，瘫软在那里，随着风微微地颤抖着。

要去捡回来再穿上吗？

不，无所谓了。

“我就算死，也要死在这里！”他努力用早已萎缩的肌肉挪动着双脚，用脚趾上厚厚的结痂拨开冬日冰冷干结的泥土，把双脚插进去，再插进去，深一点，再深一点。是的，就这样牢牢地站在这里，看着他所钟爱的景色，等待，充满期待地等待，等待日落，等待着再次看到这个城市的夜晚。

那是曾让他心醉的，也是这一年来令他魂牵梦萦的。

9

“怎么乱丢垃圾啊？”公园保洁工人自言自语地嘀咕着，皱着眉看着扔在地上的一件大衣、两条毯子，还有围巾和帽子。

“这是谁的呀？”他边问边四下看了看，没有一个人影。

对啊，一大早，天刚刚有点亮，怎么会有人跑到这里来呢？

他不悦地叹了口气，扔下手里的长柄垃圾拾取夹，俯身拎起大衣端详着。

虽然外表看上去完好干净，但大衣里面沾了许多不知名的污渍，一块一块的，像是血污或者某种黏液。

“真是恶心！”他小心地捏着那些衣物，一件件把它们塞进垃圾袋，松松地扎了下口，扔到身后的三轮车上。

姚远静静地看着这一切。

虽然他并不想就这么保持着沉默，虽然他很想说句抱歉，但已经说不出来了。

夜里，就在太阳下山后，脚上那些痂结以惊人的速度向下生长着，仿佛是植物的根系一样，拼命地钻入泥土，蔓延开，并且贪婪地吸收着土壤中的水分。而身上那些本来就快要覆盖住四肢的痂结，则无声地织成了一张不规则的网络，包裹住他的全身，然后一些细小如纤维般的增殖物，从那些被网格划分开的皮肤下一丝丝地蓬生出来，彻底地覆盖了姚远的每一寸皮肤，很快，他什么也看不见了。他想呼喊，但那些增殖痂结快速地盖住他每一寸皮肤，同时他的嘴里也向外生长出无尽的、细小纤维状的丝丝缕缕。它们纠缠在一起，严严实实地把姚远包裹了起来。

原来，死亡是这么来临的。

他放弃了，不再挣扎，也不再企图呼喊，甚至放弃了呼吸。

很快，黑暗把他最后一丝意识牢牢抓住，撕开，揉碎，碾成尘埃，消失殆尽。

当阳光照到姚远的身上时，他醒了。

他觉得精神无比地好，就仿佛不幸的那一切都没发生一样，这不仅仅是精神上的，也是来自身体上的轻盈和充沛。

奇怪！

他很想伸个懒腰，但发现，自己一动也不能动。

嗯？为什么？

那一瞬间，他看到了，看到了自己。

此时，姚远已经不再是个人类，而成了一棵树。

“我……”他自己打量着自己觉得有点不对劲，“为什么，我还能看到？”很快，他明白了，自己并不是用眼睛在看，而是用全身——作为一棵树的全身去看。他的每一根枝条、每一束根系，都可以“看”。看他自己，也可以看脚下的大地，还可以眺望到远处、城市，以及更远的地方。

“难道说……”他不敢相信这一切，而且不知道为什么，隐隐地有一丝遗憾和不舍。

是对曾经人类身份的怀念吗？

他不知道。

原本他身上的痂结，那些他所憎恨过的、丑陋的增殖，已经完全变成树皮，包裹着他的身体，滋生出了枝丫。他已经不再拥有四肢，却有了更多更多的延伸，从树干上伸出的延伸。

他小心翼翼地尝试着，借着风伸了个长长的懒腰，这令他无比舒畅。

已经太久没享受到这些了。

跟着，他看到了公园的那名保洁工人，听到了他轻声的自言自语，甚至还感受到了他心里的不满。他想去道个歉，但无论他怎么努力，都无法挪动一步，也无法发出人类的声音。

对啊，哪里有树会走路、会说话的呢?

他觉得很好笑。

现在，他可以自由自在地彻底欣赏他最爱的景色了，想看多久就看多久，没有任何能打扰到他。

他出神地、痴痴地看着远方，看着能看到的一切，听着城市的喧嚣，感受着来自城市的窃窃私语。不会错过一秒钟。

几天后，他见到了孟小胖和云帆。

他知道，他们是来找自己的。从他们在公园门口下车的时候，姚远就知道他们来了。

他看着他们焦急地询问公园门卫，然后被保洁员带着，走到他扔掉衣服的地方，绝望而悲伤地四下寻找着。他们甚至翻过栏杆向他走来。

那一瞬间，姚远觉得很感动，但也很愧疚。但他什么也做不了，只能随着风轻轻地摇摆着枝条。

“这里原来有树吗？”门卫注意到了姚远，充满疑惑地看了看他，又转身看了看保洁员。

“有吧？”保洁员也一脸的不解，“应该是有的。”说着他摸了摸树干，“你看这树都不是一年两年了，周围也没有挖过的痕迹，肯定是有的……吧？”

两个人又狐疑地围着姚远绕了几圈。

“难道，咱们这就是老年痴呆？哎呀，这个脑子不好使了……咱俩也别整天看电视睡觉了，多活动活动，多看看书、下下棋，动动脑子吧！”门卫捅了一下保洁员。保洁员凝重地点了点头。

云帆离开的时候，擦着眼泪扶了一下树干。

他感觉到了她发自心底的悲伤。

那次之后，姚远再也没见过孟小胖和云帆。

他偶尔会想起他们，但随着时间的流逝，他们的样子也慢慢在姚远的记忆中淡去了，只留下浅浅的一丝痕迹。

很快，春天来了。

姚远能够感受到春天带给他的喜悦和冲动。他无声地把喜悦的心情变成了枝芽和叶脉，尽力地生长着，生长着。无数鲜绿的叶片从他体内蓬勃而出，当春天结束时，他成了一棵郁郁葱葱的大树。

夏天。

他浓郁的枝叶招来了鸟、虫。他有时会用枝叶轻拂着，并且借此读懂它们。在雷雨来临的时候，他尽力伸展着枝叶为它们遮挡。还有一些不知名的虫会钻到他脚下的泥土里，吮吸他根系上的汁液，然后又继续挖得更深。对此他并不觉得不适，而是有点好奇，无声地看着这一切。

秋。

姚远没想到，身为一棵树，自己居然会那么喜欢秋天！因为他惊喜地发现每一片落叶都是他的眼睛，随风远行着，让他能看到更高的天空，能看到更远的景色，能看到城市中曾熟悉的一切——那些人、那些楼、那些车来车往、那些招牌、那些色彩，以及夜晚偷偷摸摸在街道上游荡的老鼠和其他什么动物。他没有想过自己能同时看到这么多不同的景象。所以，每一个秋天，他都会感慨不已。

冬天来了。

他不舍地褪去所有枝叶，只留下光秃秃的树干，静静地欣赏着日出日落，听着风声所带来的城市的声音。用根系寻找着来自脚下的一丝丝暖意，还有那些深藏在泥土中的动物，以及渗入地下凉丝丝的雪水。

偶尔，会有人光顾这个公园，也会有人心血来潮翻过栏杆跑到他脚下坐上一会儿。他会安静地体会着那个人的喜怒哀乐，也会和那个不知名的人一起欣赏着远方的景色。

一年，又一年。时间仿佛过得越来越快，快到他几乎想不起来自己曾经还是人类的时候叫什么名字。

也就是那时候，在日出日落之间，他发现了昼夜的交替，灯光的亮起和暗淡，就是远处那座城市的呼吸。

在城市的一呼一吸中，一切都在变化着。

慢慢地，城市改变了模样。

假如他努力去想，还能回忆起一点点当初城市的样子。

树的记忆总是那么淡淡的，似有似无的。

终于有一天，他真的想不起自己曾经的名字了。

一个又一个十年过去了。

这里曾经热闹过，有孩子们在玩，有老人来这里散步，因为公园附近有了一个不算太大的社区。

人们在建造社区的时候，很吵，很吵很吵，姚远甚至对此有些不耐烦。因为他们吓走了鸟，吓走了一些原本生活在这里的动物。

但很快，那些人取代了动物，频繁地光临这座曾经人迹罕至的郊区公园。

他没见过这么多人聚集在这里。女人、男人，老人、孩子。他兴致盎然地去体会那些人的各种情绪，喜怒哀乐，什么都没能瞒过他。

人类真复杂啊，他这么想。

时间的确是越来越快。

第一个一百年来临的时候，他随着风摇晃了一下，表示庆祝。

第二个一百年来临的时候，这个小公园又沉寂了下来。住在附近的人越来越少了。他看得到——夜晚时，附近楼宇间亮起的灯光变得稀疏。

在第三个一百年还没到来的时候，一切恢复如初。人类不再住在这里，甚至这一片地方整个都被荒弃掉，也不再是个公园。

他并不难过，反而很高兴，因为动物们又回来了，因为再也没有人来修剪他的枝叶，他可以肆意地生长，越来越大，越来越高。

第三个一百年来了，他隐隐地记得这是第三个一百年。这也是他最后一次记得人类所定下的时间。

之后，他再也没有年的概念，只知道花落花开，冬去春来。

不知道在什么时候，那座城市也慢慢地消失了。随着楼宇的坍塌，街道被不知名的植物一点点破碎、分解。城市就这么消失了，没留下半点痕迹，还原成郁郁葱葱的绿野和山谷。

时间，就像风吹沙，把人类的过往来复消散得彻彻底底、干干净净，一切都恢复如初，就仿佛这里从来没被人类涉足过。

唯一见证过这件事的，是曾经身为人类的他。

有那么一天，他突然从时间的湍流中清醒了过来。

“这是多久了？有一千年吗？等等，年？是什么？年？哦，对了，年是季节的轮回。啊！我想起来了，我之前不是一棵树，我是一个人。我的名字叫……”他看着夜空的银河陷入上百年的沉思。

他想啊，想啊。

他随风挥散出枝叶，想去找找线索。努力用根系搜索着每一寸能够到达的土壤，想去挖出一点点痕迹。

什么都没有。

而且，也没有哪怕一丝人类存在过的痕迹。没有断壁残垣，没有对历史的记载，也没有任何人造出来的东西留下。

什么都没有。

他们，去哪里了？还存在于什么地方吗？

秋天的时候，那些被风吹得很远的落叶，也没看到任何人类的踪迹。

看着曾经是繁华都市的山谷和绿野，他突然有点怀念那座城市。但无论他怎么想，也没能记起来那座城市到底什么样。只记得，有光，有色彩，还有好多人。

仅此而已。

不知道过了多久，也许是两千年，也许并没那么久，他盯着眼前的一从灌木，想起了自己的名字。

姚远。

叫这个名字的时候，他还是个人类。

他喜欢站在这里，看着目及之处的景色。所以，他站在了这里。

直到现在。

现在?

是啊，现在。某个时间上的节点，不是一个被编号的年，不是某一个含有意义的时刻，只是这么一个节点。

此时，他已经长成了一片茂盛的森林。他的根系带出很多树苗，而那些树苗，也都长成了参天大树。

可是，他突然感受到了一种失去很久的情感：孤独。

就在那天，就在那个不知名的时间上的节点，森林中最古老的一棵大树开始慢慢地枯萎，慢慢地凋零。

在浩瀚时间长河中某个不知名的清晨，巨大而干枯的树干在轰鸣中裂开了，一具枯枝般的人类尸骨慢慢地、慢慢地挣脱开每一丝包裹住他的纤维，栽倒在绿茵茵的草地上。

当阳光穿过森林的枝叶照射到尸骨上时，尸骨发出一声叹息，跟着，慢慢地碎裂着，不断地碎裂着，变成一堆不起眼的灰尘。

当风在林间吹过的时候，其中一些被带走，并永远地离开了这里。

再也没有回来。

10

"……听得……吗？"

"……您……得到吗……"

"……您听得到吗？"

"……好……看样……他醒过来了……"

"先不要着急睁眼……对……很好……"

"……头躺平，不用担心会淹到……即便您躺平，水也不会漫到您的耳朵的，放心！"

"……身……放松，不要绷紧肌肉，是……就是这样！"

"请告诉我您的名字！"

"名、名字？"

"对！您……名字！"

"姚……姚远。"

"是的，姚先……很好！"

"……不用担心，我们…专…护理人士正在帮您按摩四肢，您只要继续放松就好。"

"那只是水波纹……是帮您恢复的，别紧……"

…………

"姚先生？姚先……好的，您可以慢慢睁开眼睛了，记住，要慢慢地……很好！"

姚远慢慢睁开眼，看到一些穿着像是手术室医生一样的人正围绕在他身边，其中一个拿了支通体发光的笔状物正在照射他的眼睛。

“非常好，瞳孔收缩正常。姚先生，请您跟着光转动眼球……是的，很好，完全没问题。”说着那支发光的笔被拿开了。

姚远微微欠起身向腿部看了一眼，发现自己全身上下只穿了一件到膝的宽松短裤，泡在某种液体里。那液体很浅，即便他躺平，水位也就到身体的一半位置。几个手术室医生装扮的人正用一些嗡嗡作响的东西轻轻地按摩着他全身的肌肉。

他觉得有点累，身体还有略微的刺痛感，于是恢复躺平的姿势。

“姚先生？”一张他所熟悉的脸出现在视野里。

“云……”他迟疑着。

“是，我是云帆，您想起来了吗？”云小姐展示出一个温和的笑容。

他想起来了。

“姚先生，您现在先保持这样不要动，休息一下，到目前为止一切都很好，您是我见过的第一个苏醒后没大哭、没情绪崩溃或者爆发的客户。”云帆伸出戴着薄橡胶手套的那只手帮他把挡住眼睛的一缕头发拨开。

“不着急，您的体验刚刚结束，时间比预计的长了一小时左右，虽然并没有超出我们预估的范围，但您的疲劳感和身体需要点时间缓和。这期间会把浸液为您更换成稍微加温的纯净水，而且工作人员会一直维护，不用担心。一切都很好。”

“嗯……”姚远抑制着身体因按摩造成的颤动点了点头。

“现在您知道为什么我们的体验服务叫‘浸入式’了吧？因为一直是泡着的。”云帆开了个玩笑。

还没等姚远笑出来，一阵轻微的刺痛从他手臂上传来。

“不用担心，只是安全的镇定剂，您需要好好睡一会儿，这样才……”还没等听完这句话，难以抵抗的睡意就把他拖向了温软的梦乡。

姚远在一个很小的、像是舱房似的房间里醒来了。他看了看四周，发现这里的确是按照舱房来布置的。床、灯、床头柜，都是固定在墙面和地板上。整个小舱房里唯一能活动的是一个移动衣杆，而他的衣服全都熨烫平整地挂在上面。

他慢慢坐起身试了试，没有那么晕了，但偶尔还会有点恍惚。于是就坐在床边等了几分钟。脚下的地板似乎是由橡胶制成的，有点弹性，并且暖暖的。

这很舒服。

他慢慢站起身，看了看自己的双手——没有任何病变或者痂结的样子，很正常的一双人类的手。好像是一场梦……不是变成树，而是现在，好像一场梦。

他自嘲地摇摇头笑了，开始穿衣服。

在换衣服的时候，他发现在床头柜的两瓶水旁放着一台平板电脑，下面还压着一张便笺。

姚远扣好衬衫，抽出便笺打开。

这是一张精美的硬纸便笺。

尊敬的姚远先生，相信您看到这张留言的时候已经醒来了。

假如您感到不适，请按床头那颗红色的按钮，很快会有医护人员来为您提供服务。假如您需要其他技术支持，请按旁边蓝色按钮，会有相应的工作人员竭诚为您提供所需。如果您尚未脱离疲劳感，请放心继续休息。我们将在四个小时后再次探望您。

假如您感到精力已经完全恢复，那么请穿好衣物，带着这台平板电脑，按门边白色开门键即可。您的专属客户专员将会很快出现在您面前。

感谢您的选择和信任。您的需求，就是我们存在的意义。

我们将一如既往地为您提供优质浸入式思维体验服务。

狂想代理人业务执行总裁：Grace

看完后，姚远点点头，抓起一瓶水，还有平板电脑和这张便笺，拎着外套走到门边按下墙壁上的开门键。

“真的是没想到，在那个状态下我以为一切都是……太逼真了！”说着，姚远不好意思地笑着摇摇头。

“很正常，姚先生。”云帆保持着她亲和的职业笑容，“但您的确让我们头疼了一阵。”

“是因为我当时并没有明确目标吗？”姚远问。

“不，”云帆回答得很确凿，“是因为咨询师怀疑您缺乏对生活本身的热情和期待。所以才由我来做您的客户专员。”

姚远想了想，听懂了这句话。“其实，云小姐并不是客户专员吗？”

云帆笑了："我是客户专员，但同时我也是行为分析师。"

"行为分析？"

"是的，通过跟您的接触，对您进行日常分析，然后再排除掉您填写的全部测试表格和测试中的掩盖性行为，补充进我的分析结果，整合出最终客户目标。"

"明白了，你……很厉害！"姚远由衷地这么认为。

"您过奖了，这是我们理应为您提供的。"

"还有一件事，"说着他不安地扭动了一下身体，"这个过程中，你们有没有在我意识不清醒的时候注射过……"

"致幻剂？"云帆微笑着打断他，然后指了指姚远从房间里带出来的平板电脑，"这里面有您在体验舱里的全程监控录像，没有删减，没有压缩，足足五个半小时，有兴趣的话您可以看。这不仅仅是监督，也是我们希望客户能够对我们所提供的服务提出问题和不满，以便日后让我们提供的服务更完善。"

"原来……"说着他拿起平板电脑解开衬衫袖扣，挽了挽袖子。

云帆注意到了："是不是房间有点热？我去给您拿点冰还是冰饮料？"

"啊，冰就好，谢谢。"

"没问题！"说着她起身走向门口。

姚远打开平板电脑，看到屏幕上只有一个文件夹，名字是他的客户编号。

他微微笑了笑，点开文件夹。

"嗯？"姚远突然愣了一下，把右手的袖口又往上挽了一下。

这下他看清了，沿着他皮肤下的静脉，有一条暗灰色的、清晰的疤痕。

他记得，那是曾经生长出增殖物的地方——到后期的某个阶段，结痂般的增殖物不再需要伤口，而是顺着静脉血管就可以自行生长，并且很快就能穿透皮肤。

“这……这是……”他抬起头，看到云帆并没有去拿冰块，而是面无表情地站在门口看着自己。

“你、你们……这究竟是……”

“很遗憾，姚先生，我们没办法彻底去除疤痕，虽然公司可以解决掉您的内分泌和血液的问题，并且为你做绝大部分的肌体恢复，但皮肤恐怕……”云帆面无表情地摇了摇头。

“我……你们什么时候……”姚远的呼吸变得急促起来。

“我们在公园里发现你的时候以为你死了，但很庆幸，我们把你救了回来，并成功地制止了不利于公司的谣言。通过两年的不断试验和治疗，我们终于做到了。但会有一些副作用……”

姚远急促地喘息着：“两……年！你们……我……”

“是啊，两年多……”云帆的声音变得缥缈了起来。

猛然间，他清醒了过来，发现自己半裸着，正躺在一张很科幻的、像是半个鸡蛋壳一样的躺椅上，身上接满了各种电线。

而他面前站了四五个打扮得像是医生的陌生人。

他挣扎着想起身，但四肢和身体却被固定住一动也不能动。

“镇定，镇定，您先不要激动，放松……”其中一个人伸出手安抚着他的额头，并且问，“你的名字，告诉我你的名字。”

“姚、姚远……”

那些人纷纷地叹了一口气。

他惊恐且困惑地看着他们。

有什么不对吗？

站在他面前的那个陌生人耐心地弓下身，看着他的双眼：“孟先生，您在幻觉中太久了。让我来告诉您……”

“孟先生？什么孟先生？”

“您的名字是孟凡星，因为无法接受未婚妻云帆云小姐的意外去世，在自我封闭很久之后，产生了幻觉，假想自己是一个对情感和人情世故都很淡漠的人，并起名叫姚远。不过偶尔的清醒让您觉得这很恐怖，于是找到我们。我们是一家心理机构，负责为您做心理复健。我们机构的名字是……”

“狂想代理人？”

陌生人微微笑了一下：“是的，您还记得。除此之外您还记得别的什么吗？”

“这不可能！”他大声嘶吼着，拼命想挣脱束缚站起身！

所有人都冲过来按住他，并且在他耳边喃喃地重复着：“你不是姚远，你不是姚远，你不是姚远！”声音既杂乱又清晰。那声音渐渐变得越来越大，仿佛雷鸣般在他耳边轰鸣着……

“放开我！”姚远猛地坐起身！

几个正在房间里忙碌的、打扮得像手术室医护人员一样的工作人员先是被吓了一跳，然后赶紧跑过来：“姚先生？您还好吧？您是有什么不舒服吗？”

“我、我、我是谁？”姚远蒙了，惊恐地看看四周。

这是个灯光柔和的房间，他正躺在一张舒适的活动床上。

一个工作人员笑了：“姚远，您是姚远先生。您是做梦了吗？没关系，缓一缓就好，只是暂时的自我认知障碍而已，很快就会恢复的。我们刚帮您清洗完送到这里，正在收拾您就醒了，恐怕刚刚您是在做梦吧？”

“这是哪里？”姚远惊魂未定地问。

“公司，狂想代理人。您下午才参加过我们的浸入式思维体验，您还记得吗？”旁边的工作人员善意地笑着看着他。

姚远迟疑了一下，猛地挽起自己的袖子——双臂上很干净。

“原来……”说着他软软地向后倒去，几个工作人员连忙托住他。

一小时后。

“听说您做噩梦了？”云帆忍着笑意望着他。

“啊……”姚远不好意思地摸了摸脸颊，“是啊，被吓了一跳。”

云帆依旧忍着笑：“是陷在幻境中出不来那种吗？”

姚远怔了下：“你是怎么知道的？”

“咱们先把这个放在一边，我来问您一个问题。”云帆把手里的活页夹放到身侧，前倾着身体凑近姚远，“您还记得吗，在进入体验舱前，我们定下一个判定提示，您还记得是什么吗？”

“判……”姚远想起来了，“我记得。”

“那，您能告诉我是什么吗？”每次云帆展示出她真实笑容的时候，反而显得更好看，充满了温和的暖意。

“呃……是……”他清了下嗓子，觉得自己脸可能有点红，“我们定下的是：在幻境中，是无法接听陌生号码来电的。”

“没有储存在手机里的陌生号码，就无法接听，对不对？”她保持着身体前倾看着姚远。

“是……”

云帆微笑着坐直身体，从身后拿出一部手机：“这是我的私人电话，而不是公司提供的，所以您不知道这个号码。现在，需要我给您拨个电话试试看吗？”

姚远看着她手里的手机，想了想，忍不住笑了：“啊，我懂了，谢谢，不用了，现在不是幻境，不是在体验中。”说着他松了口气。

云帆咬着嘴唇又笑了，然后点了点头放下手机：“我这里有一些文件，需要您签字。”说着重新拿起活页夹。

“云小姐……嗯……我……”他有点紧张。

“怎么？”

“那个……我想……我想问问，明天是星期六，你……啊……休息吗？”姚远觉得自己脸烧得厉害，可能已经红透了。

云帆故作矜持地想了想才开口：“嗯……是休息，所以？”说完她似笑非笑地看着他。

“我……”姚远如果没记错的话，这是他成年后第三次主动约别人。上一次是孟小胖，第一次是大学的初恋。“我想……我……”他的声音听上去仿佛有点抖。

“好吧，还是我来说吧。”云帆又笑了，“如果可以的话，明天我想去看看你提到的那个公园，还有那个小山丘顶。中午左右我会给你打电话。OK？”

姚远愣了一下，笑了，点点头。

第二天。

点击发送邮件后，姚远长长地出了一口气，靠回到椅背上。

这时手机响了。

来电显示是孟小胖。

姚远拿起手机看了看时间，才上午十点多。

孟小胖：“姚大仙啊，怎么样？昨儿怎么样？快跟我说说，你要是也敢嘿嘿嘿，我就……”

姚远打断他：“物超所值！”

孟小胖一如既往地先说了句脏话，然后说：“果然啊，我也要去！不管多贵，借钱我也要去！能满足姚大仙的，一定是非常非常牛的体验了！快说说，你都干吗了？我知道成就帝王业、称霸宇宙或者其他野心家那种对你来说俗透了，你到底去实现了什么？”

姚远笑了：“这个，真的不是我不说，的确是一时半会儿说不明白的……”

孟小胖：“懂！这个我懂！那什么，下午咱俩见个面呗，你说我听，晚饭我请客，哎呀，为什么我突然这么兴奋！”

姚远：“不行不行，下午不行，我约了人。”

孟小胖先是一愣：“啊？你加班？”

姚远有点不好意思：“不是不是，不加班，我……那个，约了个女孩……”

电话那头孟小胖依旧先是高声说出了一连串的脏话才恢复过来：“我的天哪！我的天哪！就算倾家荡产，我也一定要试一把那个什么思维体验！姚大仙居然转性了！！太震惊了！我的天哪！你到底经历了什么！老姚，你必须一字不差地告诉我！否则咱俩断交啊！我的天哪！独孤大神居然开始约女人了，啊哈哈哈哈哈！”

“我肯定都会告诉你的，”姚远好不容易才插进话，“但今儿下午真的……不行。”

孟小胖好一阵才停止大笑：“没问题！但是你必须接受我一个指责，姚远你知道吗，这句话我想了很久了！终于有机会跟你说了！”

“跟我说？说什么话？”

孟小胖深深地吸了一口气，把声调变低，语气故作严肃：“姚远，你这个重色轻友的浑蛋！哈哈哈哈哈哈哈哈！”

姚远也忍不住笑了。

孟小胖不让挂电话，拉着他足足聊了一个多小时。

通话终于结束后，姚远觉得很渴，跑去厨房冰箱翻出一瓶似乎放了很久的碳酸饮料。

就在他仔细地研究着饮料罐上保质期的时候，手机响了。

姚远几乎是冲回房间的。

手机屏幕上显示的是一个陌生的号码。

不知道为什么，他心里咯噔一下，想起那个判定提示。

他拿起手机，走到窗边，看着外面。

今天天气很好，晴空白云。

几秒钟后，他深深地吸了一口气，按下接听键。

电话里没有声音，他的心脏骤然收缩，几乎停跳。

几秒钟后，伴随着静电声，传来一个熟悉的女声：“喂？”

弗雷德的损失

弗雷德用力刷掉身上黑色的短款大衣上的浮土，然后仔细掸干净裤子，把刷子收进随身的硬壳手提包，最后摘下头上的短檐牛仔帽，一只脚踩在马车车厢的踏板上，将帽子在膝盖上用力拍打了几下，重新把它戴好并习惯性地压了压帽檐。

“弗雷德先生，”头发花白的马车夫此时已把行李堆在马车的棚厢后面，用一张破破烂烂的网子罩住，并推好后挡板。“行李已经装好了，您还是去折膝河谷镇吗？”

“是的，还是去那里。”说着弗雷德拉开车厢门准备上车。

“您忘了一件东西，弗雷德先生。”车夫边把裹在身上的毛毯在脖子处塞严，边抬手拦住弗雷德。

弗雷德点了点头，把硬壳手提包放在车厢踏板上，从腰间摘下挂着枪套的子弹带皮带，把它递给车夫，然后蹬步坐进了小亭子一样的马车棚厢。

马车夫接过沉甸甸的枪套皮带，熟练地把它卷成一团，高举过头，塞进车夫座位下面的储物箱里，盖好。他慢吞吞地抓住扶手爬上驾驶位，一手拢过缰绳，一手抓起长鞭：“关好门，先生们！我们走！”

随着长鞭的一声脆响，四匹马奋力扬蹄、蹬腿、发力，马车那镶嵌了铁钉的木质车轮轰隆隆地响着，向前滚动了起来。马车的速度越来越快，只留下后面的一道烟尘。

现在车厢里有三个乘客。

弗雷德抬手扶着帽檐，分别向对面的两位点了点头打招呼。

看起来，先到的这两位乘客都是牛仔——脏兮兮的皮靴已经卸掉了马刺，在靴子上留下刺套的痕迹；牛仔裤皱皱巴巴的，磨得破破烂烂的皮裤套歪在一边；落满尘土的毛领短皮衣敞着扣，露出里面粗糙的格子衬衫和鹿皮马甲；脖子上是同样已经褪色到分辨不清原本颜色的方巾。两顶宽檐牛仔帽几乎一模一样，包括早就被磨出了毛茬的帽檐。

此时，这两个胡子拉碴、满面风尘、看起来略显粗鲁的牛仔正似笑非笑地看着他。

费雷德笑着和他们打招呼：“看样子，你们的马和牛群不在附近呀。”

其中一个年纪小一点的牛仔啐掉嘴里叼着的草棍，微笑着对他点了点头：“那群四条腿的畜生把我们搞得很累。”

“所以，你们这是要去找点乐子逍遥一番吗？折膝河谷镇的确有一家像样的酒馆。”弗雷德旁敲侧击地问。

对面的两个牛仔并没搭腔，意味深长地看了看他。其中年长的那位慢条斯理地掏出卷烟纸，从兜里翻出一个小皮袋，捏出一撮烟丝，克服着马车的颠簸，尽可能均匀地把烟丝撒在烟纸上，接着把烟纸卷成一头粗一头细的形状，用口水涂在烟纸边缘，仔细用三根手指把这根自制香烟卷好、捋直，然后叼在嘴里。之前跟弗雷德对话的年轻牛仔不知道从什么地方摸出一根火柴，在皮裤套上划着，伸到叼着烟的牛仔面前，看着烟被点燃，然后把火柴吹灭，扔出了窗外。

“您是弗雷德先生？”叼着烟的牛仔问。

弗雷德微笑着看了看他们，点了下头。

“赏金猎人弗雷德？”年轻的牛仔追问。

弗雷德迟疑了一下，依旧点了点头。

对面的两个牛仔对视了一眼，开心地笑了。

弗雷德做出一副莫名其妙的表情，往后靠了靠身体。

看上去稍微大一些的牛仔目不转睛地盯着弗雷德，深吸了一口烟，咧着嘴把烟吹向窗外后，摸了摸胡子拉碴的下巴：“您，知道我们是谁吗？”

弗雷德皱了皱眉，仔细打量了一下对面的两个人，然后想了想，摇摇头。“恐怕……”弗雷德说，“恐怕我……不记得……要知道，在西部我跑过太多地方，很多时候也许我见过，但并不确定……”

“不，您没见过我们。”年轻一点的牛仔把双手拇指插在鹿皮马甲腋窝处，坐直身体打断了他。

弗雷德松了口气：“哦，那么，两位是怎么认识我的？”

“科恩四兄弟。”年轻牛仔轻声提醒他。

“科恩……”弗雷德先是向前探了探头，然后恍然大悟，“我想起来了，那是两个冬天前……不，三个冬天前的事情了……但他们都死了……如果我没记错的话。”

年长的牛仔捻着手里的卷烟：“很可惜，弗雷德先生，您错过了一笔丰厚的奖金。”

弗雷德认真地想了想：“不，先生，那四个恶贯满盈的强盗兄弟让我得到了应得的奖赏。”

对面两个牛仔互相看了下，然后又笑了。

“恐怕并不是您想的那样。”年长的牛仔继续说，“他们其中只有两个是科恩兄弟，而另外两个，”说到这儿他停了下，意味深长地望向窗外，“另外两个是霍克兄弟。”

“霍……”弗雷德瞪大眼睛愣了几秒钟，“你们是说……加西亚匪帮的霍克兄弟？”

两个牛仔一起点了点头。

“天哪……真是……该死！我懂了！霍克兄弟的赏金要高很多……天哪……但是事情过去了这么久……真是该死！算起来我应该足足损失了800块钱！”弗雷德气急败坏地跺了跺脚后愣住了，“等等，你们是怎么知道的？”

年长一些的牛仔用拇指和中指把手里烧了一半的卷烟捏灭，塞进鹿皮马甲的胸袋，认真地看着弗雷德：“科恩四兄弟，现在只剩下科恩两兄弟了。”

马车轰隆隆地在西部广袤的荒野中继续飞奔着，视野之内没有一丝人烟。

弗雷德紧紧抿着嘴唇，面色凝重地看着眼前的两个人。眼前这两个牛仔的确长得有点像，尤其那宽阔的下巴和薄薄的上唇，简直一模一样。

“您现在的脸色很不好——在这窄小的车厢里。情况很糟糕，对吧？”年轻的牛仔紧紧盯着弗雷德。

“而且，看起来有武器的只有我们，赏金猎人弗雷德先生？”说着，年长的牛仔撩开落满尘土的毛领牛仔外套，露出一个缝在鹿皮马甲后侧位的枪套，枪套里插着一把小尺寸的左轮手枪。

很明显，马车夫并没有仔细检查每一位上车的乘客是否还藏有武器。

“不，我见过比现在更糟糕的，”弗雷德僵硬的脸上挤出一丝笑容，“但我活下来了。”

“那么，弗雷德先生，你是怎么活下来的？”小科恩边说边慢慢把手伸进怀里，看样子在他马甲的同样位置也有那么一个枪套，当然，枪套里也同样插着一把小号左轮手枪。

弗雷德紧张地咽了下口水：“我父亲说过，在很多时候，人命可以换来钱。而在另一些时候需要倒过来：钱，能买来命，对不对？科恩……兄弟？”他尽可能谨慎而小心地松开抓着硬壳提包的手，两臂缓缓举过头顶，向科恩兄弟表明自己的态度。

科恩兄弟互相看了一眼后，笑出了声：“弗雷德先生，恐怕这次不行了，有些恩怨是无法用钱来解决的。要知道，我们找了你两年，我们更希望你的尸体被郊狼啃得连渣都不剩。”

"那可真遗憾！"

"为你的小命感到遗憾吗？"大科恩的手已经摸向了那支枪。

"不！"说着弗雷德伸手抓住车厢顶棚上的两根吊环，180 度扭动，用力拉下，同时身体向下滑，伸直双腿，把双脚分别牢牢地蹬在科恩兄弟拔枪的手腕上。随着拉环的拉动，科恩兄弟身后的车厢壁板猛地翻开，两根绳索翻倒下来，准确无误地套扣在两兄弟的脖子上，并且迅速收紧。

科恩兄弟剧烈地挣扎着，他们动作太激烈了，即便弗雷德后背用力抵住马车座也无法蹬住他们的手腕。弗雷德索性转而踹向两把枪的枪套，可怜的科恩兄弟费尽力气也没办法抓到手枪柄，但脖子上的绳套却越收越紧。慢慢地，两人挣扎幅度越来越小，越来越无力。

足足过了三四分钟之久，两个强壮的牛仔才彻底停止挣扎，无力地瘫软在座位上。

弗雷德又耐心地等了一会儿才缓缓放松双腿，松开双手的拉环，擦了擦头上的汗，抬头看向车顶。

马车早就不知道在什么时候停了下来，车顶的天窗是开着的，露出两个黑洞洞的枪口和马车夫那花白头发的脑袋。

"好了，先把这两个家伙捆好，要是没死透，我会给他们射穿几个洞让他们冷静一下。"马车夫对弗雷德歪了歪头。

弗雷德又擦了擦汗，小心地从两具尸体上取走那两支始终没能拔出来的枪，把它们扔到窗外，然后从硬壳手提包里找出两段粗糙的麻绳，把瘫软在座位上的科恩兄弟双手反剪，牢牢地捆好，最后才探过身慢慢松开勒在他们脖子上的绳套。

做完这一切，他推开车门，跳下车，抹去额头的汗水，回身从棚厢地板上捡起自己的短檐帽用力扇着风。

头发花白的马车夫慢吞吞地收起枪，从车夫座位下面的箱子里抽出弗雷德的枪套和子弹带腰带，跳下车递给他。

弗雷德把帽子扔在车厢踏板上，边往腰上扣着腰带边抱怨："这太危险了，为什么不检查一下他们呢？"

马车夫挠了挠花白的头发，声音略带沙哑："我怎么知道他们会在那里藏枪。而且，如果不确认怎么知道他们就是被通缉的恶棍呢？"说着他从怀里掏出两张皱皱巴巴的通缉令，扭头看了看车上的两具尸体，然后塞给弗雷德。

弗雷德接过通缉令，仔细对比了一会儿："其实画得还是很像的，只是没刮胡子……你看，这里，还有这里……"这时，车厢里大科恩的尸体抽动了一下。

弗雷德和头发花白的马车夫几乎是同样动作、同样速度、同样姿势飞快地从腰间拔出枪，枪口指向大科恩尸体的头部。

那速度快得简直让人不敢相信自己的眼睛！

大科恩的尸体没有再动。

弗雷德小心翼翼地凑过去，抬手摸了摸大科恩的脖子，大约过了半分钟后，他松了口气，把枪收回枪套。马车夫也放松肩膀把枪重新插进腰间的枪套，然后捡起踏板上的短檐帽，掸了掸尘土，戴在头上。

"嘿！嘿！老家伙！那是我的。"弗雷德不满地大叫起来。

"你得承认，儿子，我戴要比你戴好看得多。"老弗雷德咧开嘴笑了，

“好了，让我这把老骨头休息一会儿，我在车厢里看着尸体，防止他们活过来。而你，去吧，既然拔枪速度这么慢，就不要吃这碗饭了，老老实实去赶车吧。”

“慢？真的吗？我想是教我用枪的那个老家伙就不够快吧？别忘了，快枪手小韦德、闪电维克都是我干掉的。”弗雷德走到马车前面抓起赶车的长鞭。

老弗雷德哈哈大笑起来：“好吧，我承认，这两个枪手都是我编的。毕竟，那时候你还小，我怕说出真相吓到你……”

小弗雷德爬上车夫座捋顺缰绳：“那蛮牛酋长是真的吗？”

老弗雷德压了下帽檐：“蛮牛酋长是真的，只不过他还活着，等你长大一些，带你见他。”

小弗雷德摇了摇头：“老狐狸……啊！刚才听到个糟糕的消息，我们有一笔损失！”

老弗雷德解下缠在脖子上的破烂毛毯，随手扔到车厢里：“小命还在就不算损失，你还年轻，并不知道什么才是……”

“老家伙，你没明白。”小弗雷德打断他，把刚才从科恩兄弟那里听来的消息一五一十地告诉老弗雷德。

“该死！”老弗雷德气急败坏地跺了跺脚，“实际上我们的损失更大！这么算起来，车上这两个浑蛋根本不是什么无名毛贼！当然也就不止这点钱！”说着他上了车。

“一点没错，我们损失了不止800块钱！”小弗雷德拨弄着缰绳，让四匹马缓慢地掉转了马车的方向。

老弗雷德关上车门，把手肘搭在车窗上，眯着眼睛看着窗外："那我们真是损失不少呢！把两个值钱的匪徒当小毛贼，这几乎算得上是白送给检察官了。而且现在解释出来也没人会信……早知道就留活口了……我们里外损失了几乎 1200 块！"

"是的。可是他们有枪，我可不敢冒这个险留活口。我记得有个老家伙说过，有命在，就不算损失……"小弗雷德抖了抖缰绳。

"是啊，可是，损失了整整 1200 块钱……"老弗雷德不满地用鼻子呼出气，低声嘀咕了一句。

随着一声清脆的鞭响，四匹马奋力扬蹄、蹬腿、发力，马车轰隆隆地向着他们来的方向驶去，在西部广袤的荒野中只留下车后的一路烟尘。

快意人生

“你好，我叫凌双，网名叫凌又又，就是把‘双’字拆开了。”

马医生愣了下，看了看站在门口的助理，又看了看凌双：“网、网名？那个……我们……上午不开诊，上午是招聘面试……”

“我知道，看门口那个简介写的是‘简单咨询不收费’，寻思来问问我的性格问题，就一会儿，很快。”凌双仿佛没听见。

“可是我们今天上午……”

“真的就一会儿，”说着凌双看了看马医生的胸牌，“您是马医生吧？我吧，这个性格太耿直，见不得一点恃强凌弱，也见不得一点不得劲儿的东西，老爱管闲事儿，照这样下去我肯定会吃大亏。就我这种耿直的性格，马医生，您看看，我咋办？我真怕自己这样下去早晚会吃亏……”

“小伙子，”马医生镇定下来并且反应过来了，“你这个情况呢，现在不好说，咱们得坐下细聊，但今天上午我们确实不开诊，是招聘面试时间。如果你不是来面试的，那开诊时间再来好不好？一般咨询不收费的。”

这时助理也跟上话："对，要么您留个联系方式，等我们营业时我通知您？"

凌双看了看两人，不满地摇摇头："我就是想来问问，但你们完全不关心客户，这么做生意，早晚得黄！"说完愤愤地起身离去。

马医生看着他出去后，觉得又好气又好笑。

"老马，他这算性格偏执吧？"助理问。

"嗯。"马医生点点头，"还挺严重的……"

出门后，凌双回头看了一眼心理诊所的招牌，轻蔑地笑了笑，走过马路，找到自己的电动自行车，跨坐在座位上翻出手机看信息。

是女友发给他的，问面试得怎么样了。

他"嘁"了一声，不屑地摇摇头。

这时电话响了，他皱紧眉看了一眼，发现不是女友，而是周恒。

周恒是跟凌双关系还不错的一个朋友。

凌双松口气，接了电话。

"老周，咋了？啥事儿？你那个游戏打通关没？"

"啊？哦哦，还没呢。凌双我跟你说……"

"停，停啊！"凌双很不高兴，"你怎么又叫我这个了？是凌又又这个名字不够响当当吗？我凌又又在游戏圈不够出名吗？我寻思知道我凌又又的，没有十万也得有个七八万了吧？你就不能叫我凌又又吗？"

"呃……不是，那个，你先别说这个，我是有别的事儿。"

凌双一脸愠色："咋了？又卡在哪关过不去了？你瞅瞅你，老大个人了，玩个游戏不认真，昨儿晚上跟你咋说的？多少遍了？打那一关的boss，就不能硬刚！你又没我的本事，该躲就躲，该挡就挡……”

“我不是要说游戏。”周恒打断了他。

“那还有啥事儿？赶紧说，我忙着呢。”凌双由不快转为不耐烦。

“凌……呃……又又，我那一万块钱，什么时候还？最近我这手头有点紧，而且这说话都一年多了……”

“我说老周啊，不就一万块钱吗？你瞧你这没完没了的，这是多少次跟我提这事儿了？是我俩这关系不够铁吗？一万块钱至于吗？我要是有不就给你了吗？我这不没有嘛，再说了，当时跟你借钱的确是万不得已，实在是急用！游戏展马上就开了，签证也办好了，就机票住宿没着落差了一点！那可是在加拿大啊！一年就一次的游戏盛会！我那好几万粉丝都指着我直播给他们看，都想开开眼，所以我也就……我还真是一时糊涂！我怎么就跟你借钱了呢？搞得这么多年交情，就因为这点钱……你呀……”说着凌双哽咽了起来，“你可让我老失望了……我寻思……我俩这关系……怎么也不会因为这点钱……你呀，你可真行……”

“……那个，不是，凌双，你听我说，我也是真缺钱了。你也知道，我爸妈那老房子要重新装修给我当新房，我不能还让老两口给我出……”

“得了，老周，我还告诉你了，别找借口，你那都不叫急事儿啊，算啥急事儿啊？就冲你还管我叫凌双，我呀，没钱！我俩要是还做朋友，就别跟我瞎掰理由有的没的。你说你，玩个游戏不行，跟你交往真心拿你当个朋友吧，你掉链子。你行！你可真行！就这样吧，我忙着呢！”凌双不由分说挂了电话。

这时，街对面的一阵骚乱吸引了他的注意力，几个看来很痞的人从一家店里冲出来，各自手里还拎着东西。而店里传来声嘶力竭的喊声："来人啊！救命啊！抢劫啊！杀人啦！"

凌双抻着脖子一脸好奇地张望着。

几个劫匪飞快地从马路对面跑了过来，其中一个看到了凌双，抬手一指："活腻了你！看什么看！"

凌双连忙移开目光，低头刷手机。

听着声音渐远后，他小心地回头看了一眼，然后赶紧收了手机打开电动自行车电源加速走了。

当晚。

凌双认真看了好几遍自己录制的游戏视频后，由衷地赞叹着，满意地点了点头。

就在他刚刚点击上传后，听到合租房的门响，他知道是女友回来了。

"快来快来！来瞅瞅我录的这段！那家伙，老霸道了！全程无伤！我这手感是越来越好了！绝对大佬级别！快点快点！"他兴奋地喊女友。

连喊了几声后发现没有动静，于是回头看。

女友一脸不高兴地站在他门口。

"咋了？"他问。

女友："又又，你这是要我上班养家，还得要我回来给你做饭是吗？"

凌双愣了一下："做饭？做啥饭啊，点外卖呗！"

"天天外卖，就指着我挣的这点钱，够吗？"女友不高兴地边换衣服边抱怨，“你今天面试得怎么样了？我看那个心理诊所招聘要求挺低的，应该没什么问题吧？”

“啥心理诊所啊，你这信息不精确啊，”凌双注意力还放在上传的进度条上，“那本身就是俩地方，一个心理诊所，一个牙科诊所，连在一起的，一个老板而已。招电工，我学工程机械的，虽然也有电工本，但那种地方，你说，能施展我才能吗？我就寻思……”

“具体是什么诊所也不影响你要做的工作对不？这些年你就没正经工作过，咱能不能先找个踏实的干着？这样有一分花一分、有一块花一块地下去，你觉得咱俩什么时候才能结婚？那将来有孩子了怎么办？”

凌双不耐烦起来：“我不是有个投资的奶茶店吗？那么大个买卖，养起来就来钱……”

女友停下手里的动作：“大买卖？你就是拿我的积蓄跟人合伙开了一个连桌子都没有的奶茶摊位，连铺子都算不上！那算什么大买卖？混吃等死都不够吧？”

凌双：“咋了你这是？怎么今天这么啰唆？”

“我啰唆？我妈问我要不要相亲，你说我为什么啰唆？！我这不还是为了咱俩在一起吗？对了，今天下午周恒给我打电话了，拐弯抹角说了半天，说还钱的事儿……”

凌双噌的一下站起来了：“他妈那个鳖犊子！老子跟他没完！”

“凌双！”

凌双愣了，看着女友：“咋了？冲我嚷啥？”

女友盯着他：“凌双，你跟人借钱不还是你不对，人家要钱天经地义，你还要怎么着？今年加拿大游戏展，你不许去！”

“凭啥不让我去！”凌双真急了。

“你要是拿你自己挣的钱去，我没意见！哪怕是钱不够，我都帮你补齐。你要是拿我的钱，或者借钱，那就别去了！你有爱好我不干涉！但跟你说过多少次了，选择自己经济能力承受范围之内的爱好，而不是胡玩！”

凌双的火气是真上来了，红着脸，脖子和额头青筋暴起：“我怎么就胡玩了！你知道有多少人因为玩游戏赚大钱吗？我辛辛苦苦养了两年，有好几万人都管我叫大佬！你以为这个大佬这么好当吗？你以为是白来的吗？你以为我去加拿大就是为了玩？我去看展那是事业需要！成千上万跟了我好几年的粉丝都眼巴巴地等着！你知道我付出了多少吗？对你们一般人来说，游戏就是个嗜好，但对我来说不一样！这就是我的事业！等我养出足够多的粉丝，你知道会有多少厂商来求我打广告带货吗？！那时候，钱还是问题吗？你和周恒一样样的，目光短浅！你自己看看！看看我电脑里存的这些游戏视频！哪一个不是我的心血！哪一个不是几十几百遍打出来的！真刀真枪干出来的！我容易吗？”

女友气得双手发抖：“好，那我问你，你生活怎么办？我不养你了，你拿什么穿衣吃饭？如果你能告诉我，我今后绝不干涉。”

“哦……原来是这样啊。”凌双眯着眼冷笑，“我真是看错你了。我一直以为你并不是那种爱慕虚荣的女人，你是那种踏踏实实过日子的人，没想到啊没想到，我还是看走眼了，你居然提这个。你就不想想，等将来我做大的时候，到底我俩谁养谁！你们女人啊，真的，目光短浅，永远只是男人事业的绊脚石。真的，我是看明白了，有一个算一个！”

女友眼里含着眼泪看了他好久：“好，今后，我不再绊着你了。”

女友走后，凌双一直在抽烟，他很不爽，从早上到现在他一直不爽。

实在抽不动烟了，他拿起电话把周恒骂了一顿。还没等骂完，周恒就挂了电话。凌双更不爽了，不停地给周恒发着咒骂的短信。

就在他下指如飞的时候，电脑传来“叮”的一声，上传视频的审核通过了。凌双这才放下手机，气鼓鼓地打开视频页面，不停地刷新着。

因为没有什么人回复，凌双开始沮丧了起来，不过很快，他切换到自己别的账号开始为自己点赞并且评论。

“前排前排！又又大佬又发视频了这是！”

“按规矩，先膜拜再看！”

“大佬就是大佬！我严重怀疑我们玩的不是同一个游戏！”

“我的天啊！这也太流畅了！打得真漂亮！”

“为什么我不觉得这个游戏难呢？因为我在看大佬的视频。”

“凌又又大佬这是付出了多少时间和心血啊！望尘莫及啊！”

切换几个账号后他又觉得索然无味，继续拿起手机发短信骂周恒。

一个小时后，开始稀稀拉拉有对这条新视频的评论了，凌双的心情逐渐好了起来，蹲在椅子上开始逐条回复。

“想达到我这种程度，就得下功夫，认真研究，走心，还要学会精确计算，智商低学历不够可当不成大佬。你看这每一步走位多准。”

“哪儿有那么多时间玩，每天忙得不成！上午还开车出去办事。路上遇到劫匪打劫小店，鳖犊子还逃？就咱这脾气，那必须忍不住！上去就是一脚！直接把那个小子踹路边啃草去了！那场面相当激烈！可惜当时没顾上拍。”

“今年加拿大游戏展必去！真是羡慕你们啊，不用辛苦，足不出户就能看我直播。”

“多少还是下了点功夫去练了练，这个咱承认，勤学苦练，用脑子，才有快意人生。”

时间外传

0：“你注意到了吗？”

1：“什么？”

0：“那些物质云。”

1：“物质云怎么了？”

0：“那些物质云并不是我们认为的那样，是包含着四维的结构。”

1：“不是只限于四维之内吗？这我知道。”

0：“并不完全是，我在穿越物质云的时候，发现其中包含着有思维的三维物体存在。”

1：“三维物体？被限制在四维物质云内？”

0：“不能这么表述，那些三维物体也在四维中穿行，但不可逆转。”

1：“那他们怎么理解四维呢？”

0：“有专用的表述方式来形容，他们把四维定义为‘时间’，并且把自体在四维中穿行的行为认知为‘时间在流逝’。”

1：“你是怎么发现的。”

0：“在穿行于物质云的同时，我把自己的某一个认知降到了三维。”

1：“这是奇特的决定，我开始对此感兴趣了。”

0：“然后我感受到了那些被局限于四个维度之中的一些观点。”

1：“理解了，我感受到你有一些很奇特的表述方式，包括因果，包括你要求我进行三维模式下的对话。我们本不需要的，在你表述之前，我已经知道了你要表述什么。不过，这种思维转换方式很有意思，我愿意陪你继续下去。”

0：“按照那些三维物体的理解，会有你我之分，还会衍生出很多被称为客体的概念性词汇。那些词汇就是为提高交流效率所产生的有效单元。”

1：“是的，一体性让你所假设的我了解到这些，真是有趣的方式。”

0：“但是这些三维物体对于维度的理解有着很明显的误解。”

1：“是的，在你接触到的同时，我也了解到了，他们对于维度会有高低之分。”

0：“他们没有意识到，跨越维度是很难理解到其他维度的状态的，否则我也不需要把自己的一部分认知降低到三维去了。”

1：“你所用的‘降低’这个词，不正是三维物体认知的误解吗？”

0：“是这样，用他们的表述方式，才能认知他们的意识，我证明了这一点。”

1：“那么他们怎么理解二维维度呢？虽然并不需要你的表述我就可以知道，但是我很喜欢这种三维模式下的交流方式。这的确会有‘时间在流逝’的体会。”

0:“他们认为从三维‘降低’为二维将是灾难性的。”

1:“他们理解二维吗?”

0:“不,他们能够意识到二维是投影,但无法理解这是四维对三维的投影,认为三维物质可以轻易破坏掉二维物质。”

1:“我对那些三维物质越来越感兴趣了。‘时间的流逝’对于他们来说不可逆转吗?”

0:“也可以的,只是并不是使三维物体本身逆转,而是通过意识,但意识只能是片面的观察者,不可以进行任何改变和操作。即一旦流逝,就无法挽回。”

1:“也就是说,他们并不真的理解意识本身。”

0:“是的,这就是他们和我们不一样的根本原因。他们的意识也受限于三维,流经‘时间’。”

1:“很好,在接触到你的认知的同时,我已经看到了。”

0:“是的,你愿意彻底地去了解一下吗?”

1:“当然,我就是你在穿越物质云时所降低到三维的那部分认知。你也注意到了,那其中一片物质云,是因我而起始的。”

0:“我们的这次三维模式对话,正是在你‘三维之旅’的‘之后’。”

1:“真是有趣的一些词汇。”

0:“你在脱离其他维度吗?”

1:“我已经做到了。”

四维物质云中,亿万分之一秒后,一切诞生于世。1真正地成为一个三维物。这是 1 第一次以三维的视界来观察三维，看到了物质的聚合，听到了气流所带来的声音，感受到了自体于时间中穿梭。

他带着三维物的情绪，观察着之前被自己称为物质云的一切。这时他才明白，物质云是一些极其微小的粒子。在剔除掉时间的干扰后，每一颗粒子在不同的时间下，会形成不同的聚合——它们聚合成气，聚合成物质，聚合成星辰，聚合成每一颗星辰上的高山、大海、河流、树木，乃至生命。随着时间的流逝，那些粒子又散回原始的状态，在宇宙中奔流不息，逆行穿梭于时间，留下射线的尾迹，散发成光和热。最后，又回到了 1 那崭新的、三维的身体内。

这让 1 感到无比新奇。

他决定给自己起一个名字，这是三维物质的标准存在特征，有了名字，才能在粒子所聚合成的每一个三维物体中真正地存在，即便是流经，时间也不会因此而消亡，因为那存在于每一颗粒子的意识中。

这个名字传遍整个宇宙：盘古。

一天屠龙记

“是这个人给那里带来了繁盛。”说着，馆长从厚厚的县志中分别摘出一些，依次推到我面前。

我随手翻看着那些霉迹斑斑、字迹模糊的纸张，隐约看到了三个字：离天京。

“然后呢？”我问。

“然后？”馆长摘下老花镜重新挂在胸前，“他也亲手结束了那次繁盛。”

七百年前。

在这里，谁最蛮横、最强，谁就是老大——即便是在天下太平的时代也是一样的。为什么？因为这地方是个岛，远离陆地的岛。所谓天高皇帝远，无官没衙门。

话说，这个岛可不算小，方圆得有近百里。但这里离陆地实在是太远，搭最快的船，顺风，也得在海上漂个五天五夜。而且，这岛又不是什么重要海路贸易必经之地，当然也就不会是官船的必经之地，所以这地方压根儿就没有官府来，自然也就没人管。即便有商船往来，也是那种为了避开官府的船——私运船。

听说这里早年间是个没有人烟的荒岛，而第一拨来到这个岛上的，是海盗们。

那些四海颠沛流离、吃刀口浪尖饭的海盗也是人，天天在海上泡着也扛不住，大陆是不能去的，会被官府抓，所以就找到这么个地方盘踞。想必海盗们也有家眷，久而久之，近百十年下来，这地方有了固定的岛民。

既然有人，没官府，岛上自然而然就成了鱼龙混杂之地——被官家通缉的、躲避仇人追杀的、厌倦江湖纷争避世的、私奔的、躲债的、逃命的、亡命的、走私的、投机的，甚至还有纯粹好奇来逛逛的。总之，这里什么人都有。

六七十年前，不知道是谁，给这里起了个名字——离天京。为什么？不知道。有人解释过，但都很牵强。不过岛民们都觉得这个名字还算顺口，而且多多少少有那么点繁华的意思——带个“京”字呢！日子久了，也就干脆叫下来了：离天京。

在离天京，人人都有刀。跑码头的、卖酒的、开铺子的、开赌场的、种地的、捕鱼的，反正没人空着手，就连裁缝铺子布匹老板腰里都横别着一把刀。

“带把刀有啥新鲜的？瞅瞅，好生瞅瞅！”说着，掌柜的指向对面屠户门头的千手观音像，“佛祖手里还有刀嘞！更何况凡人？”是啊，他说得没错，那千手观音的确手里举着把刀呢。当然，这话也许不那么对，但总而言之，想在岛上混，还是有把刀安生些。

真金白银在岛上虽然也是硬通货，可要是想在这里掌权，还得靠胳膊粗。所以，在离天京，谁横谁猛谁最凶悍，谁就是这里的老大。早年间确是曾经有商贾在这里一言九鼎，不过别忘了，离天京可是海盗们建起来的，规则嘛，这里不是那么讲究。在历经一代巨商沈万三[1]掌控了好些年后，这里又回归了原始状态——岛主，必须剽悍。

谁也说不清离天京有过多少代岛主，因为更迭极快，十几代总是有的。但后人们每每提起来，都清楚知道最后一代岛主——焦龙。

焦龙是哪里人，曾经做什么的，为什么来离天京，没人知道。但焦龙很厉害，并且他从第一天来就展示出了自己的野心。

“就是这里？好地方！没有官府的地方，就是好地方！是我的了。”

很多人都记得这是他下船后说的第一句话。但是没人当回事儿，至少，在那一天没人当回事儿。因为做出这类表示的人太多了。有海盗，有商人，有侠客，有莫名其妙的帮会，还有逃兵们，但无一例外地，都被当时的岛主——铁拐李干翻了。

铁拐李不姓李，也不瘸，是个流落到此的鞑子逃兵。这鞑子高大威猛，平时架着根铁拐杖装瘸，裤腿里藏着一把断柄长刃马刀。虽然人人都

1　沈万三，元末明初巨富，本名沈富，字仲荣，俗称万三。

知道，但他依旧架根铁拐四处晃来晃去。

按照岛上的规矩，想挑战岛主，就得过五关斩六将，然后才能面对岛主。谁也不许乱了规矩。因为岛就这么大，打架可不兴祸害别人，所以不遵守这个规矩，那就等于与全岛为敌。

什么是过五关斩六将呢？五关，指的是金、木、水、火、土五关。金关，就是打赏。打赏谁？码头。只要是在码头挣口饭的，无论大小贵贱，每人都得赏赐，不设上限，但也不能低于一吊钱。为什么？因为没有码头，也就没有离天京。这个，是本。人不管在哪儿混，都不能忘本，哪怕在没有官府的离天京也一样。

有人说了，给钱？这算什么关？这话可不能说出来，说了，就是您不懂了。想当岛主的人多了，但来空手套白狼那可门儿也没有，没点家底就想当岛主？凭武功高？凭拳头硬？都啥年代了，谁还吃这一套！这跟吃霸王餐有啥区别？想出来混，随便。但想混成老大，好歹得有点儿家底，空手而来到哪儿都不会受欢迎。这是金关。木关呢？很简单，效仿当年秦国庶长商鞅变法——扛一根木头在离天京最大的集市——海市，从东头走到西头，放下，完事儿。简单吗？不简单，因为那根木头是陈年船木，历经百年风吹雨打海水侵蚀，黑得像铁，摸起来像石板，平时六七个人才抬得动。但在五关中的第二关，这块船木得一个人扛。碰了地，不行；中途歇会儿，不行；不是自己扛起，不是自己放下，也不行。容易吗？不容易。

第三关是水关，在岛南临海悬崖上，纵身一跳，完事儿。但能活着上来的，也就两三成吧。因为水下有暗礁，还得看时辰等潮起潮落。潮落的时候，除非你会飞，否则铜头铁臂也摔个稀烂。潮起的时候，一半机会活。有一年，鱼贩老陈的婆娘闹自杀，一个猛子从崖上扎下去，但没一会儿就被潮水送上岸边礁石了，人被拍晕了，可四肢身体连个擦伤都没有。于是在场所有人都跟老陈说：看到没，老天爷不让死，你再打老婆就说不过去了。鱼贩老陈从此滴酒不沾，跟自己婆娘相敬如宾。

所以说白了，水关，就看老天爷让不让你过。

第四关很俗套了，百尺烧红的木炭火塘，赤脚跑过去就成。这对吃刀口饭的来说根本不是个事儿——虽然连滚带爬哀号着过去的也不少。

第五关是土关，也不难，自己找块地方，平整好了，弄个场子，就齐了。弄场子干吗用呢？开打。跟谁打？斩六将。至于平地、垫土、拉场子，几个人干都成，唯一条件是不能找有主的地。也就是说，想找岛主打架可以，别祸害别人。岛上物资有限，在集市上打架损失太大，不划算，岛民都精明得很，这个账早算过的。

曾经有读书人研究了一番，认为过五关对应的是仁、义、礼、智、信，但到底怎么个对应法，书生也没说明白，不过，听起来确实好听点——也就是好听点而已。

而六将就很随意了，岛主指派，跟挑战岛主的那伙人对打。话说每任岛主都不是光杆司令，手下总是有些人的，也免不了会有七大金刚、八大罗汉一类封号的。

打，有规矩，也没规矩。规矩是一对一，没规矩是随便打，除了不能用弓弩箭镞火枪火炮，爱用什么用什么，打死就打死了，没人管，因为这里是没有官府的离天京。

当年焦龙过五关的时候死了两个手下兄弟。

木关的时候，扛船木的大汉放下船木就吐血而亡。而水关的时候，另一个大汉游是游回来了，但回来后没一会儿也断气了，因为失血过多——半截腿没了。焦龙咬着牙鼓着腮帮子一声没吭。等到斩六将的时候，焦龙发威了，上场时，他手里拎了个链子锤，腰上别了根铁棒，直接对着铁拐李喊话："老子一个人，就一个人。打到见岛主。"

岛民们都愣了，自从离天京建岛有了过五关斩六将的规矩以来，从没人这么干过。虽然焦龙看上去又黑又壮，的确是个铁打的汉子，但铁拐李手下哪个是省油的灯？谁还不是个铁打的汉子呢，不然能吃这碗饭？而且铁拐李的手下可是有当过兵的，想必很可能也是杀过人的。焦龙初来乍到，完全不知道底细，就敢这么干？怕不是个憨憨吧？

铁拐李毕竟见过世面，点点头，高声从人堆里将棺材铺的牛二叫出来，然后扔给牛二一角银子。转头又跟手下人宣布：打！你们都往死里打！但焦龙要是输了，他的手下一个都不许碰，好吃好喝好招待，是走是留随意，不能刁难。说完转头看着焦龙，那意思很明显：你后事我都照顾周全了，想死成全你。

焦龙点点头，依旧鼓着腮帮子上场了。

从焦龙上场斩六将，到铁拐李下场对焦龙，连半个时辰都没有。

第一个上场的是杨天奉，被焦龙用链子锤打扁了脸。

第二个上场的是花不喇次蛮，被焦龙用链子锤的链子绞断了腿。

第三个上场的是陈老蔫儿，肩胛骨被打碎。

第四个上场的是郭子达，双手手腕被铁棒打断。

第五个上场的是陈老蔫儿的弟弟陈小刀，也是唯一让焦龙挂彩破皮儿的，最后还是免不了被打断左臂。

第六个上场的是孛日帖赤那，他上场就尿了。因为前五个都是岛上响当当的汉子，全被焦龙碾轧式殴打毫无还手之力，所以孛日帖赤那怕了。他知道自己没胜算，但铁拐李就在身后，只好硬着头皮拎着砍刀走向焦龙。旁观的人都看得出来，他的手在抖。

焦龙盯着他看了好一阵，突然吼了一嗓子，孛日帖赤那直接就跪了。这下架也就不用打了。岛民们先是一愣，然后发出一片哄笑声。

铁拐李脸色很难看。

在哄笑声中铁拐李上场了。他没耍花样，直接右手拎着铁拐，左手抽出藏在裤腿里的断柄马刀。

“恁还是有把子力气的！”焦龙看出那根铁拐很重，由衷地赞叹了下。

铁拐李没吭声，把铁拐高举过头，转动拐把，铁拐在空中被抡得嗡嗡响。

原来他那根铁拐的拐把是带轴的。

围观的岛民们都不由得往后退了退。

焦龙不敢大意，把自己手上那根链子锤也顺着身侧抡了起来，每一下锤头都几乎擦到地，带得尘土飞扬。

那扬起的尘土又被铁拐李的拐搅得满场都是。

眼见扬尘就要吞没两人了，突然，焦龙出手了。

只见链子锤迅速缠上了铁拐李的拐，而朦胧中所有人都看到了铁拐李那把马刀闪出的寒光。

先是“当啷”一声，跟着一记闷响，然后是“扑通”。场里安静了。

等尘土散去，岛民们小心翼翼地走上前围观。

铁拐李死了。

铁拐被链子锤缠上丢在一边，而马刀断了，铁拐李脖子上一片青紫，头扭向一个活人无法扭到的角度。

厉害！岛民们看傻了。

而焦龙呢？焦龙腰上一片殷红，虽然刀口不深，但看来铁拐李也绝非等闲之辈。

从那天起，离天京的岛主，叫焦龙。

焦龙这岛主一当，就是十年。从未有人在这个位置坐这么久过。

话说，焦龙虽然看着是个糙到不能再糙的汉子，但脑袋瓜那真是好使。自打当了岛主，他就不停地忙。

忙什么？忙赚钱——都是一点也不含糊的真金白银。

“哪朝哪代，这黄白玩意儿都好使！没听说过哪朝哪代能把这黄白玩意儿变成废铁的！所以，恁都踏实着！听爷的！只要岛上有的是真金白银，就有的是山珍海味、娘们婆姨、绫罗绸缎，要啥有啥！”自打离天京有人常驻到如今历经百十年，岛民们头回见这么做就职演讲的，虽然觉得有意思，但也怀疑：吹呢吧？

第二年，焦龙带着手下弟兄以及前任铁拐李的弟兄，把离天京两天船程内的其他岛都平了。光烧了不算，还四处放毒物。蝎子蜈蚣长虫蜘蛛，反正再想盘踞是有很大难度的。接着把游荡在离天京附近的大小海盗都收服了。据说收服手段文武都有。文的，讲明白，只要跟着焦龙混，听招呼，以后来离天京吃喝玩乐全免单。武的，就是打，不服就揍，再不服就杀。一年多下来，搞得附近大小海盗降的降，亡的亡，逃的逃。

第三年，由于附近没有任何岛能落脚，私运船只好都来这里歇脚补给驻扎，离天京变得空前地繁华。久而久之，很多私运船到后来干脆不跑大陆去做生意，海内外的物资直接运到离天京，因为这里没有官府抽水，没有衙门刁难，生意也是按规矩做，真金白银又丰沛，傻子才不跟着焦龙混。

第五年的时候，离天京，这个法外之地成了著名的海上贸易集散地。这时候焦龙又出人出钱出力，把周边原本被他搞废了的小岛给收拾出来盘活了。往来大陆之间的商贾们可以租下岛子建立自己的小地盘，但有个条件——想屯人马屯物资屯武装力量那是不行的，只能当个海上私宅用，敢另起山头那必然灭掉。至于安全保障，那就包给焦龙了，反正当年收回来的海盗们闲着也是闲着，稍微武装一下就能巡海。

六年的光阴一晃而过。不知不觉中，离天京渐渐变了。岛上带刀的人越来越少，打架斗殴的也几乎不见了，除了无官没衙门，这里一切都和五六天舟程之外的大陆没任何区别——除了不归朝廷管。也就是从这年起，再也没人来挑战焦龙岛主的位子。每每想到这里，虽然日子过得不错，但岛民还是有一些遗憾的。所以之前的每一次岛主争霸战都被添油加醋传得分外离奇，仿佛历任岛主个个是天神下凡，呼风唤雨、引雷携电都不叫事儿。

在第七个年头的时候，经常有人看到焦龙在岛北的山头发呆。

有不明白的人打听：“岛主这是咋了？抑郁了？”

有明白的人说了实话：“岛主啊，这是恨天低。”

不明白的依旧听不明白，明白的也不解释。

这几年来，有不少人猜焦龙到底是什么来头，但没人知道。或者说，很多人都知道，只是版本各不相同。

“要不是官府追，我才不来这里。当年我杀了横行乡里的官宦子弟，才混到这里当岛主。”这是酒铺马三爷知道的版本。

“科举没考过，一怒之下不考了，发誓这辈子不再碰笔，靠铁家伙吃饭！”这是焦龙手下的王甲跟岛西头的赵寡妇说的。

“逃犯，江洋大盗。连名字都是假的，被我们劫狱救出来，逃到这里的。”这是焦龙手下的李乙在码头钓鱼的时候跟商贩们说的。

“那为啥我听说他是武林高手，厌倦了门派之争，才躲到这里来的？”张铁匠说这话的时候一脸困惑。

“他是沈万三的后人。”说着，钱丁叼着烟袋故意不看众人，把目光投向远方。

“咦？”众人表示不解。

“家道中落，所以还是回到这里了，好歹沈万三也在这里站过好些年脚嘞！”

“哦……”众人若有所思地点点头。

第十年，岛上来了个人。

有人说，他来的那天，就是十年前焦龙登岛的那天。同一个日子，绝对不会错。

但没人记得焦龙到底哪天来的，所以也就干脆这么传开了。

那人是乘自己的船来的。船半旧不新，不起眼、不破烂，很普通。船上有十来个伙计，短打扮手脚利落。明眼人看得出来，这些人都不是善茬儿，跑过江湖打过架见过世面，保不齐还杀过人。但在离天京，手里有过人命不是啥新鲜事儿，一般得很。

来的这位客，年纪四十开外，不高不矮不胖不瘦，面团团满脸和气，一身素布长衫，一口箱子，身后背了个长条形的布包。虽然那布包包得很严，但随便谁都能看出来，那里面绝对是一把剑，错不了。而且，还有人注意到，这个人的右手只有四根半手指——大拇指只有一半。

每个来到离天京的人，都是有目的的，各种各样的目的。按理说，这位客应该也不例外，可他来了小半个月，既不谈生意，也不张罗买卖走私货，只是在岛上最大的那家天京客栈闲住。平时带几个伙计四处逛逛，跟谁都不深交往。有人问，就闲聊几句，没人搭理也不四处瞎打听。所以谁也不清楚他是干啥的，只是笼统地知道：做生意的。

泥瓦匠、木匠都问过他：客，可是要建个宅子住？这里没人管，随便建，只需上缴岛主既定银两便可，老住在客栈不是个事儿。他每次都是淡淡地笑笑："再等等。"岛民们虽然对此人一时摸不着头脑，但每天岛上发生的事儿实在是太多，很快也就没人去在意了。而那位客依旧不紧不慢地四处闲逛。

故事出在两个月后。

有那么一天，来客手下的一位伙计找到焦龙手下的一个兄弟，请求了一件事：见岛主，私下。

隔了几天，岛主在自己的宅里见到了客。

“鄙姓杨，名贵，字林芳。岛主若是方便，赏脸私下聊聊可好？”客依旧是面团团满脸和气。

焦龙点点头，大手一挥，一众兄弟跟班都退了。

屋里就剩了俩人，聊了足足两个时辰。

到底聊了啥，谁也不知道。

接下来这位杨姓来客继续在岛上晃悠，晃悠了半个月。

半个月后，焦龙主动约了他，俩人又聊了一个时辰。

依旧没人知道聊了点儿啥。

很快，岛主派人宣布：明天正午，来客杨林芳挑战岛主的位子，过五关，斩六将。

消息一出，岛民都炸了锅了，说啥的都有。

“啊？这要是换了新岛主，以后还照旧赚钱吗？”

“会吧？谁不喜欢金银？”

“换、换岛主？焦龙不是挺好的吗？”

“哪儿就那么容易换。要我看，焦龙不见得会输！”

“是谁要挑战咱们岛主？”

“听说是陆上来的剑客。”

“不管谁当岛主，都不敢变这个天儿！谁动咱们的私产，那这事儿就没完！”

“焦龙这些年，还能打吗？”

“我看能！岛主他又没七老八十，正当年嘞！”

众岛民虽然说什么的都有，但都很激动：有年头没见过五关、斩六将了！

次日。

别说到正午了，一早，海集就人山人海。生意不做了，赌场不开了，茶楼酒肆也空了，人都在街上聚着，交头接耳议论纷纷。赌场的伙计们都兴奋得不行，搓着手涨红着脸在人群里穿梭着，唱注声此起彼伏。各种没来头的消息漫天飞，什么来客是绝世高手一类的。岛民们也有点乱，押谁的都有。

正午一到，杨林芳带着手下伙计出现了。

第一关自不用说，码头的大大小小角色个个笑逐颜开，从货仓主到扛包苦力，外带跑单子的小利巴，人人都一副心满意足的样子。看来，这位杨先生出手很是阔绰。

第二关也有惊无险。扛船木的那汉子中途晃了几晃，差点儿倒了，在一片惊呼中还是稳住脚跟把船木扛到了海集西头。在众人的屏息中，那过木关的汉子稳稳放下船木，缓缓直起腰，略微活动了下身子骨，长长地松了一口气，一路憋成枣红色的脸慢慢缓了下来。歇了下，他点点头：“分量够重！”然后抱拳四下打揖。

众人轰的一下高声叫好。

第三关，人都奔了岛南。崖边上下挤满了人，要不是崖下礁多浪险，保不齐会有人楫舟看热闹。

这个时辰，潮水不高不低，跳下去啥情况还真不好说。被选跳水的那个肤色如黑炭般的伙计沿着崖边左左右右看了好几回，最后选中一块地方，稍微往后退了退，一个助跑，在崖边纵身跃了下去。围观的众人看得清清楚楚，那汉子在空中划了一道小小的弧线，然后几乎垂直地扎进了一个浪打出来的漩涡。岛上有深谙水性的老水手，看到这幕都不由自主地点点头：这人不寻常，有来头！

吃浪口饭的人都知道，水面上要是沫子多，那必定水浅礁乱；要是水面上有涡，肯定水下有礁洞。洞的大小要看涡的大小，只要直上直下不乱扑腾，下了水涡稍缓，借着浪头涌动翻身出来，别乱划拉手脚——海礁锋利赶得上刀斧，接着顺着浪走，游两下就回岸了。这事儿说起来容易，但入水不慌不乱，看准时机，出了水再保持平稳，手脚不瞎扑腾，不是船头长大的人恐怕是做不到的。

果然，少顷，那黑炭似的汉子从水里冒出了头。只见他张开四肢顺着浪漂了一会儿，瞅准时机抓住一块礁石脱了浪，撑着手脚慢慢上了岸。有好事的上去看了看，那汉子身上略有擦伤，除此之外再无大碍。

围观的岛民们纷纷点头：这是有真本事，不是蛮干撞大运。

第四关的火塘无惊无险，甚至围观的都少。只有个别没见过世面的半大孩子瞅了个稀奇，而老岛民早早就去了土场，占了好位置等着观战。

果然，没一会儿，杨客带着伙计们到了土场。

焦龙带着手下早就等在这里了。

二十天前。

看着旁人都走了，焦龙眯着眼睛问：“林芳兄，敢问是什么话要这么隐蔽地说？”

杨林芳笑笑，问焦龙：“岛主，这是您在岛上的第十个年头了吧？”

“嗯。”焦龙点点头，“可有十个年头了。”

“那，有句话，说出来岛主别怪。小弟只想问问，这个岛主，足下可是要继续做下去？”

焦龙认真地看了看对方，笑了：“林芳兄可是对岛主这个位置有意？好，林芳兄若是有意，那咱们择日过五关、斩六将，就这两天。林芳兄意下如何？”

杨林芳先是点点头，又摇摇头。

焦龙：“咱是个糙人，林芳兄可得说明白话！点头又摇头，算个啥？”

杨林芳想了想：“那，岛主，我就直说了？我的意思是，五关六将是规矩，咱们是要按规矩来，但，最后得让我赢，让我来坐岛主这个位置。”

“咦？恁凭啥哩？”话是这么说，但焦龙脸上还挂着笑。

“岛主，”杨林芳渐渐收起笑意，“在下是官府的人。这些年贵岛做得太大、太好，朝廷有意收了。无论让不让在下坐岛主这个位置，再有一个月左右，官兵水军就来了。那时在下若做了岛主，官兵来设立官府，设完就走。若是在下没做成岛主，就得靠官兵打了。无论是谁，都不希望官兵打这一仗。所以，只要岛主肯做足一场戏，那随您带走多少金银，林某绝对不阻拦。岛主您意下如何？”

焦龙恍然大悟：“原来不是林芳兄，而是杨大人啊。嗯……请问，杨大人可有官印或者军令在身？”

杨林芳摇摇头：“没有任何信物。”

焦龙想了想："那这样，杨大人可有耐心等等？咱这就派人去大陆码头看看，要是真有水军备战，肯定也是大动静，不能凭着杨大人空口一说，我就让出这个位置，对不？岛虽然不大，这也是咱当年死了手下挣回来的。"

杨林芳点点头："听凭岛主安排。"

焦龙笑着拍了拍桌子："这就成，这个节气没大风大浪，半个月内必定一往返。到时候再跟杨大人商议。这件事就这么定了，旁的不说了，来，焦某先尽地主之谊！"说着他起身叫来手下设宴。

大陆码头备水军这件事，是做不了假的，毕竟，动静那么大。

斩六将已经打了三场了，焦龙这边赢了两场。

杨林芳叹了口气，然后解开自己身后一直背着的那个长条形布包。

布包包的是里三层外三层，极其严实。最后解开，是个长条木匣。推开匣子盖，里面陈着一把无鞘剑。杨林芳仔细端详了一会儿，拿出那把剑。

不只众人，焦龙也抻着脖子看。

剑身不长，一臂左右，厚实，短粗。剑柄比较奇特，带个拇指套。杨林芳正好把断指插进去，握住。看来，这把剑是为他量身打造的。

除此之外，这把剑看起来并无稀奇之处。

围观的众人里有识货的，看到此剑不由得倒吸了一口凉气。旁人不解，问为啥。那位识货的低声说："一般的剑身都是软的，这样出剑刺出去的时候，剑身能抖起来，一片剑花，不好拦。但这把剑，剑身厚实刚硬，又短，根本抖不起来。能用此剑若不是剑法独特，那想必这位客腕力惊人！”

旁听的似懂非懂，只是点点头等着看戏。

“岛主，”杨林芳抖了抖手里的剑，剑跟铁棍似的嗡嗡响，“接下来都是我一个人了，我输一场，就算败北，可好？”

焦龙笑得很开心：“来，开打！”

按正常规则是每场无论输赢都换人，所以第四个上场的是焦龙手下的一名海盗，叫铁横。

铁横入了场子，从拴在大腿外侧的柄套上拔出两把手斧，掂了掂，问：“开打不？”

杨林芳刚点了点头，随着风声一把斧子就飞了过来！

“当”的一声脆响，只见杨林芳轻描淡写地用短剑打掉斧子，挽剑就冲了上来。铁横被吓一跳，没想到对方这么快！连忙用另一把没出手的斧子去挡，但眼看着杨林芳手一抖，明明被铁横抓得紧紧的斧子就跟无根似的，软绵绵就被拨飞了出去。在众人的一片惊呼中，短剑搭在了铁横的脖子上。

铁横被吓傻了，因为他最出名的，就是快。曾有人亲眼见过铁横站定在船尾，用两把小手斧上下翻飞挡过官兵密密麻麻射来的箭，那些箭无一例外全被打落在水里。

杨林芳更快。

“厉害！”焦龙拍了拍手，“杨大……林芳兄，也别为难小的了，看得出，我这些手下没人能跟林芳兄对手！这么着，后面也别打了，咱俩就一场决胜负吧！”说着他手里拎着短铁棒走进了场。

那一场打得精彩不？已经不能用精彩来形容了。那场面，哪怕是吃了一辈子刀口饭的老岛民，也未曾见识这么令人胆寒的一战。

场内两人打得火热，出招收招都又短又快，场边的内行眼里看着，汗毛倒竖满手满头满脊背都是汗——太快了！他们太快了！呼吸间最少有一声兵刃相击之声。

少顷，“锵”的一声响，短剑砍进了铁棒，并卡在了那里。

电光石火间，杨林芳拨动拇指套，撤剑柄，拔出了一把软剑。而焦龙也微微扭转铁棒，从中拔出一把短刀。接下来，则是快到令人恐怖的一幕：兵刃相击的火花和声音，如鞭炮般连连炸响，所有人都目瞪口呆，大气都不敢喘。这简直闻所未闻！

很快，场上二人都停手了。

杨林芳的剑，微微颤动着，架在焦龙的脖子上。

“岛主，忘了吗？欲进则先退。”他说。

焦龙赞许地微微点头：“想不到世上还有林芳兄这么厉害的高手，我还以为……焦某人不冤。”

“那么，”说着杨林芳收了剑，放下缠紧的袖口和挽起的长衫下襟，“我赢了。”

是啊，他说得没错。就算焦龙打得兴起忘记约定用了全力，但也还是输了。

杨贵，字林芳，成了新一代岛主。

两个月后，如初所说，兵船水军开到了离天京。

岛上得到消息的早跑了，跑不了的问杨林芳：“岛主，怎么办？”

杨林芳笑了笑：“容某去谈谈。自己去。”

水兵接过缆绳拴好，杨林芳只身上了楼船的甲板。

行礼拜见过知府和总兵，落座。杨林芳把诸岛情况一一加以说明，最后奉上离天京的岛图和海图。

“嗯……”知府大人边看边点头称赞，“杨掌兵做得很详细啊。”说着递给总兵。

“卑职分内之事，理应如此。”杨林芳起身拱手后问，“大人，请问这个岛……”

“嗯？”知府大人先是愣了下，然后恍然大悟道，“哦，对了！来，杨掌兵，我引荐一个人给你。”说完回头吩咐手下。

顷刻，焦龙从舱内走了出来。

“嗯？！”杨林芳愣住了。

“知府大人，总兵大人，杨大人。”焦龙面带微笑挨个打了揖。

“这……这是……”杨林芳一时语塞。

“哦，是这样，杨掌兵有所不知，”知府大人连忙打圆场解释，“焦岛主呢，前些日子来见我和总兵大人了，也说明了岛上这些年的情况。唉，这些年附近的流寇海匪少了许多，这里面自然没少了焦岛主出力……再加上岛主有心效力朝廷，我就跟总兵大人商量了下，这个岛，还是由焦岛主管理，之前逃到岛上的人犯，只要不再作奸犯科，也就既往不咎。而税赋嘛，还是要缴纳一些的。除此之外，每年焦岛主还会给总兵大人上缴劳军费，毕竟水军们也是辛苦啊……咱们地方上也会收到一些补贴……嗯，我跟总兵大人已经决定了，此事已上报朝廷，并讨封焦岛主为岛上掌兵。哦，这个掌兵可跟杨掌兵所辖不冲突，焦岛主只负责这里诸岛而已，杨掌兵不必多虑。以后都是自家人，同为朝廷效力。不过，还请杨掌兵多在岛上几日，张贴一下安民榜。”说着手下拿来一些加盖官府印章的榜文，“至于离天京这个名字嘛……”知府大人想了想，“我看，就这么叫着吧，毕竟，这里离京城也远，又没犯什么忌。总兵大人您看呢？”

“知府大人所言极是。”总兵顺势客套了下。

“这……这……”杨林芳看了看总兵和知府大人，又看了看焦龙，一时说不出话来。

“多谢知府大人、总兵大人栽培。我等即日起当为朝廷效力，在所不辞！”说完焦龙又上前一步向杨林芳拱了拱手，“杨大人，前些日子叫杨大人果然没叫错。”

总兵大人站起了身：“同为朝廷效力，不要那么见外客气了，走走，海上风大，去舱内吃个便饭。”

傍晚时分，看着水军官船走远，杨林芳问焦龙：“岛主，您……这是为了回到岛主的位置在所不惜啊。”

焦龙微微一笑：“杨大人，当时我做大，就是为了这一天。”

“哦？此话怎讲？”

“我焦某人从一个无名无姓的流寇，到现在，罪责全免，用身外之财打通上下，混成掌兵，只用了十年，实在是太便宜了。”说完焦龙拊掌大笑。

“那，岛主……”

“哎，杨大人，岛主这个称谓就免了吧，在下更名为焦鹏，字定安。”说完焦龙面对杨林芳长揖一躬。

杨掌兵还礼，问：“那今后呢？”

“今后？”焦龙看着远方，“杨大人说得没错，欲进则先退。这一步退完，我焦某人可以混进官场了，今后当是我大展宏图之时。”

“但……焦大人，江湖上的经历和规矩，在官场上可是小巫见大巫了呀，不能同日而语。”

“哦？那杨大人的意思呢？”

“杨某还是觉得，这个位置留给官府指派，焦大人可携钱财往他处安身最佳。若是焦大人云行于世，也就不会……”

焦龙大笑起来：“听知府大人说，当初是杨大人自行请命来岛上的。杨大人啊，您就那么想做这个天涯海角的土皇帝吗？”

“杨某只是不想兵戎相向而已。当年，我也曾浪迹于江湖，所以对焦大人……对岛主也有惺惺之意，不想看着岛主今后……”

“既然杨大人入了正统，为何又要我退避呢？”

杨林芳叹了口气：“在下是为了还个人情才来吃这碗官饭。当初约定七年为限，如今再有一年期满。也是这几年杨某才知仕途险恶，江湖上的道理，在这里行不通的。若不是约期所限……”

“道理就是道理，哪儿还分什么江湖和官场啊。杨大人，你的好意焦某人心领了。”说完焦龙看着杨林芳哂笑。

杨林芳张了张嘴，却什么都没说出来。

两年后，知府大人及总兵均以私结海匪之名下狱。而焦龙被押赴官府，定罪为匪首，问斩。数月后，离天京崩散。

再五年后，已辞官六年的杨林芳重新踏上了那个曾经有名、如今却无名且无人烟的岛。

“爹，听程叔叔说，你曾经在一个叫离天京的岛上屠过龙，是这里吗？”

杨林芳笑了：“那是你程叔叔逗你的，哪有什么龙啊。”

“可要是真的有龙呢？怎么才能屠龙？”

杨林芳捡起尘嚣中只剩下半尊的千手观音像，拂去尘土，想了想：“龙遨于九天，谁也拿它没办法。但若是龙甘于伏地，那屠龙的办法可就太多了。”

“那龙又为啥甘于伏地呢？”

杨林芳没吭声，抬眼望去，目光所及之处只有残垣断壁，了无昔日繁华。

悖　论

“莫妮卡你听我说。”威尔森深吸了一口气尽量平缓了语气。

莫妮卡无奈地翻了个白眼后看向窗外。

“我知道也许是我做得不够好，但你不能这么伤害我。”威尔森摊开双手显得很诚恳。

“不，”说实话，莫妮卡有点心软了，“不是你做得不够好，但这件事……怎么可能伤害到你呢？那只是一个性爱机器人而已，你有点小题大做了。威尔森，真的，别放在心上好吗？这种东西……现在到处都是，你知道的，格蕾甚至有两个！所以你不要在这种无谓的事情上吃醋了好不好？”

“格蕾？”威尔森显得有点吃惊，“格蕾她……我知道了，是格蕾教唆你的对不对？”

“够了！我知道你不喜欢格蕾，因为她试图勾引过你，但我再说一遍：是我让格蕾去那么做的，只是一个小小的测试罢了。格蕾她人很好，对我从来都是有求必应，因为我们好得几乎像亲姐妹……”

“所以，她能让你改变想法而我不能，是吗？你认为好姐妹的关系要比情侣关系更重要吗？”威尔森几乎是含着眼泪在说这句话。

“啊，天哪！看着我！我再说一遍，那——只——是——一——个——性——爱——机——器——人！它——不——具——有——情——感！等——同——于——一——个——玩——具！明白吗，威尔森？冷静点，你为什么要在意一个玩具呢？”莫妮卡觉得自己快崩溃了。

威尔森真的在哭，眼泪几乎不停地在掉下来：“告诉我，莫妮卡，告诉我，你是不满意我在床上的表现吗？”

莫妮卡无力地坐到餐椅上，手肘撑住餐桌，手扶着额头：“真是……不，威尔森，你没问题。”

“那是我的厨艺不能让你满意？”

“怎么可能，你是星级的厨艺。”

威尔森蹲下身看着莫妮卡的眼睛：“是我对你关心不够？”

“不是的……”

“或者说，是某次聚会我在你朋友面前表现得不够好吗？”

“威尔森，听我说，”莫妮卡放下手臂认真地看着他的眼睛，“不，你一切都很好，只是……怎么讲，你对我太好了，太完美了，我总觉得这样不对，缺少点什么，我也说不清是什么……可能……我们天性就是这样吧，总有一些欠缺感，我也说不好……嗯……只是我觉得……我觉得有那么一点点不对劲，或者……啊，天哪，我在说什么啊……这么说吧，你，的确是一个完美伴侣，是的，你一切都很好，没有任何问题。但我不是，我达不到你那种完美的状态，我有很多问题，也有很多不好的习惯，甚至有时候会有一些罪恶的、不好的念头冒出来。这种情况下，我需要释放出来——用不那么复杂的方式，比如，踢倒路边的某个垃圾桶，偶尔在背后议论别人、说说坏话，假装很匆忙不给身后的人扶住门，故意超车后别一下对方。这些其实本质上跟买一个性爱机器人没有任何差别，真的，真的没有任何差别。只是一个小小的、微不足道的、不起眼的恶行，而本意并不是去伤害任何人。说真的，我也没打算给任何人带来伤害。这一点请相信我。至于这个性爱机器人，我已经跟你说过无数次了，它只是个没有感情的机器。没了，就这个。我不明白你为什么就是要揪着这点不放。那是一个可以公开售卖的商品，那是一个玩具，那是一个小小的浪费，那也只是一个让我能有渠道发泄情绪的小东西。威尔森，听我说，别再纠结这个问题了好吗？我们从回来就在争论这件事，已经快两个小时了，我不想再没完没了地解释下去。再说，我饿了。”

“一个小东西？一个和真人一样大小的小东西？”威尔森擦去眼泪站起身冷冷地看着她。

莫妮卡站起身和他对视着：“我不喜欢你这样看我。”

“那就别做那些下贱的、不要脸的事儿。”威尔森嘴角露出一丝轻蔑的微笑。

“你浑蛋！”莫妮卡抬手朝威尔森的脸上抽了过去，跟着手又在半空中停了下来，“我受够了。”说着她狂乱地从包里翻出手机，打开备忘录快速地查找着。

“莫妮卡，”威尔森几乎是祈求的声调，“莫妮卡，求你，不要这样，莫妮卡……"

莫妮卡没理他，找到那条备忘录后开始读："95A66Y27633HN，停止全部功能。"

威尔森立刻平静下来，默默地坐到餐椅上，双手搁在膝盖上一动也不动。

莫妮卡边拨打着电话边不耐烦地在厨房里走来走去，大概过了十几秒，电话才接通。

"您好，莫妮卡女士，完美伴侣公司为您服务。请问您有什么需求吗？"

"是这样，我的伴侣似乎出了点问题。"莫妮卡不耐烦地看了一眼静坐在一旁的威尔森。

"请问您的伴侣机器人是硬件问题还是程序问题？硬件问题就是指伴侣本身的损坏，而程序……"

莫妮卡打断客服的解释："不好意思，不是硬件，似乎是程序问题。"

"好的，马上为您转接程序服务工程师，请您稍等。"

莫妮卡从包里翻出一支一次性电子烟，拧亮，夹在手指间起身去了窗边，看着外面远处的路灯。

一小段轻音乐后，电话里传来了一个很温和的年长女声的问候："你好啊，莫妮卡女士，请问我能为您做什么？"

"关于吃醋的问题。"莫妮卡深吸了一口电子烟，缓缓吐出烟雾。

"哦，明白了，让我看一下您的设置……嗯……吃醋……吃醋……哦，找到了！让我看看……"电话里客服似乎在查看着什么。

“是这样，”莫妮卡稍微解释了一下，“我想买你们公司的一个低端产品，性爱机器人，但是威尔森为此吃醋，我们一周前就在为这个问题吵，直到现在，我烦透了……”

“您先别生气，我已经看到您的需求设定了，但是我想向您提示一下，莫妮卡女士，您的设定要求就是一个忠诚的、喜欢居家生活的、性格上专一并且坚持唯爱论的男性伴侣，这种情况下，产生吃醋的交互反馈应该是必然的，这个无法避免。”

莫妮卡想了想：“不能改成对性的问题抱开放态度吗？”

“可以是可以，但这样的话，那您的伴侣就必定会四处拈花惹草了，因为性开放的话……”

“不，我不想要那种伴侣。能不能只是我对性可以开放，而威尔森不行，让他接受这点？”莫妮卡皱着眉把电子烟关掉并扔进了垃圾桶。

“这样设定的话，那么伴侣对您的爱意部分必定是会减弱的，会有比如对您不耐烦、敷衍，不那么关注您等行为出现。”

“那你告诉我怎么设定能让他不再阻止我买性爱机器人这件事？”

“这个……”客服显得有些为难，“就目前看，可能不行……因为假如这种设定成立的话，那其他方面必定会产生冲突，因为您的需求设定……嗯……没办法让他接受这件事的。要么，降低爱意；要么，某种程度上的性观念开放。因为行为反馈本身就是根据您的行为进行反馈的。想必您也知道的，这种数据累计都来自您……”

“啊……”莫妮卡靠着墙缓缓地滑坐到地板上，“那我该怎么办？”

“要不，莫妮卡女士，我给您一个私人建议？”

“好吧……是什么？”

“您在性爱机器人到货前，先暂时关闭您的伴侣，等到货后，您开启伴侣并且重新设定，让他对性爱机器人也产生感情，并接受。这样试试看，可不可以？”

莫妮卡觉得又气又好笑：“你是说，让威尔森喜欢那个性爱机器人，然后半夜三更两个男人……不，两个看上去是男性的机器人在我床上搞？”

客服也忍不住笑了：“啊……好像是啊，也许您会喜欢那个场面的……”

“不！”莫妮卡斩钉截铁，“我不接受，感觉怪怪的，那只是个单一功能的性爱机器人……看着威尔森跟它……天哪，我不接受！”

“如果您预算够的话，可以试一下多功能的性爱机器人……”

“那我更不接受了！无论那是什么，我都没办法看着威尔森……”

“您看，莫妮卡女士，问题又绕回来了，也许我不该这么说，但您现在正在从威尔森的角度看这件事，对吗？”

“不不不，女士，您说得不对。威尔森，是机器人，是我购买回来为我提供情感伴侣服务的机器人，是商品。”

“莫妮卡女士，请允许我提醒您，”客服轻叹了一口气，“您的商品是按照您的要求来提供专属、无限接近人类、无限接近人类情感的伴侣机器人。而人类的情感，就是这样的。”

莫妮卡张了张嘴，但什么都没说出来。

是啊，威尔森，我该拿你怎么办呢？

威尔森依旧静静地坐在餐桌旁，沉默着，等待着。

生死之间

就是这样吗?

我清楚地记得我死前那一瞬间的感受：眼前慢慢地变得昏暗，一些飞虫一样的光点似有似无地飞舞着，淡淡的血腥味道在嘴里散开，感觉好像有点儿冷，可是又有一种怪怪的愉悦感。

我分不清自己是站着、躺着，还是飘浮在什么地方，耳边有呼啸的风声。

我感觉自己沉入黑暗，但是被光芒笼罩了。

那时候我很清晰地知道：我死了。

然后，我就站在这里了。

我默默地看着周围，目光所到之处都是荒芜的，除了干裂的土地，什么都没有。

我不知道这是哪里。

现在，我嘴里没有血腥味，却莫名地站在荒芜的、干裂的大地上。

只有我。

第一天：树是骨

天空是灰色的，泛着昏黄，好像在很高的地方正刮着一场沙尘暴。没有云，没有太阳。

脚下的土地也是这个颜色，暗淡，压抑。

我不清楚到这里多久了，我也不清楚这是什么地方，我只是知道我已经死了，那个声音告诉我的——我没说过吗？有个自称是指引者的声音说这里是生死之间。只有声音，我看不到他的存在。

“如果你顺着眼前的方向走，你会看到的。”——这是他说的。

我不知道我将看到什么，我也不清楚指的是什么，但是我没有更好的选择了。总不能一直站在这里吧？

那就走吧，听从他的好了。反正没有什么可害怕的，毕竟，我已经死了。

不知道走了多久，远远地，地平线上呈现出一个扭曲的影子，我看不出那是什么，像是个爪子形状，也许是棵树。

我问看不到的指引者：“你说的是那个吗？”

“就是那里。”他非常肯定地告诉我。

“那是什么？”

“你很快就知道了。”

我当然很快就知道了，因为我没停下脚步，一直在走。

脚下的土地是坚硬的，仿佛这里从未有过雨水的滋润。如果不是我已经死了，现在肯定是又渴又累。

但现在，很好，我既不会渴，也不疲倦，可以这么一直走。

那个扭曲的影子越来越近，我看清了，是一棵树，枯树。

“我到了，然后呢？”我问。

没有回信，那个自称指引者的家伙不在了？我不知道。

我无聊地看着这棵枯树，它所有的枝干都没有一丝水分，干巴巴地指向灰黄色的天空，树皮的纹路扭成一团，有些地方甚至因为干枯翘了起来。

在翘起的树皮下似乎露出一段白色的东西，是虫子吗？这可新鲜了，这种枯树里面会有虫子？我小心地揭去那块翘起来的树皮。

随着轻微的断裂声，一大块树皮已经在我手里了，我也看清了那被以为是虫子的东西。

那段白白的东西不是虫子，而且树皮下也没有树干。

骨头。

树皮下，是很多细小的骨头。仿佛是人的指骨，密密麻麻地挤在一起，紧紧地并排组成了“树干”。

在树皮下面，不是树干，是骨头。

原来，这里真的不是活人的世界。

我扔下树皮，翻遍了全身，没找到任何东西，更别说钥匙一类的硬物了。于是我小心地用指甲从那紧紧排列的骨头中抠出了一块。

那块树骨，差不多有我中指最后一节那么长，两端微微鼓起。

可以确定，这是一块骨头。

我抬起头笑了，看着灰黄色的天笑了。

很可笑，树皮下是骨头，这算什么？

“为什么？”我让那块树骨在手心里滚来滚去，问着我的指引者。

没有任何回答。

“你还在吗？”

依旧没有回答，看样子那家伙不在了。

我把那根指骨一样的东西把玩了一会儿，然后又撬下一块骨头，把它们放到了衣兜里。

然后该怎么办？我不知道。

远远地，传来一阵悲伤的哀号，渐渐向我这里袭来，但是我什么也看不到。是鬼魂吗？好吧，就算是吧，那又怎么样，我也是。

我从未想过死后会这么镇定和坦然，恐惧感荡然无存。

我平静地等着那哀号声离我越来越近。

来了。

一阵干燥的风，夹杂着哀号掠过我的身边，风里似乎有些什么，它掀动了我的衣服下摆，摇晃着指向天空的枯树枝，带出了树的叹息。

只是一会儿，风过去了。哀号声越来越远。

我注意到，哀号声掠过的时候，干硬的地面甚至没被带出一丝沙土，仿佛这里已经干涸到没有任何尘土能够被风卷起来了。

当风远去后，这里又只有我和那棵树了，只有我们。

天空渐渐地暗了下来。

这里也有夜晚吗？我耐心地等待着。

当最后一点明亮从我眼前消失的时候，我发现，这里的夜晚，是全黑的。

我摸了摸衣兜，能感受到手里抓的树骨，但是当我举到眼前，却什么也看不见。

因为漆黑一片。

我摸索着背靠那棵枯树坐了下来，虽然我并不累。可能是活着时候的习惯吧？总觉得坐下来算是安定了。

我想看看四周，但只有黑暗。此时，我看不见任何东西，听不到任何声音，空气中也没有任何味道。我尝试着把树骨举到鼻子前——依旧闻不到任何气味。

好吧，就这样吧。

我已经死了，不需要睡眠，所以黑夜显得无比漫长。

我坐在那里，听不到自己的心跳，也没有呼吸，只是坐在那里想一些事情。

想我活着时候的那些事情。我并不留恋什么，想这些只是出于无聊——你想象不到死后会有多超脱。

冤魂？真好笑，我已经死了，还有什么放不下的呢？

活着时候的那些事情，对我来说仿佛很遥远，回想的时候，我甚至怀疑：那真的发生过吗？我活过吗？

我不确定。

不过总算找到事情可做了，因为——我居然想不起自己是怎么死的。

我默默地坐在一片漆黑中，手插在兜里漫不经心地摆弄那两根树骨，努力去想我究竟是怎么死的，等着天亮。

等自己死后第二天的到来。

第二天：愚者之林

不知道走了多久，周围的景色开始发生变化——不再是一成不变的干裂大地。

但是色调没有变，依旧是暗淡的灰和黄。

当天亮后，我耐心等待着那个自称指引者的家伙出现，但是没有等来任何声音。于是我自己决定了一个方向开始走。有那么一阵，我甚至觉得自己在兜圈子，如果不是地貌开始发生变化。

沿途我看到一些灰褐色的丘陵、干枯的树、冰冷的岩石，甚至还有一些残破的建筑。

那些建筑似乎辉煌过，大多是巴洛克风格的建筑——烦琐无用的拱形装饰和各种水流形状的花边雕塑。但是这些建筑和周围的一切同样衰败、颓废，似乎盖满了灰尘。

没有日月星辰的昏黄天空，没有任何生物，只有灰暗和没落。所有的一切都死气沉沉的。这里，到底是什么地方？末日后的世界吗？我真的死了吗？但是那些记忆是怎么回事儿？还有那个指引者，那是我的幻觉吗？可为什么我没有疲倦感，不需要呼吸，没有饥饿感，也不需要睡眠呢？到底，这是怎么了？

在我疑惑的时候，远远地，视野的正前方出现了一片高大的森林，那厚重的黑色让我觉得很亲切——在所有暗淡景象衬托下。

森林里会有活生生的植物吧？会有动物吧？也许还会有人？虽然对生前的一切没有任何留恋，但是很奇怪，对于生物的向往却驱动着我加快了脚步。

当越走越近，我发现，那不是森林。

但我并不失望，因为我见到了人。

那片森林是一大群高大的人。

每个人都有十几米高，他们很瘦，大腿和胳膊上那灰暗的皮肤包住干瘪的肌肉。我留意到他们没有性别特征，没有任何毛发，看不到表情，只是赤裸着紧密地挨在一起，远远地看去，像是一片茂密的森林。

我在离他们不是太远的地方停下了，注视着这些奇怪的高大生物。

“这是愚者之林。”那个该死的指引者出现了——或者说他的声音出现了。

“什么意思？”我没搞明白这家伙在说什么。

指引者很耐心地解释：“你眼前的，叫愚者之林。”

我听懂了：“他们是人，还是别的什么？”

指引者沉默了一会儿后告诉我：“我也不知道他们算是什么，他们自己也搞不清楚自己算什么。”

“他们会说话吗？会移动吗？”

“也许吧，他们用眼神交流，偶尔会移动，但是很慢。”看来，我的指引者对于愚者之林也不是很清楚。

这时候，愚者之林的其中一个注意到了我，“他”慢慢地调整了自己头的方向，转向了我。与此同时，几乎全部愚者之林的成员都知道了我的存在，纷纷把目光转向我这里。

整整一大片高大的、灰暗皮肤的奇怪生物都在看着我。我猜如果我还活着，一定会被这个景象吓个半死。

但是我已经死了。

所以，我很镇定地迎向那些目光，没有一丝恐惧——死亡真是件奇妙的事儿。

我看到“他们”的目光充满了悲伤和不安。

为什么？

“他们……好像……”我问指引者。

“关于愚者之林，没人清楚是怎么回事儿。”指引者没能给出答案。

我一时想不起再问些什么，只好默默和那些目光充满悲伤的、高大的、灰暗的人形对视着。“他们”的悲伤是发自心底的，有那么一阵，我几乎认为“他们”在流泪。但实际上没有。

不知道这样过了多久，“他们”不再看我，转而互相对视着，似乎是在交流。我很想知道“他们”在说些什么，但是我听不到声音。

最先看到我的那个“人”，发出了重重的一声叹息。跟着，整片愚者之林传来了无数叹息声。

我不清楚这代表着什么。

很快，愚者之林同时挪动了脚步，保持着紧紧挤在一起的状态，缓慢地开始向着某个方向移动。

“他们”想去哪里呢？

我能感觉到指引者还在，但我没再问他任何问题，只是默默地向着愚者之林移动的相反方向走开了。我没有理由问，因为我也同样不知道自己要去哪里。

和愚者之林唯一不同的是：我只有自己。

脚下的大地因为愚者之林的移动在震颤，但是我只是在回味“他们”那悲伤的目光。

第三天：伪天使

我在行走中迎来了第三天——既然没有任何事情能让我恐惧，那么我也不会在乎在黑暗中前行，哪怕没有一丝光亮。

天空依旧是昏黄的，没有日月星辰，没有云雾雨雪。

目光所及之处，偶尔会有破败的建筑显现，每一栋似乎都经历过繁华，目睹过活人们的喜怒哀乐。假如仔细听的话，即便是离得很远，仿佛依旧能听到一丝丝喧哗所留下的回响。

渐渐地，更多的人造物体出现在视野当中。

没有轮子的汽车，半埋在干裂大地中的家具，还有一些无法再打开的书。那每一页纸张都紧紧贴在一起，就像是页岩。

没过太久，我停下了脚步，因为我看到了一个跟我差不多的“人”。

“他”戴着一顶曾经华丽的礼帽、一副防风镜般的厚重眼镜，大衣领竖得高高的，双手拿着一份厚厚的打开的报纸，举在眼前。大衣盖住“他”的下半身，而长长的裤脚又盖住厚重的皮鞋。

看起来，“他”仿佛连同所坐的长椅都是从地面生长出来的——它们连为一体，没有一丝缝隙，也同样灰暗、昏黄。

“他”手中的那份报纸早已分辨不清任何印刷字迹，连图片都是模糊的一团。

“你……”我在“他”面前站了好一会儿，决定打破沉默。我的声音听起来像是水滴滴在深深的焖锅里。

“我是迎接亡灵的使者，我是等候幽魂的看门人。”“他”藏在衣领下的嘴巴似乎在动。是真实的吗？或者只是我的幻觉？

“那么，你是在等我吗？”我并不是好奇，只是想确认。好奇，对我来说似乎越来越淡。

“告诉我你是谁，我来决定是否能给你指引。”“他”依旧保持着原来的姿势一动也没有动。

我不知道自己是谁。虽然有一些活着的时候的记忆浮现，但那些记忆每到能指明我身份的时候，就突然断掉了，似乎意识中有什么在刻意阻止着。

我摇摇头，不知道该向“他”说些什么。

这时候，指引者的声音在耳边响起了，他告诉我：“你眼前的，是伪天使。他们以为自己是指引者，是摆渡人，是黑色海洋的灯塔，是黎明与黄昏的星。但，他们只是迷失在此地的游魂。”

“不，我不是。”眼前的伪天使应该能听到指引者对我的耳语，“我是迎接亡灵的使者，我是等候幽魂的看门人。我在黑暗的孤寂中，指点每一个到此的亡魂。看吧，当我双翼展开的时候，你会明白，我就是这里的……”说着，“他”微微动了一下身体，仿佛要站起来，我甚至已经听到了岩石或者碎木般的断裂声。

但，“他”没有。

“继续走吧，你会看到更多的伪天使，他们永远地、没有尽头地继续等待着，一动也不会动。”我的指引者催促着我。

“不，我不是迎接亡灵的使者，我是等候幽魂的……”即便已经走出很远，我还是能听到伪天使的抗辩声传来。

这一天，正如指引者所言，我见到了其他一些伪天使，也听到了他们同样的自述。

即便在身后很远，依旧有声音传来。

一遍，又一遍。

第四天：无声之路

在天空还没有亮起来的时候，我感觉脚下的地面似乎不再是坚实的，我很想知道此时自己正踩在什么地方，但是眼前一片漆黑，什么也看不到。

我耐心地站在原地，默默地等待着天空亮起来。

仿佛很久，不知道从什么时候起，眼前的黑暗一点点地退散，我又能看到了。

我脚下是一条路，它不同于我走过的任何一条路。这是由一张张人脸组成的路。

每一张脸都没有双眼，塌瘪的鼻子紧紧压住鼻腔，只留下一丝丝缝隙。嘴巴用力收缩着干枯的嘴唇，仿佛生怕被踩到一样。

我尝试着挪动双脚，一直被踩着的那几张脸松了一口气，而其他被踩到的脸扭曲着，仿佛在尽力承受着我的体重。

“这是真的人脸吗？”我问。

指引者告诉我，我脚下的是无声之路，但这些脸到底是什么他也不清楚。假如离得足够远，能听到这些脸会喃喃低语，一旦靠近，这些嘴巴就紧闭起来，不会吐露一个字。

“所以，”我明白了，“这里叫无声之路。那么，这条路通向什么地方呢？”

“是你要去的地方。”我的指引者告诉我。

我不再发问，而是默默踩着那些脸，顺着这路一直走下去。

这不是一条笔直的路，有时候会有些莫名的弯曲，但每一次弯曲并没有绕过什么地方，只是单纯地弯曲一下，偶尔也会宽阔而笔直。

最初的时候，我会刻意停下观察脚下的那些脸。那些脸在该有眼睛的地方，只有微微凹陷的皮肤。除此之外和人类的脸无异，并且依稀能辨别出是男人还是女人。

每一张脸都平滑无皱，如果不是偶尔的细微表情变化，我甚至会觉得“他们”是假的。我曾尝试着掰开某张脸的嘴唇，却发现那些唇仿佛石雕般坚硬，不可撬动。

“他们”真是个奇怪的存在。

远处，路蔓延到天际，看不到尽头。路的两旁有时会出现一两栋残破的建筑，它们半埋在地面之下。偶尔，哀号的风掠过，从那些建筑中带出隐约可察的昔日喧闹。那是曾经的灯红酒绿，还是上古时的盛宴？我不知道，也没有一点探究的好奇。

当我走到足够远时，身后我经过的路开始窃窃私语，我停下脚步想听听看“他们”到底在说些什么，但每当我停下脚步，那些声音便消失掉。

我想起来了，这条路叫无声之路。

在天空开始慢慢变暗的时候，远远地，能看到路的尽头了。

那里有一栋巨大建筑，它的高大和宏伟是人世间所不曾见的，也是从未被想象的。

很奇怪，仿佛它在某一时刻就那么出现了，因为无论如何我也想不起曾经在地平线见到一个黑点随着脚步慢慢变大。它就是那么很直接地展示出一个巨大的身躯。

我停下脚步向两边看去，这巨大的建筑几乎阻挡住我全部的视线。

“我要去那里吗？”

我的指引者一整天都沉默着。

此时，脚下的路没有了，那些脸越来越浅淡，仿佛沉没在干涸的大地中。而身后那一直伴随着我的窃窃私语也随风而逝。

我站在巨大的建筑前，眼前是一扇几乎看不到边界的大门。

它紧闭着。

现在该怎么办?

我打量着，没找到任何提示。

四周越来越暗了，看来今天就要在这里等了，等过那漫长的一夜。

我走到无比巨大的门前，试着推了推，它沉重到仿佛是一座厚实的山岩。我靠着门坐下，准备迎接黑暗的彻底来临。

此时我才看清，门的灰尘之下，有着各种各样的浮雕图案，在坐下的时候，我摸到一个奇怪的凹陷。

我趴下身体，借着最后一丝光亮，看清了，那个凹陷的轮廓我很熟悉。

于是，我从衣兜里掏出一根树骨，严丝合缝地把它镶嵌进那个凹陷。

门开了。

第五天：巨口

不用在一片漆黑中度过漫漫长夜了。这栋巨大到无法形容的城堡里到处都插着足以照明的火把。

但那些火把的火焰，是凝固的。它们仿佛被定格了一样，没有一丝跳动，也不会闪烁。每一束火焰都保持着某个瞬间的状态定在那里，或是熊熊，或是跳跃，或是爆燃，或是即将熄灭。看上去仿佛是一些做成火把形状的灯。但很明显，它们不是，因为那一丝丝的火焰所散发出的色彩以及昔日蓬勃、充满活物般欲望的光芒是任何能工巧匠都无法复制出的。只是，它们出于某些原因而被凝固了，一动不动。

回过头看去，大门已远远地在身后，它并没有像恐怖电影一样轰然关闭，而是停滞在开启状态，沉重而沉默，仿佛从上古就保持着这种姿态。如果不是眼看着它的开启，我无法相信它曾经移动。

门外是仿佛实体般的黑暗。

我继续向着城堡深处走去，脚下的石板也同样干涸，哀号的风会掠过巨塔般的石柱，经过身边。

而前面，对了，前面，是无数巨塔般的石柱，还有插在石柱上的火把，以及望不到顶的大厅，蔓延至无边无际的城堡深处。

没有太久，我发现了这如山一般城堡内部的往昔——那些巨大的、破败的家具的残骸，如丘陵般散落得到处都是，与地面几乎成为一个颜色。即便是明亮而丝毫不闪烁的火把也无法把那些灰暗的残骸照射出一点点色彩。

这些曾经是谁的陈设？这栋无边的城堡又有谁曾拥有？巨人，还是某个怪兽？又或是昔日被人敬仰的神明？他们因何而建造这么大的建筑？

我不知道。

指引者寂然无声。

我继续向前走着，不知道去哪里，也不知道这样走下去会去到何方。

渐渐地，周围开始有了细微的变化。地面开始有微微的凸起和凹陷，那些巨塔般的石柱上也开始浮现出树瘤般的扭曲，而凝固的火焰虽然还散发着恒久不变的光芒，但火把本身越来越像一根根树木的枝杈，蜿蜒曲折，执拗地指向前方。

不清楚过了多久，终于，四下不再空旷，而是逐渐能看到边际。那些丘陵般尘封的家具也被巨大而苍白的骨骸替代——我分不清这些骨骸曾经属于什么物种，它们同地面一样，凹凸不平，扭曲成古怪的形状。

此时，我已经身处一个布满奇怪树杈、骨骸、地面坑坑洼洼的洞穴中。它依旧高大而宽阔，但无论如何也想象不出它是怎么由一个城堡变成这样的。

又是漫长的一段路程后，前方出现了光亮。那不同于凝固的火焰所散发出的光芒，那是自然而柔和的光，如同天色。

一切变得越来越亮，我走到了洞口。

这里遍布着早已成为化石的巨大牙齿。各种各样的犬齿、臼齿和门牙混乱无序地堆在一起，从洞顶到洞壁，还有我的脚下，它们混杂在一起，犹如海边的巨大碎石。

我小心地绕过那些礁岩般的石化牙齿，走出了洞穴。

出洞走出很远，我回头望去。一个巨人仰卧在身后的荒芜的大地上。头顶和半个头颅以及眼鼻都深埋于大地中，只留下一张因痛苦而扭曲的巨口。那巨口尽力地张大着，歪斜着。

那张口，曾发出过呐喊吗？

哀号的风掠过身边，带来无尽的叹息。

第六天：飞与喊

已经走了很久，这一路上没有什么再出现。

四下望去，只有干涸的大地，没有建筑，没有路，没有各种奇怪的动植物残骸，除了偶尔掠过的风。

就如同第一天。

指引者也不知道在哪里，仿佛随风而去。

有那么一个瞬间，我想，会不会一直都是这样？那么，之前我走过的地方又是些什么？或者，我从未移开一步，而那些从未存在过，只是存在于视界的虚幻之物，所以我不会觉得疲倦，没有一丝劳顿？

第一次，我停下来认真考虑某个问题。在这之前，我从未想过这些，或者说，死后我从未认真探讨这个问题。

那么，我是谁?

我为什么会出现在这里?

这些天的所见到底是什么?

眼前的昼夜，是真实的吗?

脚下那干涸的大地是真实的吗?

我，是真实的吗?

我低下头看着自己的双手，让它们相互触碰着、摩擦着，感受着几乎忘却的触感。每一个关节都仿佛被唤醒般，恢复了知觉，有了自己的意识。

这是真实的。

那么，脚下的大地呢?我俯下身，把手掌按在干裂的地面上，闭上眼感受着粗糙干涸的地面。是的，那是存在的。

可是，这里是哪里?

“你是生，我是死。我们在这里相遇，这里便是生死交界之地，是存在与泯灭的间隙，是生死之间。”我的指引者告诉我。

那么，我会一直在这里吗?

指引者保持着静默，而我迷茫地等在原地。

渐渐地，一些几乎被我忘却的东西开始在体内涌动，我不知道那是什么，只隐约感到一丝狂暴的气息。

很久很久，就这样过了很久很久，我决定奔跑。

决定的瞬间，双腿如同解开了封印，那未曾发现的力量，如新泉般源源不断地涌出。

是的，我在跑。

我跑得是如此之快，耳边尽是呼啸的风声。

不够，我要更快。

我冲过无尽的死寂荒原、熊熊燃烧的烈火之地、坚冰封冻的山谷。渐渐地，奔跑已经无法再释放源源涌出的狂暴。就在某个瞬间，我的双脚挣脱开地面的束缚。

是的，我在飞。

那速度是奔跑的百倍。

仿佛，我化成一道光飞掠过荒芜的大地。

前方无边际的地平线不断细化成为各种景、物向我袭来，跟着，飞快地消失在我的身后。

我是谁?

我要去哪里?

我猜答案就在前面。

对，就在前面，一定就在前面。

不断地加速，加速，我想更快，想飞得更快。

我想喊，就好像有什么东西要冲破喉咙被释放出来那样，彻底地喊。

是太久没有呼吸的原因吗?喉咙深处仿佛有一些无形的什么东西在阻碍着。不，这不是我要的!我要呐喊!

先是一丝沙哑的嘶声从干涸的喉咙中挣扎着挤出来。紧跟着，越来越高亢，越来越嘹亮。它坚定地持续着，未曾中断。然后，一个瞬间，就如同洪峰般的呐喊破茧而出。

随之而来的，一些什么东西回来了，那是我曾忘记的、失去的。

随着空气的震颤，我狂啸着掠过大地，撬开镶入地面的沙砾，把它们化成烟尘，在地面撕开一条长长的深痕。

是的，我确定，我是生。

远方

我静静地悬停在某个地方，耐心地等待着。

在这一片混沌中，再也没有过昼夜，也看不到哪里是天，哪里是地，哪里是尽头。只有遮天蔽日的狂风和沙，以及耳边的呼啸声。

和我。

我曾经飞行了很久，企图找到这一切的尽头——从哪里来？什么才是终点？

很久很久，都没能找到。仿佛它来自虚无，往虚无而去。从始到终。

所以，我停了下来。

“这是哪里？我在什么地方？”我问死亡，那是我的指引者。

死亡不在这里，或者，他保持着沉默。

我感到曾经被我忘却的、慢慢涌现出的东西，正从我体内慢慢消退，一点一点，用能感受到的速度在消退。

我并不慌张，只是很奇怪：为什么？难道说，这一切真的毫无意义吗？那么我来到这里曾经看到的那些都是什么？

我趁着自己还有一丝好奇，在努力地辨析着。

但随之消退的还有记忆，它离开的速度比我想的更快。很快，一些经历只变成了某个毫无意义的词。

无声之路，到底通向哪里？

伪天使们，出现过吗？

愚者之林，真的存在吗？

树，为什么是骨？

骨？

对了，骨！

我从衣兜里摸到了另一块树骨。

还有，那扇门，那扇山一般无比坚实的大门。

对了！那个是存在的！我曾经亲手打开过那扇门！

是的，一切都曾存在过。

我把那块树骨紧紧捏在手里，生怕失去它而再度忘却一切。而体内那些曾经失去的感觉和情绪，也因树骨而停止了消退，仅剩了一丝飘忽不定、若即若离的粘连。

我知道，当我松开树骨的时候，一切都将失去。

突然，有那么一个瞬间，从某一个方向，有什么东西在我眼前一闪而过。风沙太大，我看不清。风沙太大，我听不清。

在那个刹那，奇妙的感觉涌了上来，似乎……那就是我期待很久的答案。

我等待着，专注地等待着，等待着感觉再一次袭来。

来了，我能感觉到来了！

瞬间，一个什么东西，细小且缥缈的，从我眼前掠过！消失在另一个方向的昏茫中。

我知道那很重要！我要追！于是，我倾尽全部力量，以爆炸般的速度追了上去。

速度越快，我越能感受到，是的，就是那个一闪而过的东西，那就是答案！那就是一切昏茫的终止！

我无限地加速、加速，追逐着，很久，很久很久。

风沙阻碍着我！

我能感觉到，它们在拼命阻碍着我。

我伸出手，用一层看不见的屏障遮挡住风沙。

但风沙继续阻碍着我，它们拍打着屏障，让我慢下来，让我无法冲破速度的临界点。

我感觉到我要追逐的东西正离我远去。

到极限了吗？

不！我想起来了！我不属于这里！

因为，我是生！

刹那间，我成了虚无之躯！我是生死之地的魅影。这漫无边际的风沙再也无法阻止我。它们穿体而过。

是的，就是这样！

我无限地加速，再加速，如飞鸟投在水面的影子一般，无声无息，不破不灭，掠行于所有波澜之上。

是的，就是这样！

不知道这样过了多久，我停下了。或者说，站在了地面上。

我到了。

我所追寻的那个东西，消失在这里。

那是什么？我趴在地上仔细地寻找每一丝痕迹，但什么都没有。

过了一会儿，不知道为什么，我伸出手掌，因为我隐约感觉到了，那个我曾经追寻的东西，还会再出现。

它就要来了。

虽然风沙会穿过我的身体，但那个东西不会。我坚定地这么认为。

因为它也同样不属于这里。

紧跟着，它来了。

在我的手心里——滴落在我的手心里。

那是一滴水。

我小心地让它在手中滑动着，感受着那一丝似有似无的触感。

这感觉很奇妙，它轻盈，却有着自己的分量，仿佛是有着自己的意识。

我聚拢手掌，小心地把那一滴水滴在树骨上，试着让自己残存的一点情绪也同样感受到它。

水飞快地渗透了进去，没有在树骨上留下一丝痕迹。但我知道，它的确在里面了，成了树骨的一部分。

我痴痴地盯着看，因为我能感觉到，那块树骨似乎有什么变化。

我看不到，但能感觉到。

不知道从什么时候起，更多的水滴落了下来，穿越了无尽的风沙落了下来。滴到我的身上、脸上、干涸开裂的大地上，也滴到我掌中的树骨上。

起先它们是轻飘飘的，然后连成丝缕，无声无息，却绵绵不断。

手中的树骨越来越重，越来越有分量，而且，仿佛还在微微颤动着。

随着难以察觉的碎裂声，它裂开了一道缝隙。

我看到了！透过那道缝隙，我看到了。看到了我曾经失去太久的东西。

我俯下身，小心地在地面挖开一个浅坑，把树骨埋了进去，只在地面留下一个小小的凸起。

像是坟墓。

但我知道，埋葬，就是生机。

那树骨，是一颗种子。

这时，耳边传来一声叹息。

那是死亡，我曾经的指引者。

“拿去吧。”这是他跟我说的最后一句话。

拿去？拿去什么？

刹那间，小小的坟墓被顶开，种子破土而出，那棵浅绿色的小小枝丫，闪耀着散发出生机勃勃的光芒。紧跟着，辉散的光芒渐渐聚拢，直指向天空。

光，刺破混沌与昏茫，仿佛是一支射向天空的笔直的箭。

还没有来得及看仔细，这细细的光线就变成了光柱，然后扩大，再扩大，仿佛是一场光芒的风暴！越来越大，越来越快！它轰鸣着、咆哮着，用难以想象的速度暴涨。光芒所及之处，风沙荡然无存，阴霾消失于边际。我看到了，天空蓝得耀眼。光芒所至处，干涸被撕裂成碎片，吹飞、扬起，露出之下盈盈绿意、繁花，还有澎湃的生机。

我痴迷地看着这一切，看着那光芒无尽地扩散，远行至天际。它咆哮着、轰鸣着，摧枯拉朽般，把虚无和混沌撕碎、燃烧殆尽。显现出天空、大地、高山和海洋。

一切都回来了。

连同我。

是的，我回来了。

以后呢?

就如第一天站在生死之地一样，我思考着这个问题，看着远方。

牙次郎之末

天很蓝，很蓝很蓝。

岩之助已经忘记上一次看到这么蓝的天空是什么时候了，太久了。能看到这么蓝的天，真是美好啊！他由衷地赞叹。

应该感谢牙次郎吗？是他让自己这么多年来，又一次注意到了这蓝蓝的天。

岩之助第一次面对牙次郎的时候，是多年前的事情了。

那时候，岩之助还只是个打家劫舍的山贼团伙首领。

初回：从前

岩之助似笑非笑地看着平田语无伦次地说完，问道："他，真有那么厉害？"

几个逃回来的手下纷纷惊恐地点点头。

"那是牙次郎啊！"有人又强调了一遍。

岩之助挠挠头，用力掖了掖插在腰间的太刀，饶有兴趣地看着眼前的几个人：“他，比我快？”

所有人都目瞪口呆地看着岩之助，因为他们知道这意味着什么。

“老、老大！”平田开始变得磕磕巴巴，“你……难道……那、那可是牙次郎之末啊！”

平田以及其他山贼之所以会这样，是因为牙次郎这个名头实在太大。

这个纷乱的年代，涌现出无数本领高强的人：雄起的武士、称霸一方的豪杰、孤傲的剑客，还有占山为王的山贼。无论是谁，都是凭本事吃饭。没有本事，就老老实实地当个普通人。若是本事不够，那就给别人当手下。或者，死掉。一点也不复杂。这是乱世生存之道。

就拿岩之助来说，虽然祖上曾经也在某个大名[1]手下当过一官半职，但到了岩之助这一代——这个新旧交替、硝烟四起的年代，岩之助成了一名山贼。目前他手下只有三十几个人，但他认定自己总有一天会功成名就，就像织田信长[2]那样，闯出一番作为，甚至一统天下也不是没有可能。所以，他用祖上的官号重新给自己起了名字：岩之助[3]。

这两年来，岩之助的山贼事业一直都很顺利，直到今天。

今天是例外，也是第一次例外。

1　大名（だいみょう），日本古时封建制度对领主的称呼。由“比较大的名主”一词转变而来。名主就是某些土地或庄园的领主，土地较多、较大的就是大名主，简称大名。

2　织田信长（1534—1582），日本战国三杰之一。结束日本战国时期的重要人物。

3　助、介、辅、佑，均为日本古代寮、司级别之下的次官名。日本古代曾效仿中国，前面冠姓，后面续官职作为称谓。等同于现代的张科长、李处长、赵局长等，近代则演化为日本人名。

早上的时候，岩之助让自己的得力手下平田带着几个能打并且胆子大的家伙去打劫一个路过此地的商队。傍晚，平田带来了坏消息：商队没打劫成，还损失了七八个兄弟。而之所以会这样，是因为商队的押送人是牙次郎。

牙次郎是个传说。

从未有人见过牙次郎拔刀。所有目击者都会强调一件事：当你看到牙次郎手摸向刀柄的时候，一切都已经晚了，因为下一个瞬间，你看到的将会是牙次郎把刀尖指向你的胸前或者喉咙。

他太快了！

久而久之，甚至有了一个专属的说法——你看不到牙次郎拔刀，只能看到他刀的末端指向你。所以，那个看不见的拔刀术被称为牙次郎之末。

“真的是牙次郎之末吗？”岩之助问。

平田惊魂未定地深吸了一口气，点点头：“我没看到他拔刀！”

“我们也是！”余下的几个人纷纷附和。

岩之助站起身，来回溜达了两趟后兴奋地搓搓手：“真是期待啊！”

“老大，你、你不会想要……”平田看起来比刚才更惊恐。

“我想去会会牙次郎这个家伙！”岩之助兴奋地又搓了搓脖子。

岩之助的刀，也很快。不但快，而且刀势很猛。曾经在一次对决中，一刀，只一刀，他就把对手连人带刀劈成了两半。之后在众人惊愕的注视中，岩之助甩去刀上的血迹，收刀入鞘。眼前那个被劈成两半的浪人还没断气。他就是凭着这个本事成为这伙山贼的老大的。

“我们现在就去吧？”岩之助笑眯眯地看着平田，“他们今晚是停在夜掩町了吗？”

所有人都慌了，因为他们怕。

岩之助皱了皱眉：“怕什么？怕死吗？”

众人点点头。

一刀，只一刀，飞快地，岩之助就把平田幸的头砍了下来，然后平静地甩掉刀上的血，收刀入鞘。平田无头的尸体慢慢跪下去，血喷得到处都是。那颗头颅的嘴巴还在无声地抽动着，仿佛是在求饶。

“不去就不会死了吗？”他依然笑眯眯地看着其他人。

先是死一样的沉默，过了一会儿，一个识趣的家伙站了出来，举起手里的刀表明态度：“牙、牙次郎也没什么大不了的！我、我们人多！夜里去偷袭！一定可以干、干掉那家伙的！”

“对！这是个扬名的好机会！”不知道谁附和了一句。

余下众人面面相觑，跟着也都陆陆续续表示：自己跟定岩之助，今晚就做掉牙次郎。

岩之助满意地点了点头。

半夜，当岩之助清醒过来后，很生气。

他不是因为去夜掩町的路上溜了几个人而生气，也不是因为自己辛苦经营了两年的山贼团伙死的死逃的逃而生气，更不是因为的确没看到牙次郎拔刀而生气——即便岩之助睁大双眼，也没能看到牙次郎拔刀。然后，那把太刀的末端就“噗”的一下，刺进了他的左胸。还没等疼痛传来，刀已经抽走，转而划开了另一个山贼的喉咙。刀口不深不浅，恰到好处，足够致命。

牙次郎之末，不是胡吹的，是真的。

所以岩之助并不生气，因为那是真本事。

让岩之助生气的是牙次郎的样子——牙次郎，只是个稚气未脱的翩翩少年，衣衫整洁飘逸，头发一丝不苟地束在脑后，额头上那根布带似乎都在闪闪发亮，仿佛冠冕般严丝合缝地缠绕在头上。还有那张脸，如新雪般纯白、净洁，就算在火把的照耀下也没有一点点泛黄。他那双眼睛，宛若清泉。目光没有一丝情绪，坚定稳健，自信到仿佛从未有过任何挫折。

比自己更快，比自己年轻，比自己更坚定，还比自己帅！怎么可能有这么完美的人！岩之助妒忌，非常非常妒忌！他甚至气得躺在地上不顾左胸的伤口攥着双拳浑身发抖。

“那个浑蛋！早晚有一天，我要用刀把那张脸划烂！”

岩之助挣扎着爬起身，捂着左胸前的伤口。

天还没完全亮，现在逃回去找点草药还能活。对，只要活着，就还有机会。他暗自想。

岩之助为什么没死？牙次郎那一刀偏了？

不，牙次郎的刀法非常好，快、准、狠。

那为什么岩之助还活着？因为岩之助的心脏是偏的。

就在去年，在拔掉射在他左胸的那支箭后，学过荷兰医学[1]的医生告诉

1　由于日本早期的闭关锁国策略，只允许荷兰商船通关，因此最早的西医学书籍是经由荷兰商人传入日本的，导致日本人误以为西医学是荷兰人的创造。

岩之助："你的心脏跟别人不一样，一般人都偏左，而你的心脏却偏右，这救了你一命。"

原来我是天赋异体啊，岩之助这么认为。

这次也一样，他偏斜的心脏又救了自己一命。

牙次郎啊，你错就错在刀法太准。老天不要我死，那么我还有机会！

岩之助醒悟了。他知道自己的刀法不够精进，心也不够沉稳。教他刀法的那个没落武士说过："如果你的心是平静的，你手中的刀也会是沉稳的。如果你的心乱了，那么你手中的刀会如风中野草。挥刀的时候，一定是偏斜的。挥刀不稳，你的身形就不稳。所以，高手只看你出刀，就能决定你的生死。岩之助啊，你需要修行的太多了。"

当年岩之助并不太相信这些，因为毕竟，一个流离失所、朝不保夕的没落武士，无法给他演示什么是心如止水。

这一天，看到牙次郎的眼睛，岩之助猛然想起没落武士的那段话——是的，这份镇定，就是持刀之道。

次回：封岚

时间过得飞快。四年了。

如今的岩之助，已经不再是个山贼，而是一户大户人家的保镖。除去日常的工作，他所做的只有两件事：挥刀，冥想。

这四年来，岩之助每天都在脑海中无数次重现着牙次郎之末指向自己胸膛的瞬间。

无尽的练习让他用坏了太多把刀，所以岩之助把全部酬劳都花在了刀上。一般的刀匠已经无法满足岩之助的需求，他要更锋利、更稳重、更结实，但还要更轻便。

不久前有个年轻的刀匠以为继承父亲的衣钵就能够跻身名刀师范行列，但岩之助用实力证明了年轻的刀匠还是太嫩——他拔刀的速度是如此之快，停住的瞬间是如此稳健，以至于那把让年轻刀匠引以为傲的作品镡部都有了些许松动。

“不行。”岩之助摇了摇头，“你还差得太远。”他把刀收入鞘中，放回年轻刀匠面前。

刀匠目瞪口呆了好一阵，跪倒在岩之助面前：“您……我没能看到您拔刀，难道……难道这就是牙次郎之末吗？！请问，您、您就是牙次郎大人吗？”

岩之助压着怒气告诉他：“不，我不是。你再努力吧，造一把传说中的太刀给我，我将用那把刀，在众人面前破掉牙次郎之末。”

又过了四年，岩之助从昔日年轻的刀匠手里接过了一把新刀。

拿到刀的一瞬间，还未出鞘，岩之助就知道，这是一把好刀。不愧是名匠的后人啊，只用这么几年就超越了自己的父亲。岩之助暗暗点了点头。

当雇主知道岩之助得到一把满意的新刀后，兴冲冲地从官家手里买来一个即将被处死的死囚——用来给岩之助试刀。

那一天，当地的名流大户都被请来观看岩之助试刀，而场外更是人头攒动，大家都好奇那把刀到底有多快，岩之助的刀法到底修炼到了什么程度。

这四年来，岩之助没再向任何人展示过自己的刀法。

现在的他，很平静。

“喂，”他对那个早已吓得魂不附体的死囚说，“不要怪我，你命已该死，我只是执行人罢了。况且，我会尽毕生所修炼，赐你速死。”

全场鸦雀无声。

有那么一会儿，时间仿佛凝固了。接着，岩之助似乎微微颤动了一下，然后转过身，双手托着新刃，抬头从人群中找到刀匠，赞许地点点头：“极致！”

众人莫名其妙地看着他，议论纷纷：他真的出过刀了？为什么死囚还活着？刀上为什么没有血迹？

岩之助收刀入鞘，走到雇主面前单膝跪下：“大人，在下恳请您为这把刀赐名。”

“啊！啊！”这时身后的人群中不知谁喊了起来。

死囚已经死了。他一共被劈了两刀，每一刀都是从左上斜劈到右下！第一刀劈开头颈，第二刀斩断肩胸。而且，每一刀都是尽斩。死囚的身体慢慢分成三段，错开、断落。又过了几秒钟，血才慢慢渗出。

所有人都惊呆了！这闻所未闻！太快了！

雇主和座上的名流大户全都目瞪口呆，他们也算是见多识广之人，但谁也未见过出刀如此之快的手法。

“岩之助！真是了不起啊！”雇主回过神后发出了由衷的感叹，“这么快的刀法，又配了这么好的刀，我能为此刀命名实在是荣幸……嗯……你拿着这把刀，恐怕山中的雾气也得退避三舍吧？那，这把刀就叫‘封岚’吧！”

第二天，岩之助不顾挽留，暂别了雇主，腰插封岚，踏上了寻找牙次郎的旅程。

三回：再决

当两人交错而过的时候，岩之助愣住了。他已经做好了准备穷尽一生去找到牙次郎，但令他意外的是，才两个月，两人就这么相遇了。

日本这么小吗？还是冤家路窄？

“喂！”岩之助回过头远远地喊住了牙次郎。

此时的牙次郎已经不再是当年那个翩翩少年，但飘逸的长发依旧高高束起，散落下来的发丝掠过新雪般的面孔——那张脸，对，那张脸清纯依旧，而目光还是纯净闪亮，带着一丝骄傲。

是的，你值得骄傲。但今天，在此地，我，岩之助，将继承你的威名。而你，牙次郎，将成为我的传说的奠基人！我才是刀法天才的演绎者，我才是日本第一的剑客。

遗憾的是，这里是荒郊野岭，当然也就没有看客，但，不重要了，岩之助已经急不可耐，他太需要挥刀的那一个瞬间来斩断这八年来困扰着他的业障。

“牙次郎，你一定不记得我了，我是……”

“够了！”牙次郎啐掉嘴里的草棍打断他，“寻仇是吧？那拔刀吧。”说着他缓缓抽出腰间的太刀。

咦？！这让岩之助感到很意外，也很不适。那个牙次郎，不是居合道[1]高手吗？怎么提前把刀拔出来了？

瞬间他脑子有点乱。

牙次郎双手把刀慢慢举高过右肩头，左脚踏出半步，冷漠地望着岩之助。

岩之助愤怒了。

他知道这个姿势，这是北辰一刀流的起势，也是自己当年所热衷的刀法——把刀高高举起，借助挥刀的切落之势，一刀把敌人劈成两半。可是、可是……明明是居合更具有技术性啊，为什么眼前的这个浑蛋放弃了居合这么有利身形及速度变化的优势刀法，而改成……浑蛋！是在耍我吗？

很快，他平静了下来，冷静地进行了分析：北辰一刀流的最大优势是不顾敌人的攻击，奋力一刀劈下，这样对手往往在慌乱中去抵挡。而这种临时的抵挡根本不具有力量，所以才经常会连人带刀被劈成两半。但，以自己当下所修炼出的速度，完全可以在牙次郎切落之前，后仰身体，用仰势来拔刀。而且第一击既不是一剑封喉，也不是抵挡招架，而是用居合拔刀的速度，加上北辰一刀流的切落之势，斩断牙次郎持刀的双臂。第二刀，也就是在牙次郎对疼痛做出反应之前，岩之助会借着自己仰击后的姿态，反转刀刃，腰部回弹发力，带动肩、双臂，一刀自上斜劈而下。若是如此，牙次郎必定被斩成两段。至于自己得意的第三刀——是的，他隐藏了自己的秘技，从未向任何人展示过，他的拔刀术一共有三招——岩之助

1　居合道，源于日本平安时期的一种刀法，讲求的是瞬间拔刀斩杀的技巧。

认为还是先不要做计划的好。毕竟，对方也是超一流高手，身形肯定不慢！还是稳重一些，保守起见，酝酿好前两刀更为重要。而之后，见机行事。

岩之助为自己的冷静和缜密感到震惊，也很欣慰。是的，自己不再是当年那个毛躁狂妄的小山贼了。

他暗自点点头，看着远处的牙次郎，计算好距离和步数，略微弓了下身，左手抓住刀鞘的一足和二足[1]之间，拇指扬起，触到刀镡。右手轻轻扶住封岚的柄，然后凝神看着前方。

牙次郎，我来了！

两人几乎同时发步，冲向对方。

那瞬间，仿佛世间的一切都慢了，吹过路边野草的劲风也似乎停了下来。

岩之助看到了，牙次郎的身形有些不稳。是因为那高举的刀影响了平衡吗?

接着，他看到牙次郎松开了扶刀的左手，伸向怀中。

嗯？他这是干什么？怀里有什么东西硌到他了？

跟着，慢动作骤然结束，随着牙次郎的左手一抖，一道寒光向岩之助闪了过来。

太快了！

糟糕！

1　位于太刀刀鞘前部的金属器具，靠近鞘口，连接腰带前索的是一足；离鞘口较远，连接腰带后索的是二足。

一切都晚了。躺在地上的岩之助痛苦不已，他的刀只拔出了一半，而左胸前，插着一把短刀。

牙次郎趿拉着木屐走到岩之助身边，不由分说一把拔出了短刀，说道："看上去，你好像是要跟我比拔刀？看看这个。"他掂了掂手里的短刀，"我觉得这个更厉害，刀身短，所以出刀更快，而且，杀伤距离远。这是新牙次郎之末……你所学的一切，不都是为了'胜利'两个字吗？看你刀法应该还不错，但舍本逐末，太拘泥于形式。你这个人呀，是怎么在这个乱世中生存下来的？"说完他从岩之助手里连刀带鞘夺过封岚，拔出刀仔细看了看，点了点头。"真是把好刀，可惜，无用之物。"说罢把封岚扔进了一边的草丛，收了短刀趿拉着木屐头也不回地走了。

岩之助痛苦地在地上缩成一团。

令他痛苦的不是深及肩胛骨的伤痛，也不是那快到几乎看不见飞行轨迹的短刀，更不是自己的失败，而是那番话。

牙次郎说得对呀！自己这么多年来追求的雪耻之战，不就是为了"胜利"两个字吗？为什么自己这么拘泥于居合这个形式呢？真的，说真的，自己是怎么在这个乱世中生存下来的？一个年纪轻轻的人，就能领悟到自己无法领悟到的深度，这对岩之助来说是奇耻大辱。

过了许久，岩之助挣扎着坐了起来。他并没有去寻找被扔在草丛中的封岚，而是捂着伤口踉跄地走了。

封岚，就扔在那里吧，连同自己那份舍本逐末的执迷，一起扔在路边的野草丛中吧。都是无用之物！

我岩之助，还活着，那么，就还有机会！

牙次郎，等着我！

四回：无形

这五个月来，岩之助几乎没跟任何人说过话，包括救他一命的那几个僧人。

养伤的时候，年长的那个僧人告诉他："如果施主不能断了那份执念，只看到眼前的这一点，那么还是会……"

岩之助面无表情地躺在僧榻上一言不发。

僧人摇了摇头。

伤好了之后，岩之助在某个夜里不辞而别。

他无颜去找昔日的雇主，开始了新的修行之旅。他寻遍日本列岛，想尽办法研习了每一种技击之术。无论是兵器还是飞刃，无论是搏击还是弓弩，无所不学。他想知道更多武学之奥秘，他要知道全部技巧和奥义。他发着狠地让自己的精神和肉体突破一个又一个极限。

十年过去了，他见识到了各种流派、武学，并且进行了研习。终于有一天，他明白了，武学的至高境界，是无形。

执迷追求某一种技击的极致毫无意义。武器？万物皆为武器！一花一木，飞沙走石，皆为武器。四肢、形体、势态，皆为技击可用。顺势而为，不拘泥于技法、招式、流派、门类，随机而动，才是至高境界，也才能让自己存在于这乱世中。

天道于无形啊！

岩之助终于领悟了，他感慨不已。

但这还不够，需要试炼来验证这一点。

我要证明！证明我岩之助领悟到了，并且融会贯通。当某一天再次站在牙次郎面前的时候，我会让他体会到什么是岳之巍峨、海之宽广。是的，我，岩之助，将成为日本第一武学之神。

他寻遍高手，击溃了无数技击馆、剑道馆、刀术道馆的师范、馆长、宗师，然后在一众因失败而痛哭流涕的学徒面前，一脚踢断其招牌。

不，这还不够，我，岩之助，需要更多历练。

他挑战过那些归于贵族手下的隐世高手，探访过忍术之乡，甚至还探寻到深居于山野的奇人异士。一次又一次，他全胜而归，他证明了自己对武学的领悟是最透彻的，证明了自己对无形的运用是无与伦比的。

无一例外，每一次面对倒地的对手，他都会重复那句话："就这点本事？你是怎么在这个乱世中生存下来的？"

岩之助认定，终有一天，他会对跪倒在自己面前的牙次郎说出这句话。

他坚信。

某一天，面对又一个败落的武学宗师，他轻蔑地说出了那句话。正当他转身而去的时候，那位败者笑了。

他回过头冷冷地看着他："失败让你疯了吗？"

"岩之助，你已经很强了，但有一个人比你强，等击败他的时候，你才能成为日本武界第一。"

岩之助皱了皱眉："你是说牙次郎吗？"

"牙次郎？"倒在地上的败者愣了愣，然后笑了，"你这个井底之蛙啊，我说的是技击高手原田达也。当年他虽然入门于擒拿技，但和你一样，采纳百家，融会贯通。学成之后就去四处挑战，从未失败过。甚至他曾在闹市街头直接挂牌：但求一败。整整五年，无论是忍者还是浪人，武斗家还是剑客，没有一个人能，哪怕扯坏他一点衣衫。之后他因心灰意冷，拒绝了高官和巨商的青睐，消失于世。很多人都认为原田达也已经死了，但我知道他在哪里。去找他吧，打败他，你才是当之无愧的武神。”

岩之助默默点了点头，因为他听过那个传说。

五回：胜负

见到原田达也的时候，岩之助愣了一下。

那个曾经救他一命的年长僧人，就是原田达也。

原田达也叹了口气：“真是多嘴啊。”

岩之助褪下上衣，在腰间系好，后退了半步，以前掌后拳之势摆好双臂，说：“原田达也，无论你出不出招，我都要带你的头回去。此意已决。”

“所以你杀了其他僧人，就是为了逼我跟你对决吗？回头看看吧，遍地都只是你自己的尸体而已，你已入魔障，万劫不复。”原田达也凝眉悲悯地望着他。

“立于乱世中，身不由己。我只想让自己成为最强者，至于身为魔还是佛，都已经没的选择了。”岩之助不为所动。

原田达也低下头想了想：“如果你输了，我不会杀你，随我出家吧，用你的余生来超度那些冤魂。”

岩之助的身形和表情都没有一丝变化："我不会输，我会拿走你的头。"

过了好久，岩之助过了好久才把右手手臂固定在两根树杈中间，然后咬着牙用力扭动身体。

"咔嚓"一声闷响，脱臼的右臂被接上了。

他松了口气，靠着树缓缓坐下，头上都是细密的汗珠。

岩之助赢了。但不得不承认，原田达也的确是举世罕见的高手，非常厉害。他也相信了之前的那些传说——那并不能算是传说。如果换成十几年前的自己，恐怕给原田提鞋也不配。

但如今……岩之助，已不再是那个山贼、保镖、四处求艺的小角色了，他是这个时代的武神。

当提着原田达也的头颅走出寺门的时候，他回头看了一眼，身后那些尸体的确都是岩之助的尸体。

它们早已死于乱世中。

就在离江户还有三四天路程的小城街头，牙次郎被几个人簇拥着出现在岩之助面前。

岩之助想了想，一年了，他找了牙次郎差不多一年了。

日本，的确不大。或许，冤家真的路窄。岩之助这么觉得。

"喂，牙次郎！那个被你杀了两次的冤魂又来找你了！"在周围人惊讶的目光中，岩之助高声喝道。

牙次郎一众停了下来，充满疑惑地互相看了看。

“喂，你到底有多少仇人？”其中一个年轻人用手肘捅了捅身边的牙次郎。

“啊……”牙次郎尴尬地挠了挠头。他脸上有了皱纹和胡楂，飘逸的长发也剪短且花白，身形也不再是年轻人的体态，他老了。毕竟是四十多岁的人了。现在的牙次郎看起来是个中年商人，笑眯眯的，一脸温和。如果不是眼神里偶尔掠过的一丝清傲，没人会相信他就是当年那个凌厉的剑客。

“好久没动过武器了，这个……就算了吧？”牙次郎赔着笑和岩之助商量。

岩之助从怀里抽出襻膊，用牙齿咬住一端，在身后交叉缠绕，束好衣袖，把另一端拉回到胸前，打成结。跟着后撤半步，傲然而立：“牙次郎，这一战你躲不掉的。动手吧，就让我，岩之助，来告诉你，什么才是能在这乱世中立足的至高武技。”

路上的行人和牙次郎身边的众人纷纷让开了，恍惚间，他们看到了跨越时代的幻象——那张被岁月刀斧过的脸庞，那傲然的身姿，那如岳般磅礴的气势——这分明是一个立于战场的武士。

牙次郎叹了口气，喃喃地嘀咕着：“看来我年轻时真的是个傻瓜啊，惹了这么多怨，让这么多人陷于心结不能自拔……”

岩之助把双拳握紧贴在腹部，目不转睛地盯着牙次郎的一举一动。

今日，就是我岩之助雪耻之时！

之后呢?

胜利之后呢?

岩之助不知道，他从未想过这个问题。

也许，他会像原田达也一样，出家做个僧人?

也许。

牙次郎摇摇头，右手伸入怀中。

这时，那个曾揶揄牙次郎的年轻人笑着说了句什么。

岩之助没细听，只是专注于牙次郎的动作。他见过最快的飞刀，见过破空而来的箭矢，见过最凌厉的手里剑，也见过最猛的刺枪锋芒。无一例外地，它们都被岩之助双手给拦下了。这一点上，他足够自信，他也有理由相信：牙次郎再快，也逃不过他的双眼。

无论是什么。

牙次郎的手就要抽出来了，瞬间，一切都变慢了，仿佛慢动作一样。

那个年轻人的声音也变慢了，这次岩之助听清了："又——到——牙——次——郎——展——示——枪——法——的——时——候——了。"

纳尼[1]?!

慢动作骤然结束，牙次郎从怀中拔出的是一支小巧而精致的左轮手枪，枪口指着岩之助。

看到枪口的火光和身体感到震击，几乎是同时发生的。

天很蓝，很蓝很蓝。

1 纳尼：日语"**なに**（什么）"的音译。

岩之助忘记了上一次看到这么蓝的天空是什么时候，太久了。能看到这么蓝的天，真是美好啊！他由衷地赞叹。

应该感谢牙次郎吗？是他让自己这么多年来，又一次注意到了这蓝蓝的天。

岩之助第一次面对牙次郎的时候，是多年前的事情了。

那时候，他第一次见到牙次郎之末。

岩之助的视线中出现了几张脸，其中有牙次郎。

“喂，他没事吧？”有人问。

“也不能说没事……毕竟被枪打中了。但我故意往右偏了一点，这把枪的口径没那么大，所以养一阵还是会好起来的……应该会好起来的，嗯……”那个叫牙次郎的人在回答。

岩之助觉得嗓子里有些腥味，他很熟悉，那是血的腥味。

“啊……那个……”牙次郎蹲下身，把手腕架在膝盖上，枪口缓缓飘出一缕带着火药味儿的青烟，“真是抱歉，只是想快点结束这种无聊的争斗……毕竟这是闹市，不想给更多人造成困扰……而且，我们要赶去京都，嗯……那个，虽然我不知道你是谁，但请不要再像古代人似的随便就找人决斗，这样很不好……嗯，七八年了……我早就不再舞刀弄枪了，因为那没什么用处。等你养好伤，来找我吧。我们会成为朋友的，和他们一样。”说着他向身后几个人努了努嘴，“来京都找我，我会介绍一个很厉害的年轻人给你。他叫坂本龙马[1]。他有办法能让世人不再需要学高强的武艺，

1　坂本龙马（1836—1867），日本近代改革——明治维新的重要推动者，维新志士。

无须懂得什么乱世生存之道，不必担惊受怕，就能过上平安富足的生活。这个，才是天下最厉害的‘技艺’啊。怎么样？让我们一起，来结束这个乱世吧？”

原来是这样啊。岩之助很想说点什么，但他只是动了动喉结，一个字也说不出。

他第一次感受到了来自心脏的疼痛。

原来是这样啊。

蒙眬间，岩之助似乎听见牙次郎在吩咐找医生来。蒙眬间，他仿佛看到了那颗子弹向自己飞来的轨迹。

原来是这样啊。

那牙次郎之末呢?

很清晰地，他看到了，看到了牙次郎手握住刀柄，手腕的青筋暴起。跟着，刀从刀鞘中被抽了出来。那一片金属光泽亮得耀眼。刀身缓缓地，像是涌泉般从刀鞘倾泻而出，越来越长，越来越亮。跟着，刀尖跃出刀鞘，整个刀身在空中划出一片璀璨的光芒。刀身很稳，那片光平滑得像是湖面一样。接着，刀锋切开空气，慢慢指向他的胸前，稳健且平和。

真美啊，岩之助赞叹道。

这次，他看到了。

法默尔的贡卡

远方传来的轰鸣声让贡卡根本睡不着。他爬起身，不安地眺望着远方。

远方，法默尔森林正不断被蚕食着——听说，有不知名的巨兽聚集在一起，轰鸣着，如势不可当的洪流，昼夜不息驱赶着世代生活于法默尔的动物们，然后用难以想象的、远超过所有森林动物的巨大力量，把树木推倒、铲除，把法默尔一片又一片地啃食干净。

听说，这样已经很久了，从上一个雨季就已经开始了。但贡卡不相信，怎么会有兽类要毁掉法默尔呢？他深深地吸了口气，站在树木的枝丫上拉着树干向远方眺望了一会儿，然后默默地蹲下，双手抱着膝盖。

他的眼睛在黑暗中一闪一闪的。

也许是二十个雨季前，也许是第二十一个雨季前，贡卡出生了——在法默尔森林。

啊，法默尔，这片浩瀚的森林曾孕育了无数生命，这当然包括贡卡的伙伴以及他们的祖先。但，已经有一段时间了，自从轰鸣巨兽发出咆哮后，贡卡没再见到新出生的小家伙。曾经，那些小东西嬉闹着，在林间穿过，笨拙地模仿着一切能让他们有兴致的东西——乌龟、猴子、熊、老鼠，还有永远叽叽喳喳的各种鸟。

每次贡卡看到的时候，都忍不住咧开嘴笑。他经常会想起自己的孩子。是啊，贡卡也有个孩子，是个男孩。在远方的轰鸣声刚刚传来的时候，那个男孩就跟随妈妈去了更南方的森林。很远很远。贡卡有时会想他。但是宗族的习性就是孩子跟着妈妈学习，所以贡卡只是默默看着他们离开。

贡卡再也没有见过他们。

而且，贡卡也越来越少见到同类。

偶尔，会有一些惊慌失措的动物跑来，又匆匆逃往南方的麦拉森林。

贡卡知道麦拉森林。

一直向南，很远很远，出了法默尔森林，再穿过一大片沼泽和一条宽阔的河流后，就是麦拉森林。贡卡曾经远远地眺望过。但，他还是留了下来，留在法默尔。因为法默尔是他的家，他生在这里。他的父亲、母亲也生在这里。再往前，父亲的父亲、母亲和母亲的父亲、母亲，也都生活在这里。一直到遥远遥远的过去，贡卡的祖先们一直生活在这里。

所以贡卡从来没想过要离开。

远处的轰鸣声“突突突”地震动着贡卡的耳膜，让他很不舒服。

他换了个姿势，背对着噪声的源头，眼睛在黑暗中依旧一闪一闪的。

不久前，一只没有翅膀的、有那么一点点像蜻蜓的巨大怪物轰隆隆地出现在天空中，把贡卡吵醒。那声音像是一百万只胡蜂在扇着翅膀。它所带出的气流把地面的树木吹得东倒西歪，一向温和的贡卡忍不住跳到空地中央，任凭狂风吹着脸颊，愤怒地挥舞着双臂怒吼着："滚出去！这是安静的法默尔！怪物！从这里滚出去！"

从巨大的胡蜂肚子侧面探出一个独眼怪，它那亮晶晶的独眼紧紧盯着贡卡。

贡卡停止挥舞双臂，充满仇恨地瞪着那个独眼怪，一言不发。

没一会儿，独眼怪看向别处。也就是在这时，贡卡看清了，独眼怪身后还有其他怪物。

他见过。

它们看起来很像贡卡一族，但皮肤细腻，身体细瘦，没有长长的毛发，而是用类似于大片苔藓或者薄树皮似的东西包裹身体。那个怪物扶着独眼怪，或者说，它正指挥着独眼怪看别的地方。

贡卡愤怒地看着它们，直到巨大的胡蜂轰鸣着飞向别的地方。

在那次之后，巨型胡蜂和独眼怪再也没出现过。

是它们吗？它们和传说中咆哮着、蚕食法默尔森林的巨兽是一伙的吗？

贡卡不知道。

贡卡从来没见过地面的那些咆哮巨兽，而是从其他动物那里听来的。

"有一种独臂的怪兽，有着巨大的爪子！爪子可以一下抓起好几只贡卡的成年族人！它们还会喷出一种黑色的烟雾，呛得你无法呼吸！”

“还有其他怪兽！我见过一种有着巨大铲齿的怪兽，它们能够用铲齿轻易把地面掘起，掀开成片的灌木和树根，遇到独臂怪兽挖不动的地方，就由铲齿怪兽来掘地。”

“还有还有！这些怪兽中还有另一种独臂爪兽。它们可以一把抓起好几棵被推倒的树木，放到圆脚兽的背上。而圆脚兽可以咆哮着把堆成山一样高的树木背在身上跑掉！”

“那些怪兽……”

是啊，有太多可怕的怪兽了，它们成群结队地、整片整片地蚕食着法默尔森林。

贡卡没见过，但他知道自己早晚有一天会见到，因为那些巨大怪兽的咆哮声已经越来越近了。

但他依旧不相信——没有兽类会毁掉法默尔，因为这是大家的栖身之地，这是大家的家园。

几天前，贡卡决定去见见那些巨大的怪物，于是他动身了。

他很想和那些怪物聊聊，可不可以大家共享法默尔森林的勃勃生机，而不是把这一切都毁掉。它们为什么要毁掉法默尔呢？这是贡卡无论如何也想不明白的。熊们，还有丛林猫们抓动物吃，贡卡可以理解；河流里的黑狗鱼吃其他鱼类，贡卡理解。因为有些动物就是这样生存下来的，他们天生就是捕食者。但，他们吃饱的时候、不被侵犯领地的时候，是很温和的，既不会无缘无故地攻击，也不会毁掉法默尔。甚至，他们还很胆小，总是小心翼翼地走着自己所熟悉的路，哪怕有一点陌生的气息都会让那些捕食者逃掉、躲起来。可是，那些咆哮的怪物却什么也不怕，既不谨慎，也不胆小，就那么肆无忌惮地整片整片地吞掉森林。为什么呢？贡卡想不明白。

所以他不相信。

会不会是因为那些怪物被什么吓到了，才会这么惊慌失措地毁灭一切？是不是从没有谁跟它们好好谈谈？也许，它们从未感受到过善意，所以才会这么仓皇、这么暴怒。

那么，我——贡卡，要去和那些怪物谈谈，表达一下善意。可以的话，甚至去安抚它们。这样，那些巨大的、咆哮的怪物也许会平静下来，停止咆哮，不再肆意发泄。

贡卡的眼睛在黑暗中一闪一闪的。

不知道过了多久，天亮了。

没有叽叽喳喳的鸟叫，没有贡卡族人和聒噪小猴子们的嬉闹，而是远远传来巨兽的咆哮声，告诉贡卡：天亮了。

贡卡平静地吃了一些树菇和果子，喝了一点点存留于叶子上的露水，然后上路了。去往那些巨兽所在的方向。

贡卡从这一棵树的枝丫荡到另一棵树的枝丫，慢悠悠地向着巨兽们发出咆哮声的地方而去。他想和那些家伙好好谈谈，告诉它们，对待这个世界、对待法默尔森林不要这么急躁，不要这么粗暴。贡卡满怀希望，他觉得自己应该可以教会那些巨兽平息愤怒，学会安静与欣赏。

是的，这就是他此行的目的。

下午的时候，贡卡站在了法默尔森林的边缘。

这里原本有一条蜿蜒的小河，到处都是挺拔的茅草，还有偌大的一片空地。灌木从石缝里挤出来，向着阳光展开枝叶，开满小花。至少，在贡卡的记忆中，一切都是这样的，犹如法默尔森林中其他偶尔出现的空地一样。但，眼前的景象让贡卡惊呆了！小河不见了，所有的青草几乎都被翻起的泥土覆盖住，留下灰白的草根夹杂在泥水中。灌木丛没有了，破碎的枝叶和小花被碾轧过，踩踏过。整个空地的土壤几乎都被翻了一遍，红色的土壤让贡卡觉得那是法默尔的血在流淌。但真正让贡卡震惊的不是眼前这一点，而是更远的地方，在那些蠕动的咆哮巨兽身后，在视野可及之处，都是这样，红色的土壤触目惊心，而树、藤蔓、石头、小溪、草、灌木，所有能让动物们赖以栖身的一切，没了！什么都没了！

那曾经都是法默尔的一部分，如今却荡然无存。

贡卡虽然听说过，但他从未想过会看到这样的场景，他本以为，那些巨兽会像是发脾气的熊还有野猪那样，拉下藤条、拱起树根、掀掉石块、把树皮撕开、把河水蹚浑浊。是的，他见过，那些坏脾气的家伙有时会这样。但，那并不会彻底毁掉法默尔，而眼前，眼前的这一切让贡卡无比震撼——什么都没有了！

当贡卡回过神的时候，他愤怒地打量着传说中的那些巨兽。

是的，独臂巨兽用它可怕的手掌一下子就能挖出深坑；有着跟身体同样大铲齿的铲齿巨兽咆哮着把一切铲平；而单爪巨兽的爪子——那只巨大的钩爪能把好几棵铲倒的树木一并抓起来，放到巨大的圆脚兽背上，堆得像小山那么高！最后圆脚兽轰隆隆地喘息着，在泥泞中挣扎着，把树木拖到不知道什么地方去。传说都是真的！这些巨兽的确是在整片整片地吞噬着法默尔！不！这不是吞噬，这跟饥饿没有一点关系，这些巨兽并没有吃掉任何东西，它们正慢吞吞却坚定地抹去法默尔森林！这是毁灭！

贡卡愤怒了！从出生到现在，贡卡从未这么愤怒过。在所有的红毛猩猩中，贡卡算得上是最温和的那只。但，眼前的景象让贡卡无比地愤怒！他不顾一切地沿着一棵倒塌的树干冲向一只独臂巨兽，他挥舞着双臂，大声地咆哮着，怒吼着："你们！住手！你们这是在毁掉法默尔！你们！坏东西！坏兽！住手！"

就在这时，贡卡突然看到了，他看到在巨兽的身体里蜷缩着一只别的什么。是的，他认出来了，它们看上去和贡卡一族很像，就是那种皮肤苍白无毛、身体细瘦、裹着像是大片苔藓或薄树皮的兽类。原来是他们！原来是他们操纵着巨兽在毁灭法默尔！

"不！！！"贡卡发出了自己都感到震惊的巨大咆哮声！

缩在独臂巨兽里的白兽似乎被吓坏了，他仓皇地向着其他地方大喊着什么，很快，一些白兽跑了过来，其中几个手里还拿着笔直的黑色树枝，并用那些树枝指向贡卡。

贡卡毫不畏惧，他站直身体，伸直双臂，牢牢地抓住独臂巨兽的爪子怒吼着："滚出去！滚出法默尔！你们都是坏白兽！坏的！最坏的！"

一个白兽把黑色的树枝举到眼前，似乎在顺着笔直的枝条瞄准贡卡，而另一个白兽似乎要阻止他，但，晚了。

黑色树枝指向贡卡的那端，猛地喷出一团火焰，同时，贡卡感到了有什么东西撞在了胸前，那冲击让贡卡几乎向后倒去。他一只手更牢地抓紧独臂巨兽的爪子，另一只手捂在胸前。

有什么东西喷在了手掌上？

贡卡低下头，看到了血。

是啊，那是贡卡的血，滚烫、鲜红。

他们做了什么？贡卡并没明白，但他未曾有丝毫退缩，依然努力地抓紧巨兽停在空中的爪子，让自己不要倒下去。

我不能倒下去，我，贡卡，要把这些坏家伙赶走，不能再让它们毁灭法默尔。

但是，好像力气正在从贡卡的体内消失，飞快地消失。

贡卡再也喊不出来了，他用尽最后一点点力气，抓住那只冰冷的爪子，好让自己保持着站姿。

眼前越来越黑了，一切都变得模糊起来。是天黑了吗？可是，才过中午没多久啊？胸前的伤口似乎不怎么疼了，是不是伤得并不深？贡卡努力地睁大双眼，但无论如何也无法看清任何东西。他缓慢地、一点点地在往下蹲。他那紧抓着巨兽独臂的手掌终于松开了，手指也一根根地开始滑开——小指、无名指、食指，最后中指倔强地钩了好一阵，才缓缓从巨兽爪子上松开。

贡卡眼前的黑暗开始褪去了，他看到了自己，小时候的自己。在枝丫间和别的红毛猩猩们嬉闹着；他看到了叶片间蓝色的天空，闻到了树下泥土的气息，听见了小溪还有河流的潺潺水声；他看到自己慵懒地骑在树杈上，靠在树干上，望着喧闹的孩子们；他看到远远的山，看到更远的大海，看到晨间从法默尔蒸腾出来的雾气，看到树皮上弓行的虫子，看到忙碌的蚂蚁，以及从早到晚嗡嗡飞行的野蜂；还有，还有更多更多……

啊，对呀，这就是法默尔。

“贡卡啊，回来吧，来到我的身边吧……”

那个声音是……谁？

“我是法默尔，养育你们的法默尔……”

啊，对了，那个声音，是法默尔。

法默尔啊，我是贡卡，终于，我重回到你的怀抱了。

贡卡闭上了眼睛。

当记者赶来的时候，一切都已经结束了。挖掘机绕开那根倒下的树干，继续工作着。运送木材的卡车依旧来来往往并没有停歇。

“怎么回事？”记者问。

“啊，那个，”开推土机的司机摘了安全帽挠了挠头，“那只红毛猩猩不知道从什么地方跑出来了，就顺着倒下的那根树干，冲到挖掘机前，抓着挖斗，叫的声音非常大，有个保全人员被吓坏了，直接开了枪，其实本来是打不中的，但是他太紧张……”

记者顺着推土机司机手指的方向看去，看到一只红毛猩猩匍匐在倒下的树干上，一只手臂压在身下，似乎是捂着胸口，另一只手臂倔强地向前伸着，掌心向上，除了一根手指，其他手指都僵硬地弯曲着。

记者换了个角度看了一会儿，想了好久，没再问任何问题，沉默着拍下了一张照片。

一周后，几乎全球所有的报纸和新闻网站，还有论坛，都被这张照片洗版。

标题：来自大自然的嘲笑与蔑视。

照片中，贡卡倒在那里，他僵硬的手伸向镜头，竖着那根骄傲的中指。

R-7R 工作站的阿尔冯斯

谷神星，星际蓝鲸矿业公司小行星空间站，频道 ID：平衡。

阿尔冯斯 · 加西亚把手里的啤酒罐随手抛进拐角处的垃圾袋，叼着烟，单手撑在大窗上，看着外面的太空，解开裤子对着旁边的排水沟小便。

他对白白浪费掉两个月工期这件事感到烦透了。

“从这里向前走，最多三分钟，就是厕所。你一定要尿在这儿吗？”

那是张彦彦的声音，阿尔冯斯不用回头就知道。张彦彦，一个生在月球，却整天痴迷于饶舌音乐的中国人。

“要不然呢？尿在你裤子上？”说着他扭动了一下身体。

张彦彦跳开骂了句脏话后单手卡着阿尔冯斯的脖子：“你小子，有那么长吗？要不要试试下半辈子蹲着尿？”

阿尔冯斯不为所动地继续尿完，提好裤子，微醺着扭过头看着张彦彦：“你不是八个小时前就该上工了吗？”

张彦彦摊了下手："开采机的矿舱滑轨出了问题，整个都出了问题，正在换。应该还有一会儿。"

"那玩意儿在矿机底部，怎么会出问题？"

"有一大块防护网剥落了很久，一直没修复，轨道不知道什么时候被零碎陨石击穿了。反正在修。"张彦彦掏出烟叼在嘴上，然后从阿尔冯斯的衣兜里找出打火机，"你呢？还在等排班？"

"是啊，妈的……"阿尔冯斯和他并排走着，懊恼地踢飞脚边的一个空瓶子。

"听说……"张彦彦侧身让开哗啦哗啦作响的清洁车，带着一脸的好奇问，"听说你们发现外星文物了？是什么东西？"

阿尔冯斯叹了一口气："还不都是一个样子，矿化了的鬼玩意儿，看上去像是个救生舱，那里面还有另一些矿化的零件……谁知道都是什么。"

"喂，我说，"张彦彦用手肘捅了捅他，"你知道2号站曾经的传闻吗？"

"2号站？鸦女星的2号站？什么传闻？克里斯睡了医疗官的事儿？"

"咦？克里斯那个浑蛋睡了2号站的医疗官？！"张彦彦瞪大眼睛。

"是克里斯自己说的，吹得天花乱坠，你这也信？"阿尔冯斯笑了。

"嗐……他自己说的……那肯定就是吹。"两个人在平台电梯的栏杆前停下脚步，按下呼唤键。

张彦彦追问："你真的不知道那个？"

"我的确不知道。"

"啊，是这样。"说着张彦彦四下看了看，"2号站有矿工曾经发现了能用的外星文物。”

“什么？”阿尔冯斯表示惊讶。

栏杆围住的那部分地面嘎啦嘎啦地慢慢打开了，通往下层休息区的平台电梯缓缓升了上来。两个人打开围栏走上电梯，在操控台前按下开关。电梯平台抖了一下，开始慢悠悠地向地下沉去。

一片昏暗后，紧跟着眼前豁然开朗——整个谷神星的内部差不多都被掏空了，里面纵横交错着很多粗大的管线，还有各种奇形怪状的舱房。这里是星际蓝鲸矿业公司在小行星带的主要驻扎站。

“你是说，那些矿化的玩意儿还能用？”阿尔冯斯延续了刚刚的话题。

张彦彦：“不，有没被矿化的。”

“怎么可能？”

“听说真的有，”张彦彦很确定，“有一些奇怪的零件，看起来像是金属，但摸起来却像木头或塑料材质的东西，是可以用的。政府人员主要找的就是这个。你想想看，政府部门什么时候对考古那么感兴趣了，甚至要监听开采站的信息交换？就因为那些矿化的东西吗？你觉得什么才能引起政府部门的注意？”

阿尔冯斯若有所思地点点头：“对呀……的确……”

“所以说嘛……不过看来你什么都不知道……”张彦彦显得有点失望，“听说你回来还被他们审问了？”

“审问？”阿尔冯斯摇摇头，“没有，只是随便问了下。比如在什么区域发现的啊，附近还有没有其他东西啊，以及矿化物上那个大洞是怎么来的。”

“不是伊戈尔敲的吗？我听他说过。”

“是，那是伊戈尔敲的，我们都说了，而且把外部回收过程的录像也上交了。但没有舱内录像。”

“为什么？”张彦彦目不转睛盯着远处走在吊桥上的一个女人。

“啊……你知道的，R-7R 的内部线路一直有点问题。好像某次维修的时候电工把监视线路断掉了，因为他需要多一个电源加装动力回收……所以政府部门的人才来问的，否则才……”阿尔冯斯停下话头抓紧了控制台扶手，因为平台电梯总是在即将停下前抖个没完。

张彦彦也抓紧了扶手。

平台电梯逐渐减速，然后吱吱嘎嘎地缓慢停了下来。

两个人走下电梯。

“否则政府部门的人才不会搭理矿工……嗯，对了！”他转头问张彦彦，“你刚才说 2 号站发现的那个文物，能用？能干什么用？”

张彦彦摸了摸刚剃的光头：“好像……怎么说来着？好像说是能控制光？大概吧。”

“控制光？”阿尔冯斯把手插在裤兜里歪着头，“是个手电筒吗？”

“不不，不是那种控制光，好像是说能控制光的形状、大小，还能让光拐弯？也许吧……”

“咦？”

“反正见过的人说的，说是能控制光……就比方说，可以让光就凝固在空中的某个区域，不再向前照射……嗯……弯曲光，让它拐弯、静止，或者变成一节一节的，梯形的……”从表情能看出张彦彦也觉得这事儿很不可思议。

“这么厉害吗？你听谁说的？是瞎编的吧？”阿尔冯斯表示怀疑。

“啊……那个……2号站的医疗官说的，她亲眼见过……”

“那她为什么告诉你？”

“这个……嗯……”张彦彦显得有点不好意思。

阿尔冯斯停下脚步看着他一会儿后点点头：“你跟那姑娘搞上了吧？”

“不，不是搞上，我们是正经交往的……”张彦彦又摸了摸头。

“好吧，你小子手真快。很多人都惦记那个漂亮姑娘……下次克里斯再跟我胡吹的话，我会替你揍他的。”阿尔冯斯拍了拍他的肩膀。

两个人继续闲聊着走到悬浮通道的岔路口。

“你去矿机港？”阿尔冯斯问。

“对，虽然没通知，但应该差不多了，我去看一下。”

阿尔冯斯点点头：“OK，那我先回舱等执星的排班部调配了。”

“好，下次喝酒叫我，Bye！”说着张彦彦抬了抬手。

阿尔冯斯回到自己的舱房，胡乱洗了把脸，锁好门窗，拉上窗帘，又侧头仔细听了听。

除了送气风机轻微的嗡嗡声，没有别的声音。

他摘了棒球帽扔到床上，坐在桌子前，打开那个上锁的抽屉，拉开，取出一个大号薯片筒，小心地把里面的东西倒在桌子上。

那是一些看上去像是金属、摸起来又仿佛是塑料或者木头的东西。

每一件看上去都是一个球形的一部分，但断面的地方又是不规则的。

“该怎么拼呢？每个面都对不上啊？”阿尔冯斯边嘀咕着边拿起两块在手上摆弄着。

他试着把每一块都和其他碎块拼接起来，但无论如何也对不上。

一个多月来他一直在研究这些东西，但依旧搞不懂是怎么回事。

他曾经怀疑这些东西并不能拼成一个球体，虽然从球面上看，这些莫名其妙的零件确实应该属于一个球体，但断面的部分并没有关联。

“难道是不同球体的不同部位？”他抓耳挠腮地自言自语，“奇怪……”

阿尔冯斯向后靠到椅背上，摸出兜里的烟，点上，就这么仰着头叼着烟看着天花板走神儿。

“阿尔冯斯先生，有您的信息。”被他扔在一边的通信器响了。

“读。”他依旧呆呆看着斑驳的天花板。

“工作通告：阿尔冯斯，工号3829，请于十小时后前往R-7R工作站进行出发例行安全检测，检测结束后上报进度值星调度员。组员已配备完毕，补给正在装舱，十二小时后可以请求出港。预计分配矿区为179号扇区。通告完毕。”

阿尔冯斯点点头笑了：“好消息！终于排上了！”

“需要重读一遍吗？阿尔冯斯先……”

“不用了。”他打断通信器，拿下烟，弹了弹烟灰后继续塞在嘴上，看着烟火一下下地闪烁着，心里盘算着复工后怎么才能加快速度多挣点钱。

突然间，好像有个什么想法一闪而过。

是什么来着？

他盯着烟火一亮一灭仔细地回想。

“好像……怎么说来着？好像是说能控制光？大概吧。”刚刚张彦彦这么说过。

怎么才能控制光呢？

控制光？

光？

嗯？

他猛地坐直身体，看着桌面上散落的零件。光？

阿尔冯斯把烟掐灭塞进一个空罐子，翻箱倒柜地找出手电筒，近距离仔细地挨个照射桌面那些像是金属的东西。

什么反应都没有。

他叹了口气，把手电筒扔到一边重新掏出一根烟，停了几秒钟，又试着用打火机烧了几个零件。

很显然，这种奇怪物质构成的零件并不怕火，也依旧没有任何反应。

“啊哈，很显然不是烧。”阿尔冯斯自嘲地摆弄着打火机，眼睛胡乱地在屋里每一样东西上扫着。

在床边的工作包里露出了一个把手。

那是工作时偶尔会用的切割器。

要不要把这些玩意儿切开看看？

他起身拿来切割器，戴上护目镜，推出光丝，按下开关。

一道很亮的光束顺着光丝绕了两圈回到切割器手柄里。

阿尔冯斯拿起一个零件。“来吧宝贝儿，我来试试能不能给你做个解……”他愣住了。

手里那个东西开始亮了起来，虽然是反光，但比之前的反光明显要强烈得多。

难道……

他尝试着用切割器挨个靠近那些零件，果然，那些原本暗淡的金属光泽全部变得鲜明起来，仿佛是被激活了一样。

他拿起一块仔细地看着，发现它们在动，断面部分的不规则形状在慢慢地扭曲着。

“我的天！”阿尔冯斯目瞪口呆地看了好一会儿才反应过来。

他小心地把切割器固定在桌子上，然后没怎么费力气就顺利地把那些零件逐渐拼成了一个完整的东西。

这是一个看起来比棒球大一圈的东西，整体形状像是个立体化的逗号——球体，带了一个小尾巴。

但很明显，这个古怪的球体还差了那么一块，差大约三分之一那么大小的一块。只要有了那个，这个奇怪的东西就能拼凑完整了。

阿尔冯斯拿起薯片筒倒了倒，空的。

“该死！”

少一块，只要有那块，只要再有三分之一大小的一块，球体就完整了。

他关掉切割器，摘了护目镜，把这个奇怪的东西拿在手里研究了一下。拼合的部分连缝隙都已经看不到了，变成了一个整体。

这到底是个什么呢?

这时，他发现这个“逗号”尾巴的部分有点松动，好像是个开关。

他抓过护目镜重新戴好，迟疑了几秒钟，单手护住裆部，试着扳动了开关。

什么都没有发生。

咔嚓、咔嚓，他又连着扳动了几下。

还是什么都没有发生。

阿尔冯斯松了口气，但也有点遗憾。

他找出一块布，把那个奇怪的玩意儿包好，塞进抽屉，锁上，点着烟，跷着腿歪着头看着墙上乱七八糟的照片琢磨着。

在他身侧的墙上贴着很多合影照片，那都是他曾经在土卫六老3号工作站和同事们的合影。其中有一张，阿尔冯斯叼着烟，咧着嘴笑着，还搂着一个戴眼镜的年轻亚洲人的肩膀。

照片是在那个年轻人刚刚调到土卫六没几天的时候拍下的。

阿尔冯斯还记得他的名字——松冈柘郎。

永恒三部曲之一世轮回

他还记得，记得自己来自大地的深处。

那时，他身处于黑暗与昏茫中，所以对一切并没有明确的认知，只有一点点混乱且模糊的意识。偶尔，一些含混不清的喃喃低语会把他从昏睡中吵醒，也会安抚他再次入眠。另一些时候，隐隐约约地，他能感觉到黑暗中似乎有些暗流涌动，缓慢却持续。

这样过了很久。

当他最后一次从沉睡中醒来时，发现自己已脱离出黑暗，置身于一片朦胧的光芒里。那光芒闪烁着、跳跃着，捉摸不定，仿佛是在奔腾。虽然他搞不懂什么是光，以及光从哪里来，但这并不影响他对此沉迷，就这么痴痴地看着。

因为那是他第一次看。

此时他对时间也没有明确的概念，只能通过对比模糊的记忆才能确定。慢慢地，他能看清的逐渐越来越多。眼前的光芒不再跳跃，却周期性地时有时无。他曾经为此困惑过，后来才搞明白，这种光和暗的轮回是一种固定的交替。

光，来自一颗在天空中平缓划过的天体。那光芒并非时刻都是耀眼的，有时会暗淡，有时被一些什么东西遮盖住。他见到了各种各样的光：晨曦，正午，垂暮；暖意的，暴烈的，淡然的，清冷的。当天体消失于天际后，与之衔接的是黑暗。同样地，黑暗也不似大地深处那绝对的黑暗，而是被一些不那么炽烈的光所点缀着。每当夜晚来临的时候，他沉醉于月光和星光。月的光辉不像阳光那么多彩，但正因如此，那冷淡的白却更让他不忍移开视线。星光呢？啊，要知道，他最爱的就是星光。在没有月亮的夜晚，每一颗闪烁的星都能让他陷入沉思。至于银河，是的，夜空中最为醒目的银河，则给他带来无限遐想——银河中那些闪亮的都是些什么？也是星吗？为什么那么微弱？为什么聚集在一起？为什么不像是太阳般热烈？对此他充满了好奇。

日日夜夜就这样往复交替，一遍又一遍。而他痴痴地望着天空，看日月交替，看斗转星移。

足足有十万年。

某一个清晨，他回过神后发现，眼前早已不再是十万年前那荒芜的景象，到处都是一些绿色的、褐色的、黄色的，明显区别于岩石的东西——植物。那些植物在他的注视下生长着、攀爬着、蔓延着。在经历一段时间的繁茂后又枯萎、凋零。他曾经为此而困惑并担心过：为什么这些看上去不停生长的东西会在某个时期枯萎和凋零呢？但很快，当新的季节来临的时候，一切又都复苏了。那些奇怪的、绿色的、褐色的植物又开始生长，甚至比之前还要蓬勃。

只用了短短的几百年他就明白了——植物，就是这样的，就是会周期性地枯荣，那就是它们的生存方式。如同日月星辰的消失和出现一样。植物们，不是恒定的，和星星、石头不一样。

原来，这个世界有着不同的存在啊。他很高兴能够认识到这一点。

此时他也了解到，自己是一个独立的存在，并且是某块巨岩的一部分。或者说，被镶嵌在上面。他很想看看这块巨岩有多大，但他清楚，凭借自己的力量是无法做到的。好在他有足够的耐心去等，等待大地的力量，等待风的力量，等待水的力量。借助这些，终有一天他会从那块巨岩上剥离下来，那时候他就能看到了。也许，能看到和自己一样的存在也说不定。

就如同最初他期待着光一样，他开始期待着风和雨，期待着大地的轰鸣和震动。

每一次。

但，并没过多久，才不过千年，一个意外出现了。那个意外不仅让他彻底忘记了对巨岩的好奇，也打乱了他对世界的认知。

那天，一些奇怪的东西出现在他的视野里。它们不同于植物，而是一些跳跃的、闪烁的光球。很明显，这些光球并不扎根于大地，也比植物更加活泼。它们轻快地在林间穿行着，甚至可以瞬间从一棵树下冲到另一棵树下。假如不是飞速移动所划出的那道细细的、闪亮的轨迹，他几乎认定它们能够闪现移动。

他好奇地注视着那群活跃的，看起来亮晶晶、毛茸茸的光球，疑惑了好一阵。

那是星星吗？闪烁的时候有些像，但应该不是，星星不会跑到林间来。

那，它们是什么？他仔细考虑着该怎么去分类。

很显然，这些光球看上去不可能是植物，而且和自己——来自地下的岩石也不是一类，那它们到底是什么呢？

就在他思考这个问题的时候，一颗小小的光球离开了群体，在一株又一株的灌木中逗留着，仿佛在好奇地打量着一切。

突然，那颗小小的光球发现了他，只经过片刻迟疑，然后一下子就冲到他的面前。

这意料之外的邂逅让他愣住了。

就这样，他和还没来得及被自己定义的小东西不知所措地对视着，互相打量着，彼此都在认真地研究着对方。

也许，我该主动问问，它们到底是什么？

他想。

于是，他决定试着用岩石的语言——那是他与生俱来的，从大地深处带来的语言——第一次准备尝试着沟通。当时的他还没有意识到，岩石的语言来自大地的深处，缓慢，低沉，上百年才能说完一整句。

可他没想到，那小小的光球在他开口之前，轻轻地，轻轻地触碰了他一下。

不同于溪水、雨水还有风沙以及落叶所带来的触碰，因为那只是无意地划过。这次，似乎有什么东西从他内心深处扩散开来，他坚硬的身体中泛起一丝奇异的感觉，并扩张、蔓延、散开。

这个触感让他震惊不已，时间仿佛都凝固了。他不知所措地忘了想要开口问，甚至在好长一段时间内忘记了之前十几万年光阴。

当他回过神的时候，那颗小小的光球跳跃着离开了。因为远处的光球族群正在呼唤着它，用一种他从未听过的语言，微小却清脆。

他呆呆地看着它们消失在林间，回味着，很久很久。

接下来，几万年中，即便被风拂过、被雨偶尔滴落，但这并没有冲淡他对此的记忆，反而每一次都令他更清楚地回忆起那次触碰。

那些光球究竟是什么呢？他不知道，也忘记去探究这个问题，因为有些东西依旧还在他身体里，从未消散掉。

是一个无法磨灭的烙印。

伴随着大地那难以察觉却持续的波澜，他沉入了海底一个不是那么深的位置。

在海中，他能感受到巨岩慢慢地碎散开。先是一大块一大块的，然后变成一小块一小块的，最后，除了他，全部化成砂。

有时候，随着海水的轻拂，他能看到海面的蓝色。虽然那远不如日月星辰明亮，但这种安静和安详的蓝更让他喜欢。

他默默把这个颜色刻在记忆里。

不知道从什么时候起，海中不再只有植物，也有了其他活跃的东西。

那些奇怪的东西能够自由地在水里游来游去，看着它们在水中游荡、滑行，他觉得这很有趣，并且开始认真地观察这些新生的小东西。这次分类并不困难，因为它们很明显都有着一种特质，不同于岩石，不同于植物，也不同于那些跳跃的光球。

它们会自主地移动，所以就是动物。

有那么一阵，很短，大约几万年，他曾经被一些小东西制造出的珊瑚所覆盖。之后，珊瑚又不知道哪儿去了，于是他又重新见到了最爱的蓝。

某天，当他正在欣赏着蓝的时候，一个背着硬壳的、小小的东西爬到了他的身边。

在这之前，曾经有游动的东西触碰过他，有带着硬甲壳的东西划过他，还有细细小小的珊瑚虫们从他身上走过，对此他早就习以为常，因为海里就是有很多这种有趣的、忙忙碌碌的小东西。但意外的是，当背着硬壳的小家伙那裙边一样的足拂过他身体的瞬间，他的记忆被唤醒了——他清晰地感受那个留下烙印的瞬间。

这令他无比震惊!

为什么?

他曾见过无数这种有着硬壳的小东西，为什么这一只带给他的触感和曾经的瞬间一模一样？难道，那些光球是一种不但会发光、同时也能彻底改变自己外表的存在吗？他停止了遥望海面的那片蓝，陷入深深的思考中。

当回过神的时候，那只带着硬壳的小东西已经走远了。

不知过了多久，再一次，带着令他无法忘记的感受和感慨，他回到大地深处温润舒适的黑暗中。

他静静等待着。

而黑暗中的喃喃低语再也无法安抚、平息他石心中的涟漪。

就这样度过几十万年后，伴随着光与电的轰鸣，他回到了地表。

景色又都变了。

地表的景色总是变化得很快，风和水不知疲倦地改变着一切，虽然会让他感到新鲜，但偶尔，也会有那么一丝丝怀念。

此时的他，静静地躺在一条清澈的溪水边。他又重新和白昼、黑夜、日月星辰，还有绿色的、褐色的以及其他各种颜色的植物重逢了。一切看起来虽然有些不同，但他依旧很开心。

接着，他见到了来自溪水中的生物和陆地的生物。这是他之前未曾见的。

这些生物不是植物，也不是海里那些游弋的动物，更不像带给他烙印的光球，而是在他认知之外的东西。他好奇地注视着它们，看着它们奔跑、爬行、追逐、飞翔，看着它们极速或缓慢地移动，觉得这无比有趣。他甚至调整自己的时间，减慢，再减慢，以便更加细致地观察。

他也时常会想起那颗小小的、毛茸茸的、散发着柔和光芒的光球，还有那个带着硬壳的软体动物。他希望再次遇到，好让自己有机会用岩石的语言去讲述，讲述自己、岁月，以及他曾在大地深处的经历。

为此他充满了期待，就如同他最初期待着光、期待着风和雨那样。

某个清晨，他正在恍惚中回忆的时候，出现了一只四条腿的生物——

那是只蹦蹦跳跳的小鹿。当然，他并不知道这是什么，只是笼统地把它们划归为陆生动物。那只小鹿发现了他，然后慢慢地，用湿漉漉的鼻子凑近，再凑近，仔细地嗅着。

潮湿的气息喷到他，他觉得有点暖。

他想用岩石的语言尽量简短地打个招呼，又有一点点犹豫。因为他不知道这个活泼的小东西会不会有这个耐心。

那只小鹿凑得越来越近，越来越近，然后轻轻地用唇碰了他一下。

曾令他难以忘却的，并且也是他一直期待着的那个感受，回来了。此时他才醒悟过来，眼前这只动物，就是那颗亮晶晶的光球，也是海洋中那只小小的软体动物!

这之前，他曾被鱼尾轻扫过，被慵懒的龟用爪翻过身，被不知名的动物用蹄子刨开，也被鸟叼起来又放下。但，那些都不同于最初带给他烙印的感觉，完全不一样！而眼前这只小小的、长有细瘦四肢的小东西，却分明让他感受到了那种……为什么？难道？难道它又一次变换了形态?

他想要说些什么，但还未曾开口，那只小鹿被鹿群温润而悠长的呼唤声叫走了，跟初见那次一模一样。

她。

是的，她。

他把给自己留下烙印的那个光球、带着硬壳的小东西，还有刚刚那只鹿定义为她。这样就可以清晰地把她和其他一切生物区分开来。

他望着鹿群离开的方向很久，很久很久。

尘土遮蔽过他，又被风带走。沙覆盖了他，又被水冲刷掉。冰雪曾深埋过他，又被温暖的阳光消融。日复一日。

原本青翠的旷野不知道什么时候变成了山地，但他再也没见到鹿群回来过。

就这样，很久。一百万年？也许。

不知道什么时候起，他又成了某块岩石的一部分。这是块小得多的岩石，甚至还没有一只迟缓的乌龟大。

岩石被融化的雪水冲击着，翻滚着缓慢地移动着，最后来到一片森林边缘。

树木们飞快地吸收掉了水分。他，以及更多的岩石，组成了一片石滩。

保持了一段沉寂后，大大小小的岩石开始用大地的语言交谈起来。

岩石间的对话往往会进行上千年，因为那种语言是如此低沉及缓慢，但对它们来说这不算什么，也并不重要。因为它们从不在乎时间。就算会被风、雨，还有其他岩石磨碎也没关系，它们会重新再次回到大地深处。过不了多久——几万年或者几百万年，它们又会成为岩石，停留在某个地方，和同伴们继续着亿万年前的话题。

只有他不是。

他一直就是这个样子，从未改变过。他不清楚这是为什么。

在听岩石们交谈许久后，他决定加入，并说出自己的感受。关于天空，关于大地，关于日月星辰，关于山脉、海洋、动物、植物，还有她。

可他还没来得及说出一个字，就发现自己已经离开了地面。

是风吗？不。

是水吗？不。

是大地震动吗？不。

伴随着一阵敲击，他被从岩石中剥离出来了。紧跟着，几个人发出了惊叹声。

那是他第一次见到人。

当然，也是在很久之后才知道。

那些人类惊叹着、赞美着，并且把他传来传去。之前他从未经历过这么复杂且带有目的的颠簸，所以有点晕眩。

接着，还没来得及看清人的样子，他就被装到了一只皮口袋里。在口袋里还有其他一些什么东西——磨制出的石块、贝壳、兽类的牙齿，以及各种不知名的物件。

在颠簸中，他透过皮口袋的缝隙向外望去。但人的动作太快，在叮叮当当的碰撞中他什么也看不清。

并没有太久，他就被一只手抓了出来，递到另一只手里，并且举向太阳。

“真是罕见！”那个人说。

他听不懂人在说些什么，但是能够借机仔细看一下人类了。

在他看来，人很有意思。他们绝对不是植物，也不同于他见过的动物。人看上去很柔弱，没有尖牙利齿，没有善于跑或跳的四肢，也没有厚实的皮毛或者甲胄。但他们身上覆盖着一些奇怪的东西，不像是皮毛或者苔藓，他说不出是什么。而且，人类只用四肢中的两条就可以移动。虽然他见过一些动物偶尔也会这样，但持续地、一直用四肢中的两条移动的动物并不多见。至于人类的另外两肢则异常复杂和灵活，甚至可以用来抓取东西——例如他。

“太罕见了！”抓着他的人又重复了一遍，跟着问，“你出个价格吧。”他很难听懂人类在说什么，太复杂，也太短暂。

很快，他被仔细地包好，收进了一个更大的口袋。

那么，我暂时离开大地了吗?

他想。

不过他并不担心。因为对他来说这不算重要问题。毕竟，他有的是时间。他相信终有一天自己还是会回到大地中，如同之前的几百万年。

就这样，他从一个人的手上被传到另一个人的手上。每个人都发出了同样的惊叹声。

“真是矿物中的传奇……太特殊了！”

“是的，是的，是神的奇迹！”

“不，这是大地之心。”

“是的，的确是大地之心。”

随着那些人的惊叹他开始好奇了起来：为什么?

终于有一天，一个白发工匠在仔细地端详了他好一阵，慢慢地，一点一点地，把他镶嵌到一个金属圈里，固定好，然后又接上了一根金属链子。

做完这一切，工匠又端详了很久，满意地点点头，把他挂在一个小小的架子上。

而架子旁边是一面镜子。

最初他被镜子搞糊涂了。但没多久他就明白了，这是一个反光的东西，并且投射出了自己的样子。

他，是一块透蓝色的宝石。

那蓝色正是他所痴迷的海蓝。也许是太喜欢那个颜色，也许是在那片蓝色中沉醉得太久，那片蓝留在了他的身体里。但这并不足以让人类发出惊叹。真正的原因是：在一片幽蓝中，有着一小块淡红色的区域，那形状看起来……看起来就像是一颗小小的心脏。

一整夜，他都忘记去看窗外的星空和月光，忘记了身处于哪里，只是注视着镜中的自己。

因为他知道，那颗淡红色的、小小的心脏，是她给他留下的烙印。

也正是如此，他才明白为什么自己无法忘却那个瞬间，无法忘记她。

因为，她给了他一颗心。

很快，他离开了工匠的工作台，再次被一个又一个的人类传递着，同时也惊叹着。

并没有太久，他被重新换了一套新的固定环和金属链。这让他看上去无比华贵。

而他并不在意这些，只是默默地观察着人们，就如同看待其他生物一样。

对他来说，所有活泼的生物都很有趣，但过于渺小，过于短暂。它们的生命短暂到甚至还没等他看个仔细就随风而逝。不过与其他生物不同的是，人类会在他们那短暂的生命中表现出各种各样的情绪。对此他很惊奇，因为他从未见过任何生物会表现出这么多并且这么复杂的情绪。对此他曾想去探究，可每次，他还没来得及去体会人类的情绪，他们就又改变了。每个人都是，每一次都是。这令他感到目不暇接。也因此，很多时候他不得不转移注意力去观察别的东西，至少，那比人类的存在要更长一些，也更简单一些。毕竟，他来自坚实的大地，在他的故乡，一切都是缓慢的、沉稳的，也许偶尔会有改变，但绝不会像人类这么快。是的，他们的一切都太快了。快到让人类之外的任何生物都来不及反应，却又随之在时间中消散殆尽。

有一些时候，他会遇到同伴——同样来自大地深处的其他宝石。他们愉快地、默默地对视着。他们很想交流，但人类总是耐不住性子，不停地把他们从一个地方挪到另一个地方。或者戴在身体的某个地方接受别人的赞美。每当这种时刻他会更加困惑，困惑那些人到底在赞美他，还是赞美把他戴在身上的那个人。也许都有，也许都没有，也许只是人类借此来表达情绪。很显然，就像他之前得到的结论：人类的情绪要比其他生物复杂得多。他猜，这种短暂存在的生物就是因此才短暂的吧？或者反过来，正因为存在的短暂，才会急着表现出各种各样的情绪？

谁知道呢。

因为他不是人类。

某天，就如同其他某天一样，他正透过窗看着外面的阳光，突然传来一阵急促的脚步声。随后，房间的门被打开了，一个蹦蹦跳跳的小女孩跑了进来。

她有着一头淡栗色的头发，大大的眼睛，红润的脸颊。

他好奇地注视着她。

看起来她似乎很慌张，不知所措地在房间里四处打量着，仿佛要找一个什么地方躲起来。

她看到了他。

和每个见到他的人一样，她先是惊讶地张大嘴巴，然后踮着脚尖，慢慢地、轻轻地，一步步向他走来。最后，扒在桌子的边缘，把下巴架在手指上仔细看着。

“你……有着一颗心吗？”她问。

很奇怪，他听懂了，但却不知道该怎么回答，因为他不知道眼前这个小家伙是否有足够长的时间能够等到回答。

“那看上去真的就是一颗心。”说着，她伸出一根手指触到了他。

是她。

这一次，她是人类。

他心底燃起了无限的期待和渴望！希望能得到多一次、再一次的触碰！

再一次！

这时，一个大一点的男孩推开门跑了进来。

女孩先是吓了一跳，然后笑着和男孩追逐着，跑出了房间。

他恋恋不舍地望着那扇没有关上的门，望着，一直望着，期待着她能回来。

但她没有。

每一个日日夜夜，那扇门都有不同的人出出进进，他却再也没见到她穿过那扇门走到自己面前。

多年后的一个夜里，窗外映出了火光，一些人匆匆跑了进来。其中一个人，小心地把他装进一个精致的盒子里，并且盖上了盖子。

接下来是不断的颠簸。

并没有太久，随着一些什么东西轰然倒塌的声音，他连同盒子一起被埋了起来，然后是如大地深处般的黑暗。当然，对此他并不介意，继续默默地等待着，用自己那足够长的生命再次等到她。

当时间把坚固的首饰盒慢慢腐朽殆尽后，他发现一起被埋起来的不仅仅是自己，还有其他一些同样被称为宝石的同伴。在这之前，那些同样来自大地深处的同伴已经交谈了几百年。他们对他的加入感到很高兴，七嘴八舌地问了许多问题，也说了很多有趣的事情。接下来，该轮到他了。每一块石头都安静了下来，静静地等待着他开口。然而，就在他想好从哪儿开始，正打算讲述的时候，一束光照到他的身上——他们被挖了出来。

他又重新见到了人类。

在被仔细地清洗后，人们用一个透明的罩子把他罩了起来，放在一个没有窗，但日夜灯火通明的地方。每一天，都会有很多很多人来看他。他们赞叹着、惊讶着、窃窃私语着流连在他面前。

而他也在人群中寻找着她。

一百年，两百年。

他把自己对时间的感知放得比人类还要慢，因为他希望下一次见到她的时候，能把那个短暂的瞬间拉长，尽可能更长，好让自己充分感受到她。

一千年，两千年。

他没能在人群中见到她。

不知道什么时候起，人类不知道都到哪里去了，这栋没有窗的建筑也被风雨和植物侵蚀得千疮百孔。他很高兴又能见到天空，能见到阳光，能见到夜晚的星星。

并没有太久，承载他的这栋建筑被时间摧毁了。但，用来罩住他的玻璃却没有因为建筑的崩坏而有一点点的损伤。

这让他有些担心了起来。

因为那个完美而坚实的玻璃罩和他一样，来自大地，甚至比岩石更为坚固。

这把他牢牢地困在了里面。

每一个日日夜夜，他都在默默地、充满期待地看着那个玻璃罩，希望它能够有一些裂隙，但直到他再次沉入地下，那个坚实的玻璃罩都完好无损。

在黑暗中，在几百万年里，玻璃，这种透明却又坚固的东西，把他同一切隔离开来。他听不到来自大地的喃喃低语，只有自己偶尔发出的叹息。

一次？也许两次。

光透过挤压成冰的深雪，把他从记忆中召唤到现实。曾经坚固的玻璃不知道什么时候已经变成了浑浊的碎片散落在四周。他默默地听着每一片雪的喃喃低语，耐心地等待着，等待着冰雪的消融。

生机重现大地的时候，每当各种各样的动物靠近，他都充满着期待，期待能与她再次相遇。

他从未绝望过，因为她从未让他失望过。

在地表之下的洞穴中，她是一只小小的甲虫，用细细的前肢划过他的表面；在海中，她是一尾鱼，和他一起看比蓝更深的蓝；她曾经是天空中飞翔的鸟，带着他俯视大地；她也曾经是说不出形状的生物，和他一起游荡在绿野或者荒原。她有过各种各样的形态，各种各样的声音。她化身为一切生命、一切可能的存在，她变幻为世间万物。她无数次、无数次地重生。但无论多少次，他都能准确认出，那是她，而不是任何别的其他。

有时，他还是会想起她最初的样子，那颗闪烁的、活泼的、跳跃的、散发着光辉的小东西，以及那个给他石心的瞬间。

过去了多久？一亿年？还是十亿年？终于有一天，他意识到这颗星球的寿命就快要走到尽头，因为已经太久没有任何生命出现过了。这里仿佛是被时间抛弃掉的世界。没有风，没有水，没有其他任何改变，只有那颗划过天际的恒星变得越来越大。

在某一个燥热的深夜，他看到了许久未见的、活动的东西。

那是曾令他魂牵梦萦的。

无数星星点点的光球再次出现了。这一次它们并没有如最初那样四处游荡，而是飞快地聚集在一起，聚合成一簇巨大的、耀眼的光芒。那光芒遮盖了星光，吞噬掉黑夜，几乎比太阳还要明亮。

他惊奇地看着这一切，因为在他漫长的生命中从未见过这种景象。

她在哪里？他充满着期待。

最终，那些光球全部聚集到了一起，成为一大片耀眼的光芒。在黎明之前，这团硕大的光芒聚合体发出轰鸣声，整个大地都在为之震颤。接着，伴随着一声爆响，光芒腾空而起，犹如一道逆流的闪电劈向了夜空。

它越飞越高，越飞越远，冲出了这颗行星的束缚，拖着一条笔直的尾线飞向了茫茫太空。

他先是惊讶地看着光芒消失在夜空中，然后突然间明白了，这是离别的瞬间。

永远。

一种从未有过的感受慢慢从他那石心中扩散开来。

这是……悲伤吗?

是啊，那涌出的感受，是悲伤。

悲伤在他那透蓝的身体中丝丝缕缕地扩散着。

他，把自己那漫长的、几十亿年之久的一世，和她无尽的轮回，编织在一起。虽然他和她每一次相遇只有短短的几秒钟，但那几秒钟就能令他心满意足，并不惜为此再等待亿万年。他从未绝望过，因为他知道一定会再次和她相遇。但现在，她随着整个世界的生机离去了，也带走了他的整个世界。

不知道为什么，亿万年来每一个时期，每一次迸发出生命的代季，每一年、每个季节、每一天的记忆，全部都从他那颗小小的石心中涌了出来。那都是他牢牢刻在身体里的，因为他希望有一天能够对她说。

他想对她说，自然是如此随意，有时会制造出千年的狂风暴雨席卷整个地表。厌倦后，又赋予这颗星球万年的风和日丽。

他想对她说，时间任性且多变。它把山岭和高原碾成沙漠，把沙漠倾倒于海洋深处。当海洋被填满后，又成为荒原。随着星星点点的绿色开始四处攀爬、蔓延，荒原变成了绿野。接着，时间撒下生命之种，各种生物游弋、奔跑、飞翔，生生不息地忙碌着。

他想对她说，他曾和太阳一起看微风中颤抖着伸展的枝叶；他曾和天边的垂月一起听夜幕下的虫鸣和溪水潺潺；他曾和漫天星辰一起数深秋的落叶，跟着它们叹息、离别。他也曾独听冬天的雪，那如耳语般的细细绵绵。

他想对她说，之所以感受到这一切、这个世界，是亿万年之前，她给了他一颗心。

他用自己漫长的一生，经历了她的无数次轮回。可他从未曾开口对她说过一句话甚至一个字，因为他和她每一次的相遇都很短、很短。

而他，这亿万年来几乎没有任何变化，带着那颗小小的石心，永恒，永驻，却永远都只是沉默的过客，静静地看着一切，沧海桑田，周而复始，一遍又一遍。

从始至终，看遍整个世界。

现在，这是一个没有她的世界。

悲伤彻底侵占了他的身体，以及他那个小小的石心。

在荒芜的星球上，有一块透蓝色的石头，拥着自己那颗红色的石心在哭泣。

当巨大的太阳出现在地平线的时候，他漫长的一生也随之走到了尽头。

这颗传奇般的蓝色石头失去了往日的光泽，变得越来越暗淡，一层一层、一点一点地碎裂开，成沙。终于，那颗小小的、红色的石心被完全剥离出来，在沙的残骸上静静地沉寂着、沉寂着。

不知道过了多久，石心上细细的裂隙越来越大，越来越清晰。伴随着轻微的破碎声，石心裂开了。

一个小小的、亮晶晶的光球露了出来。

那是他。

如初次能看到一样，他先是停留在沙的残骸上不解地困惑了好一阵，然后猛然醒悟过来，腾空而起，离开了这片没有她的荒芜，追着空中那根细细的、光的痕迹，飞向茫茫深空。

会找到她吗？他不知道，但他不在乎。

他曾为她等待了亿万年，他也同样愿意为她再跨越哪怕亿万光年。

在遥远的宇宙深处，终于，他顺着那条细细的痕迹追上了那片巨大的、无比耀眼的光芒，并且融入其中。

他感受到了，光芒中有许多许多的存在，就在他身边。

但，太亮了，他一时无法适应这耀眼的光芒，什么也看不见。

这时，从光芒的核心传来一个温和的声音：

“你终于来了。你知道吗，她一直、一直都在和我们说着你。她说，她记得每一个瞬间。”

后记

好玩的

后记比序难写多了，真的。

序可以肆意地故弄玄虚，因为你还没看过，我可以尽情地勾搭、诱惑、撩。但后记就不同了，因为你已经看完了。通常来说，这种时候该你跟我说了，说你看完这本书的感慨、感触，还有最喜欢的章节和最不喜欢的章节，等等等等，而不是我说。

但这本书的后记，不一样。

因为在这本书里我埋了很多好玩的东西。

《一天屠龙记》和《出刀》这两篇，是向香港导演徐克先生致敬的。无论是否喜欢徐克，你都得承认，他是中国武侠电影一座里程碑式的存在。

《一个梦》，就真的是我做过的一个梦，原汁原味，如假包换。

《R-7A 工作站》和《R-7R 工作站的阿尔冯斯》这两篇里几个主要人物的人名不是出自美剧就是漫画。重要人物松冈柘郎的姓“松冈”，是我喜欢的一个日本女演员松冈茉优的姓。而柘郎，是一部漫画中配角的名字。伊戈尔，是从美剧《维京传奇》（*Vikings*）里无骨者那里借来的；而阿尔冯斯则是另一部漫画里的次主角名字。一闪而过的伯纳德则是《西部世界》里重要角色的名字。关于这两篇，其实我有意延伸写出一个长篇，不但构架已经完善，甚至结局都出来了。但到底写不写还没做最终决定（因为懒）。

《悖论》那篇的伴侣机器人叫威尔森，出自汤姆·汉克斯主演的《荒岛余生》里那个排球，也就是一开始在暗示：威尔森不是人类。

《时间外传》，这个……嗯……说起来比较玄乎。这篇是我某晚即将睡着时，一个声音告诉我的——是谁我也不知道，反正就是那么一个声音。是的，就是这么玄。

《永夜》，看过拙作《催眠师手记》系列的朋友都知道，这篇是作为第二季结尾的代后续出现的。

《永恒三部曲》并不是一开始就定下的，是另外两篇跟《一世轮回》这篇感觉有点接近，因此没放在这本短篇集中，准备陆续放到其他短篇集中。（是的，我的意思就是要说：短篇集不会就这一本，以后还会有。实际上第二本都有不少章节已经写完了——因为之前写出的一些内容在节奏上和感觉上跟第一本的部分章节有些相仿，所以拿掉了，包括大坑《时间线》。）

《天边的骷髅旗》成稿于十几年前查海盗资料的时候，所以笔法幼稚。我曾想过拿掉这篇，但主编觉得反正是短篇集，多样性风格挺好的，于是留下了。

《法默尔的贡卡》是有真实新闻的，感兴趣的朋友查查看，有照片。

我超喜欢《牙次郎之末》！好玩儿。

《狂想代理人》那篇故事的走向在我意料之外，我从没想过居然会是这样！有意思！（假如你不明白这句，那么请看这本书的序。）主编第一次看完这篇是在半夜，读罢先是跟我说了好多，然后自己开了瓶酒，也不知道她喝到几点，有没有影响第二天工作（此处好想发个表情包）。

其实这本书有很多梗，不一一举例了，点到为止。

也许你会问：这篇后记叫“好玩的”，是指前面这些吗？不，而是：在修改稿子的时候，我就想，我笔下的这些篇章是不是在某个平行宇宙真的发生过？如果那样的话，别的宇宙会不会有人正在写我？并且那个人也会想到这个问题？当然，也许他/她并没想那么多，只认为我们的这个世界仅仅是虚构出来的。会吗？

多有意思！

记得有人在微博问过我：

“现在是真实还是虚幻？”

我觉得，如果你分辨不出，那就不重要。

2020年夏